Alle Rechte, einschließlich das des vollständigen oder
auszugsweisen Nachdrucks in jeglicher Form, sind vorbehalten.

Der Preis dieses Bandes versteht sich einschließlich
der gesetzlichen Mehrwertsteuer.

Umwelthinweis:
Dieses Buch wurde auf chlor- und säurefreiem Papier gedruckt.

Es ist ein Mann entsprungen

MIRA® TASCHENBUCH
Band 25556
2. Auflage: Dezember 2011

MIRA® TASCHENBÜCHER
erscheinen in der Cora Verlag GmbH & Co. KG,
Valentinskamp 24, 20354 Hamburg
Geschäftsführer: Thomas Beckmann

Copyright dieser Ausgabe © 2011 by MIRA Taschenbuch
in der CORA Verlag GmbH & Co. KG
Deutsche Taschenbucherstausgabe

Titel der nordamerikanischen Originalausgaben:
Midnight Angel
Copyright © 2004 by Karen Drogin

Meet Me At Midnight
Copyright © 2004 by Janelle Denison

Mine At Midnight
Copyright © 2004 by Jacquie D'Alessandro

erschienen bei: Onyx

Published by arrangement with NAL Signet,
a member of Penguin Group (USA) Inc.

Konzeption/Reihengestaltung: fredebold&partner gmbh, Köln
Umschlaggestaltung: pecher und soiron, Köln
Redaktion: Stefanie Kruschandl
Titelabbildung: Thinkstock/Getty Images, München
Satz: Buch-Werkstatt GmbH, Bad Aibling
Druck und Bindearbeiten: CPI - Ebner & Spiegel, Ulm
Printed in Germany
Dieses Buch wurde auf FSC®-zertifiziertem Papier gedruckt.
ISBN 978-3-89941-951-1

www.mira-taschenbuch.de

Werden Sie Fan von MIRA Taschenbuch auf Facebook!

Carly Phillips

Stille Nacht, sinnliche Nacht

Roman

Aus dem Amerikanischen von
Christian Trautmann

NEW ENGLAND EXPRESS

Die tägliche Klatschkolumne

Der Stolz von Acton, Massachusetts, kehrt zurück! Transparente mit der Aufschrift „Willkommen" schmücken die Straßen der Kleinstadt in New England, wenn der prominenteste Sohn des Ortes und Hollywood-Actionstar über Weihnachten nach Hause kommt. Aber sind alle Einwohner so begeistert, wie es den Anschein hat?

Bleiben Sie dran, um zu erfahren, wie es weitergeht.

1. KAPITEL

Dylan North ging durch die Straßen von Acton und genoss den vertrauten Anblick. Der alte Roscoe saß noch immer vor dem Lokal und weigerte sich, seinen Platz auf der Bank für Leute zu räumen, die auf einen Sitzplatz drinnen warteten. In Dylans Heimatstadt fuhren die Autos langsam, und die Fußgänger liefen noch langsamer. Als Kind hatte er es kaum erwarten können, endlich so alt zu sein, dass er von hier verschwinden konnte. Als Erwachsener gefiel ihm alles, was er früher gehasst hatte, weil es in diesem Ort die Ruhe und den Frieden gab, die man in L.A. nirgends fand.

Während er mit einem bestimmten Ziel die Straße entlangging, fiel ihm noch etwas Wichtiges auf, das ihn in seinem Entschluss bestärkte, hierher zurückzukehren: Wohin er auch ging, alles erinnerte ihn an Holly Evans.

Dr. Holly Evans, dachte er und war auf einmal ziemlich stolz auf sie. Sie mochte von seinen Gefühlen nichts ahnen, doch wenn seine kurze Reise nach Hause vorbei wäre, würde sie wissen, was er für sie fühlte und noch viel mehr. Aber zuerst musste er herausfinden, woran er bei Holly war, schließlich hatten sie seit über zehn Jahren keinen Kontakt mehr gehabt. Dylan hätte durchaus verstehen können, wenn die Frau, die er damals verlassen hatte, nichts mehr mit ihm zu tun haben wollte. Möglicherweise hatten sich seine Gefühle auch verändert. Das bezweifelte er zwar, aber er musste mit allem rechnen.

Sein Manager, sein Publicity-Manager und sein persönlicher Assistent hatten ihn für verrückt erklärt, weil er die wunderschönen Schauspielerinnen sausen ließ, die sich für ihn interessiert hatten. Besonders Melanie Masterson, mit der er die letzte und längste Beziehung geführt hatte. Melanie wollte unbedingt eine Versöhnung, aber nur, weil er – Dylan – ihrer Karriere förderlich war. Doch er wollte sich nicht mehr an Melanie oder irgendeine andere Frau binden, in der Hoffnung, bei ihr die Art von Normalität zu finden, die er nur ein einziges Mal erlebt hatte: bei Holly.

Eigentlich glaubte er nicht an gute oder schlechte Vorzeichen. Aber vor einem Monat hatte er von Holly geträumt – was nicht ungewöhnlich war, da er oft von ihr träumte. Diesmal jedoch war der Traum intensiver als sonst gewesen. Er hatte geträumt, es wäre Weihnachten und er und Holly wären in seinem Haus und packten Geschenke aus, die sie von ihrem schwer verdienten Geld gekauft hatten. Zufrieden und glücklich wie nie zuvor hatte er die Arme nach Holly ausgestreckt – und Melanie neben sich im Bett entdeckt.

Der Schock hätte größer nicht sein können, wenn er allein in ein kaltes Bett gekrochen wäre. Es war ein Warnsignal, das er ernst genommen hatte.

Genau aus diesem Grund betrat er jetzt die Praxis, die einst Hollys Vater gehört hatte, und schaute sich um. Vieles war unverändert, doch hatte Holly dem Ganzen ihren Stempel aufgedrückt. Die alte Doktorurkunde und die Schwarz-Weiß-Fotos hingen zwar noch an den Wänden, aber abgesehen vom Weihnachtsbaum in der Ecke, den Girlanden und Fensterbildern gab es weitere, dauerhafte Veränderungen. Zum Beispiel waren die Wände in fröhlichem Gelb gestrichen, und in einer Ecke des Wartezimmers standen eine große Spielzeugkiste und ein Regal voller Kinderbücher. Auf dem Tisch in der Mitte des Zimmers lag eine Auswahl von Zeitschriften.

Doc Evans hatte sehr gut mit Patienten umgehen können, doch die Einrichtung seiner Praxis war stets die gleiche geblieben. Die hatte seine Tochter nun verändert, und Dylan fragte sich, ob der alte Mann das noch erlebt hatte. Erst heute hatte Dylan erfahren, dass Hollys geliebter Vater letztes Jahr gestorben war. Ihre Mom war gerade zu Besuch bei ihrer kranken Schwester gewesen. Dylan war nicht hier gewesen, um Holly über den Verlust hinwegzutrösten. Hatte ihr überhaupt jemand beigestanden? Bei diesem Gedanken krampfte sich alles in ihm zusammen.

Wie viele wichtige Ereignisse in ihrem Leben hatte er verpasst? War es vielleicht zu spät, sich ihr jetzt zu nähern? Es gab so viele offene Fragen.

„Kann ich Ihnen helfen?", erkundigte sich eine rothaarige Frau, die er nicht kannte, und nahm ihren Mantel von einem der Haken im Flur.

„Ich wollte zu Holly – ich meine zu Dr. Evans."

Ohne aufzusehen, zog die Frau ihren Mantel an. „Dr. Evans ist im Sprechzimmer, aber wir schließen die Praxis jetzt. Es sei denn, es handelt sich um einen Notfall. Ist es ein Notfall?" Während sie sprach, blickte sie ihn zum ersten Mal an. „Du lieber Himmel! Sie sind es! Dylan North, der Schauspieler!"

Da er an derartige Reaktionen gewöhnt war, schenkte er ihr sein für Fans reserviertes Lächeln und streckte ihr die Hand hin. „Freut mich, Sie kennenzulernen."

Sie schüttelte seine Hand mit einer solchen Begeisterung, dass ihm beinah der Arm abfiel.

Er befreite seine Hand aus ihrem Griff. „Und Sie sind?"

„Oh, verzeihen Sie." Ihre Wangen färbten sich so rot

wie ihre Haare. „Nicole Barnett. Du meine Güte, ich kann nicht fassen, dass Sie hier vor mir stehen."

Sie geriet wie jeder Fan, dem er je begegnet war, ins Schwärmen. Dylan verstand diese Reaktion zwar, doch hoffte er, dass die Leute sich an ihn gewöhnen und ihn schließlich wie ihresgleichen behandeln würden, wenn er länger hier war.

Nicole plauderte unterdessen begeistert weiter. „Ich habe gehört, dass Sie in der Stadt sind, aber ich bin nicht davon ausgegangen, dass ich Ihnen persönlich begegnen würde. Mensch, das ist so aufregend!"

„Holly hat von mir gesprochen?" Sein Herz schlug ein wenig schneller. Dass sie seine Rückkehr registriert hatte, deutete er als gutes Zeichen.

„Ihre Rückkehr ist überall Gesprächsthema. Unsere Patienten haben Holly ständig daran erinnert, dass Sie beide einmal ein Paar waren … nicht, dass sie daran hätte erinnert werden wollen." Erschrocken merkte sie, dass sie sich verplappert hatte. „Ich muss wirklich los. Soll ich Holly noch schnell sagen, dass Sie da sind?"

„Nein, ich möchte sie lieber überraschen."

Nicole grinste. „Gute Idee. Wenn ich Ihnen einen Vorschlag machen darf – wenn sie Sie rauswerfen will, sagen Sie einfach, Sie seien wegen einer Grippeimpfung hier. Einen Patienten darf Holly nicht abweisen. Oder sind Sie vielleicht schon gegen Grippe geimpft worden?" Sie zog fragend die Brauen hoch.

„Nein, ich bin noch nicht geimpft." Er wollte auch nicht geimpft werden, aber die Sache war es wert. „Ich werde Ihren Rat beherzigen."

Nicole grinste. „Es war wirklich nett, Sie kennenzuler-

Stille Nacht, sinnliche Nacht

nen. Viel Glück!", sagte sie und schien noch immer ganz begeistert zu sein, während sie zur Tür hinausschlüpfte.

Dylan atmete auf. Er hängte seinen Mantel an einen Haken und schloss die Tür ab, damit sein Wiedersehen mit Holly nicht gestört wurde. Dann ging er leise zum Sprechzimmer.

Holly stand mit dem Rücken zu ihm. Ihre seidigen blonden Haare hatte sie zu einem Pferdeschwanz zusammengebunden, der bis auf ihre Schultern herabhing. Während der Schulzeit hatte sie ihr Haar meistens offen getragen. Er konnte es kaum erwarten, zu sehen, wie es ihr wunderschönes Gesicht einrahmte.

Da sie ihn nicht gehört hatte, nahm er sich einen Moment Zeit, um sie in Ruhe zu betrachten und herauszufinden, ob seine Gefühle für sie nicht nur Schatten der Vergangenheit waren. Schnell kam er zu dem Ergebnis, dass er noch genauso viel für sie empfand wie damals.

Holly schrieb etwas auf eine Karte und warf einen Blick auf den Kalender an der Wand. Eine Sekunde lang konnte er ihr Profil sehen. Sie wirkte erwachsen, hatte sich aber ansonsten nicht verändert. Ihr Make-up war nach dem langen Arbeitstag kaum noch zu sehen, was die Frauen, die er kannte, niemals zulassen würden – weshalb sie ein Gefolge von Maskenbildnern zum Auffrischen brauchten und ständig auf die Toilette rannten, um ihr Näschen zu pudern.

Die Frau vor ihm war echt, und er wollte, dass sie wieder ihm gehörte. Diesmal für immer. Er räusperte sich und klopfte zweimal an den Türrahmen.

„Ich habe dir doch gesagt, dass du ruhig schon nach Hause gehen kannst, Nicole!", rief Holly und legte die Karte, ohne aufzusehen, auf den Untersuchungstisch. „Ich räume den Rest auf und bereite die Praxis für morgen vor. Geh und mach dich für die Weihnachtsparty heute Abend im Whipporwill's fertig."

Nur mit ihrer sanften Stimme, die sich ebenfalls nicht verändert hatte, schaffte sie es noch immer, sein Verlangen zu wecken. Besonders wenn sie lachte. Wenn er bei dieser ersten Begegnung nichts anderes erreichte, wollte er sie wenigstens zum Lachen bringen.

„Ich bin nicht Nicole", sagte er.

Erschrocken fuhr sie herum. Schock, Freude und Wut spiegelten sich in ihrer Miene wider, bis sie die Fassung wiedererlangte und die Arme vor der Brust verschränkte. „Dylan."

Er legte den Kopf schräg. „Holly. Wie geht es dir?"

Sie musterte ihn. „Etwas Besseres fällt dir nicht ein?" Sie lachte, aber es klang gezwungen.

„Ich dachte, es würde dir sicher nicht gefallen, den alten Spruch zu hören, den ich früher immer von mir gegeben habe. Du erinnerst dich sicher noch."

Holly nickte zaghaft und konnte noch immer nicht recht fassen, dass Dylan sie aufgesucht hatte. Natürlich hatte sie erfahren, dass er zurückgekehrt war. Schließlich redeten ihre Patienten über nichts anderes. Aber sie hatte nicht damit gerechnet, dass er zu ihr in die Praxis kommen würde.

Sie versuchte ruhig zu atmen, was fast unmöglich war, da er so unglaublich sexy war und so gut aussah. Seine schwarzen Haare wiesen kaum ein graues Haar auf, und seine blauen Augen waren so lebhaft wie eh und je.

„Du hast recht, eine plumpe Anmache hätte mir nicht gefallen", sagte sie und war erstaunt, dass er sich daran erinnert hatte, wie wichtig ihr Aufrichtigkeit war, wo er doch genau die hatte vermissen lassen, als er vor all den Jahren einfach verschwunden war.

Sie und Dylan verband eine Geschichte, die sie bis heute nicht vergessen hatte. Mit dreizehn hatten sie sich kennengelernt, als Dylans Familie in die Stadt gezogen war. Mit sechzehn waren sie zusammen gewesen, mit siebzehn hatten sie miteinander geschlafen und mit achtzehn, nach dem Highschool-Abschluss, hatte Holly ihre gemeinsame Zukunft geplant.

Sie wollte die Yale University besuchen und anschließend Medizin studieren, genau wie ihr Vater und Großvater. Dylan hatte sich zwar noch nicht für ein College entschieden, aber er würde Theaterwissenschaften studieren oder eine Schauspielausbildung machen, und sie würden zusammenbleiben, während er versuchte, am Broadway Karriere zu machen. Sie würden ein Haus kaufen, Kinder haben und ein glückliches Leben führen. Das war ihr Plan gewesen, zumindest hatte Holly das geglaubt, bis sie am Tag nach der Abschlussfeier einen Abschiedsbrief von ihm im Briefkasten gefunden hatte. Eine Nachricht auf einem dünnen Blatt Papier, hastig hingekritzelt, als hätte Holly Dylan nie etwas bedeutet.

Er war ihre erste Liebe gewesen, und er hatte sie einfach mit den Worten fallen gelassen: „Eine Jugendliebe kann nicht von Dauer sein. Es wird für uns beide Zeit, neue Wege zu gehen. Dylan." Nicht einmal „In Liebe Dylan".

Danach hatte er seinen Namen von Dylan Northwood in Dylan North geändert und war rasch zu einem bekannten Filmstar geworden, der Holly von zahllosen Titelblättern im Supermarkt angelächelt hatte.

Und jetzt stand er vor ihr. Holly atmete mit Bedacht aus, damit er nicht sah, dass sie zitterte.

Er betrachtete sie mit jenem lässigen Lächeln, das Amerika so liebte. „Wie wäre es, wenn du einen alten Freund begrüßen und umarmen würdest?"

Ihn zu berühren käme einem elektrischen Schlag gleich, doch wenn sie ihn zurückwies, nahm er bestimmt an, dass sie noch etwas für ihn empfand. Was nicht der Fall war, wie sie sich selbst versicherte. Absolut nicht.

Lügnerin. „Ja, ich glaube, eine Umarmung ist drin, eine freundschaftliche", fügte sie hinzu, mehr ihret- als seinetwegen.

Sie ging zu ihm und nahm sofort seinen angenehmen Duft wahr, als seine starken Arme sich um sie schlossen. Ihr Herz begann zu rasen, und sie versuchte, sich zu beruhigen. Sie schmiegte die Wange an seinen Wollpullover, während seine Schenkel ihre streiften.

Benommen wich sie zurück, bevor sie sich in Verlegenheit bringen konnte, und setzte das Lächeln auf, das ansonsten für ihre schwierigsten Patienten reserviert war. „Was treibt dich hierher?"

„Ich konnte doch schlecht heimkehren, ohne meinen Mitternachtsengel zu besuchen."

Sie musste schlucken, als sie den Kosenamen aus seinem Mund hörte. Dylans Vater hatte die Familie verlassen, als Dylan und seine Schwester noch klein gewesen waren, nur um kurze Zeit später zurückzukehren. Dieser zweite Beziehungsversuch der Eltern war leider nach einigen Jahren gescheitert – ausgerechnet kurz vor Weihnachten. Dylan und Holly waren in ihrem ersten Highschool-Jahr gewesen, und Dylans Mutter hatte aus Wut und Verzweiflung den Christbaumstern zertrümmert. Holly hatte der Familie einen Engel für die Weihnachtsbaumspitze gekauft. Heiligabend um Mitternacht hatte sie Dylan den Engel gegeben, damit die Familie etwas Neues hatte und das Alte vergessen konnte.

Daraufhin hatte er sie „Midnight Angel" genannt.

Und Holly hatte geglaubt, sie würden immer zusammenbleiben.

Sie erschauerte und konzentrierte sich auf die Gegenwart. „Nun, ich freue mich, dass du vorbeigekommen bist. Es war schön, dich wiederzusehen." Genauso schön würde es sein, wenn er wieder fort war. „Wie du sicher bemerkt hast, wollte ich gerade Feierabend machen. Ich habe einen langen Tag hinter mir."

Bestimmt sah sie so erschöpft aus, wie sie sich fühlte. Trotzdem widerstand sie dem Drang, ihre Haare zu richten oder auf der Toilette rasch ihr Make-up aufzufrischen. Es hatte keinen Sinn, sich zu verstecken und nicht sie selbst zu sein. Wenn sie einen guten Tag hatte, fand sie sich sogar attraktiv, allerdings gehörte der Tag heute nicht dazu.

Dieser Hollywoodstar war zwar mit ihr zusammen gewesen, aber einem Vergleich mit den umwerfend schönen Frauen, die er ständig bei Premieren und Preisverleihungen traf, würde sie nicht standhalten können. Schon gar nicht dem Vergleich mit Melanie Masterson, mit der er dauernd in den Zeitschriften zu sehen war.

Er schaute auf seine Uhr. „Ehrlich gesagt hatte ich gehofft, du könntest noch einen zusätzlichen Patienten versorgen."

„Dich?", fragte sie überrascht. Er sah nicht krank aus.

„Ja, ich brauche eine Grippeimpfung. Ich habe es vor

meiner Abreise aus L.A. nicht mehr geschafft, mich impfen zu lassen." Er schob die Hände in die Gesäßtaschen seiner Jeans, und ein jungenhaftes Lächeln erschien auf seinem Gesicht. Er blickte sie verschmitzt an.

Dieses Lächeln hatte eine stärkere Wirkung auf sie als das anderer attraktiver Männer, die sie kannte. Sofort bekam sie wegen John, mit dem sie mal zusammen war, mal nicht, ein schlechtes Gewissen. Ihre Beziehung hatte begonnen, als sie vor etwas über einem Jahr in ihre Heimatstadt zurückgekehrt war, um die Praxis ihres kranken Vaters zu übernehmen. Doch während John eine Familie gründen wollte und sie zur Ehe drängte, war Holly dazu noch nicht bereit. In letzter Zeit fragte sie sich, ob sie es jemals sein würde.

Sie hielt ihn mit dürftigen Ausreden hin. Dummerweise waren „Ich brauche mehr Zeit" oder „Wir sollten uns erst besser kennenlernen" keine Argumente, wenn man sich schon seit der Grundschule kannte. John bot ihr Geborgenheit, aber leider nicht jenes überwältigende sexuelle Verlangen, das schon allein Dylans Anblick in ihr weckte.

„Hallo?" Dylan wedelte mit der Hand vor ihrem Gesicht. „Ich habe dich gefragt, ob du mich gegen Grippe impfen kannst." Er musterte sie besorgt.

Holly schüttelte den Kopf und verbot sich, auch nur einen weiteren Gedanken an Dylan zu verschwenden. Er war nur eine schöne Erinnerung – mehr nicht. Mit einem gezwungenen Lächeln sagte sie: „Natürlich kann ich dich impfen."

Sie untersuchte ihn nur kurz, um seine breite, muskulöse und gebräunte Brust nicht allzu lange zu berühren oder sonstige Teile seines Körpers, die ihre Begierde we-

Stille Nacht, sinnliche Nacht

cken könnten. Dann holte sie die nötigen Utensilien.

„Du gehst also heute Abend ins Whipporwill's?", erkundigte er sich nach der jährlichen Weihnachtsfeier in der Stadt und schob den Pulloverärmel hoch.

Sie schüttelte den Kopf. „Ich habe in letzter Zeit sehr viel gearbeitet. Deshalb wollte ich lieber nach Hause fahren und mich entspannen." Tatsächlich hatte sie John schon angerufen und gesagt, dass sie nicht mit auf die Weihnachtsfeier komme, weil sie zu erschöpft sei und ins Bett wolle.

Nach acht oder zehn Stunden Schlaf würde sie morgen in der richtigen Stimmung sein, um Weihnachtsgeschenke zu kaufen. Normalerweise besorgte sie die sonst viel früher im Jahr. Doch seit dem Tod ihres Vaters hatte sie so viel mit der Praxis zu tun gehabt, dass ihr überhaupt keine Zeit für solche Dinge geblieben war.

„Wie schade! Ich hatte nämlich gehofft, dass du mal mit mir tanzen würdest."

Sie schaute ihn ungläubig an. Tanzen? Reichte eine freundschaftliche Umarmung nicht? Fiel es ihm wirklich so leicht, ganz ungezwungen mit ihr zu reden, als wären sie nur gute Freunde gewesen? Spürte er nicht, dass es noch immer zwischen ihnen knisterte? Fühlte etwa nur sie sich zu ihm hingezogen? Frustration breitete sich in ihr aus.

„Ich dachte, wir könnten ein bisschen zusammen sein und über alte Zeiten plaudern. Na komm schon, Holly."

Sie machte die Augen zu und zählte bis zehn, während sie sich innerlich von ihrem ruhigen Abend verabschiedete. Wenn sie nicht auf das Weihnachtsfest ging, würde Dylan glauben, dass sie ihn mied oder – noch schlimmer – dass sie vor ihren Gefühlen davonlief.

„Na schön", sagte sie daher, um einen gut gelaunten

Ton bemüht. „Ich würde mich sehr gern eine Zeit lang mit einem alten Freund unterhalten." Solange er sie nicht noch einmal seinen Mitternachtsengel nannte.

Da es ihm so leichtfiel, sie als Freund zu betrachten, wählte sie für die Impfung eine nettere, fleischigere Stelle als seinen Arm aus. Eine, die er nicht so schnell vergessen würde.

„Ach, Dylan? Zuerst musst du mir aber einen Gefallen tun."

Er schien sich zu freuen, dass sie zugestimmt hatte. „Und welchen?"

„Lass die Hose herunter."

Er stöhnte, und zum ersten Mal, seit er unangemeldet ihre Praxis betreten hatte, lachte sie von Herzen.

2. KAPITEL

Whipporwill's war das nobelste Restaurant in Acton. Dort wurden häufig Hochzeiten oder ähnliche Feiern veranstaltet. Verglichen mit den Restaurants in L.A. war es fast schäbig, verglichen mit denen in Boston ging es immerhin noch als Familienrestaurant durch. Wie dem auch sei, es war das Beste, was Acton zu bieten hatte, und die Tradition verlangte, dass die ganze Stadt zur jährlichen Weihnachtsfeier eine Woche vor Heiligabend dort erschien.

Dylan lehnte an einer zerkratzten holzgetäfelten Wand und begrüßte lächelnd alte und neue Freunde. Seine Mutter Kate stand auf der anderen Seite des Saals und hielt Hof, wobei sie stolz zu ihrem berühmten Sohn zeigte. Mehrmals pro Jahr ließ er seine Mutter nach L.A. fliegen, oder er besuchte sie in Acton, ohne dass die Öffentlichkeit etwas davon mitbekam. Jetzt konnte sie sich zum ersten Mal mit ihm zeigen und genoss die Aufmerksamkeit. Unterdessen hielt er Ausschau nach Holly, die jedoch nirgends zu sehen war.

Dylan hatte sie dazu aufgefordert, heute Abend hier zu erscheinen. Da ihm eine gewisse Arroganz eigen war, hatte er vermutet, ihr Verhalten genau wie früher voraussehen zu können. Doch die Minuten verstrichen, und er musste sich eingestehen, dass er sich wohl geirrt hatte.

Bevor er sich eine Entschuldigung einfallen lassen konnte, die seine Mutter und alle anderen akzeptieren würden, damit er früher gehen konnte, kam ein alter Schulfreund auf ihn zu.

„Dylan, mir ist zu Ohren gekommen, dass du in der

Stadt bist. Schön, dich mal wiederzusehen!" Der Mann hielt ihm die Hand hin.

„John Whittaker? Verdammt, ist das lange her!" Er schüttelte dem alten Freund die Hand.

„Bei unserer letzten Begegnung haben wir das Klopapier vom Footballfeld aufgesammelt, damit der Trainer nicht die Polizei rief und uns wegen Vandalismus anzeigte."

Dylan lachte. „Ja, ich erinnere mich." Das war der Streich zum Abschluss der Highschool gewesen. Wenige Tage später war Dylan nach L.A. gegangen.

„Ich kann dir nicht sagen, wie oft ich im Lauf der Jahre an jenen Abend gedacht habe – jedes Mal, wenn ich deine hässliche Visage auf einem Zeitschriftencover gesehen habe." John schob die Hand in die Gesäßtasche seiner Bundfaltenhose.

Er bevorzugte noch immer adrette Kleidung, während Dylan am liebsten Jeans und T-Shirt trug. Johns hellbraunes Haar war noch voll und dicht, während es bei vielen Männern, die Dylan heute Abend begrüßt hatte, schon schütter zu werden schien.

„Der heutige Abend muss dir wie ein Klassentreffen vorkommen", meinte John.

Dylan verzog das Gesicht. „Schlimmer. Du bist der Erste, der sich freut, mich zu sehen, weil wir uns von früher kennen, und nicht, weil du mich bewunderst."

„Sobald sie merken, dass du noch derselbe bist, wird dein Ruhm keine große Rolle mehr spielen."

„Ich hoffe, du behältst recht. Also erzähl! Was machst du?"

„Ich arbeite bei einer Investmentfirma in Boston", er-

Stille Nacht, sinnliche Nacht

widerte John und lehnte sich mit der Schulter gegen die Wand.

„Das passt zu dir. Verheiratet?"

„Noch nicht, aber ich versuche die Frau, mit der ich gerade zusammen bin, von der Ehe zu überzeugen."

„Kenne ich sie?", erkundigte sich Dylan.

John zögerte. „Es ist …" Bevor er antworten konnte, klingelte sein Handy. Er schaute auf das Display, um zu sehen, wer anrief. „Warte, wir reden gleich weiter", sagte er zu Dylan und entfernte sich ein paar Meter, um in Ruhe zu telefonieren. Dylan hielt erneut Ausschau nach Holly und hoffte, dass sie doch noch auftauchte.

Nachdem sie für ein kurzes Nickerchen und um zu duschen und sich zurechtzumachen, nach Hause gefahren war, traf Holly sich draußen vor Whipporwill's mit Nicole. Die kalte Luft und die Tatsache, dass es heute noch schneien sollte, signalisierten, dass Weihnachten nicht mehr fern war. Holly liebte die Feiertage, und plötzlich war sie froh, dass sie heute Abend hergekommen war. Doch die Feier an sich war nicht der einzige Grund ihres Erscheinens. Nur wegen Dylan war sie hier.

„Ich finde nach wie vor, du hättest John überraschen sollen, statt ihn anzurufen und ihm zu sagen, dass du dich entschlossen hast, doch zu kommen", meinte Nicole und riss Holly damit aus ihren Gedanken. „Spontaneität ist für Beziehungen gut, und nach allem, was du mir erzählt hast, kann John ein paar gute altmodische Überraschungen in seinem Leben gebrauchen."

Das konnte Holly nicht bestreiten. „Ich fand, er sollte wissen, dass ich meine Meinung geändert habe." Sie würde auf die Party gehen, sich mit dem Mann unterhalten, den sie früher geliebt hatte, und mit dem, den sie jetzt liebte. Wenn sie Whipporwill's verließ, würde sie Dylan hoffentlich vergessen können.

„Ich wette, du hattest Angst, er könnte annehmen, dass du nur wegen Dylan hingehst", meinte Nicole.

Holly zog die Tür auf und betrat den Festsaal, dessen Wände mit roten und silbernen Schleifen geschmückt waren. Die Topfpflanzen waren alle mit Lametta verziert, und die überall strategisch platzierten Weihnachtssterne trugen zur weihnachtlichen Atmosphäre bei.

„Willst du an meiner Seite bleiben?", fragte sie Nicole, weil ihre Freundin noch ziemlich neu in der Stadt war und nicht viele Leute kannte.

„Nein, ich sehe gerade jemanden, mit dem ich mich unterhalten möchte", verkündete Nicole, winkte noch kurz und war in der Menge verschwunden.

Vielleicht hätte ich ja jemanden zum Händchenhalten gebraucht, dachte Holly und gab ihre Jacke an der Garderobe ab.

Kaum hatte sie den Saal betreten und sich umgesehen, näherte sich die erste Herausforderung. „Holly, ich bin froh, dass du deine Meinung geändert hast und gekommen bist", verkündete John und ergriff ihre Hand. „Du siehst bezaubernd aus."

„Danke." Sie musterte ihn von oben bis unten. Er war wie immer korrekt gekleidet: gebügelte Bundfaltenhose, Hemd und Pullover. „Du siehst auch gut aus." Sie gab ihm einen Kuss auf die glatt rasierte Wange und atmete den Duft seines vertrauten Aftershaves ein.

„Na, schau mal an, du bist ja doch gekommen!", sagte

eine vertraute Stimme hinter Holly.

Dylans tiefe Stimme ließ Holly erschauern. Während Johns Duft angenehm gewesen war, löste Dylans Duft ein warmes, aufregendes Gefühl aus.

„Ich dachte, du wolltest nicht kommen." Ein wissendes Lächeln breitete sich auf seinem Gesicht aus.

„Ihr zwei habt euch schon getroffen?", fragte John verblüfft.

John sprach nie mit Holly über Dylan. Er wusste, dass sie mal etwas miteinander gehabt hatten, schließlich war er mit beiden zur Schule gegangen. Weder Holly noch John erwähnten Dylan je. Jetzt begriff Holly aber, dass sie Dylan nie vergessen hatte, auch wenn sie sich dessen nicht bewusst gewesen war.

Sie fragte sich, ob er schon erfahren hatte, dass sie und John ein Paar waren, und ob es ihn überhaupt interessierte. Sie räusperte sich und beantwortete schließlich Johns Frage: „Dylan ist heute Nachmittag in meine Praxis gekommen."

„Ich wollte sie bitten, heute Abend mit mir zu tanzen", erklärte Dylan mit diesem sexy Funkeln in den Augen.

Er schien nicht zu wissen, dass sie und John zusammen waren, daher sagte sie rasch: „Dylan hat sich gegen Grippe impfen lassen."

Sie wollte nicht, dass John einen falschen Eindruck bekam. Oder war das eher der richtige Eindruck? Ihr verräterisches Herz klopfte jedenfalls schneller in Dylans Nähe. Anscheinend waren die alten Gefühle noch da. Nicht einmal die Tatsache, dass er damals urplötzlich verschwunden war, konnte das Verlangen dämpfen, das er in ihr weckte.

„Und als pflichtbewusste Ärztin hat sie mir natürlich

sofort eine Spritze verpasst." Dylan rieb sich die Stelle unterhalb der Hüfte und lachte, bis sein Blick auf Hollys Hand fiel, die Johns hielt.

Seine Augen weiteten sich, und ein unangenehmes Schweigen machte sich breit. „Sie ist die Frau, mit der du zusammen bist?", fragte Dylan schließlich John. „Mit ihr möchtest du eine Familie gründen?" Seine Stimme hörte sich heiser an.

Instinktiv entzog Holly John ihre Hand.

„Und du bist der Grund, weshalb sie sich vor einer festen Bindung drückt. Ich verstehe nicht, wieso ich das nicht schon viel früher begriffen habe", erwiderte John.

„Entschuldigt mal", meldete Holly sich zu Wort, „aber könntet ihr zwei wohl aufhören, über mich zu reden, als wäre ich gar nicht da?" Sie wandte sich zuerst an John. „Dylan hat mit meiner Einstellung zu einer festen Bindung nichts zu tun." Angesichts des Kribbelns in ihrem Bauch fragte sie sich jedoch, ob das wirklich stimmte.

„Ich weiß, dass du das gern glauben möchtest, aber ich werde mein Leben weiterführen, mit dir oder ohne dich", sagte John und wandte sich an Dylan. „Wie lange wirst du in der Stadt bleiben?"

Dylan war genauso irritiert wie Holly. „Über die Feiertage. Aber …"

„Dann ist es beschlossen."

„Was?", wollte Holly verwirrt wissen.

John stellte sich gerade hin und zog seine Garderobenmarke aus der Tasche. „Verbring die nächsten Tage mit Dylan, oder denk in Ruhe allein über alles nach. Es ist mir egal, wofür du dich entscheidest, nur stell dich der Vergangenheit und finde heraus, was du willst."

Holly stutzte. „Kann mir bitte jemand sagen, wann ich die Kontrolle über mein Leben verloren habe?"

„Oh, etwa zu der Zeit, als dieser Kerl hier nach Hollywood ging." John nahm ihre Hand und drückte sie sanft. „Du bedeutest mir viel, und ich möchte dich glücklich machen. Aber ich will auch glücklich sein, also lass uns die nächsten Tage vernünftig nutzen, ja?"

Sie hatte geglaubt, der heutige Abend würde ihr helfen, sich für John zu entscheiden, denn schließlich wollte er eine Familie mit ihr gründen, während Dylan ihr das Herz gebrochen hatte. Sie hatte angenommen, wenn sie John und Dylan nebeneinander sähe, wüsste sie sofort, für wen sie sich zu entscheiden hatte. Aber das war naiv gewesen, denn Dylan hatte eine derartige Wirkung auf sie, dass sie alles um sich herum vergaß. Dabei versprach er ihr nichts. Trotzdem konnte sie sich nicht voll und ganz auf einen anderen Mann einlassen.

Sie würde sich diese Zeit mit ihm nehmen müssen. John hatte das erkannt, doch Holly begriff das erst jetzt, nachdem John sie mit der Nase darauf gestoßen hatte.

„Einverstanden", sagte sie.

Zu ihrem Entsetzen schüttelte John Dylan die Hand und gab anschließend Holly einen Kuss auf die Wange statt auf die Lippen. Er küsste sie nicht so, als wollte er ihr im Gedächtnis bleiben, während sie sich überlegte, für wen sie sich entscheiden sollte. Andererseits führten John und sie eine freundschaftliche, fürsorgliche Beziehung, keine stürmische und leidenschaftliche. Machte ihn nicht gerade das zur perfekten Wahl für die Zukunft?

Dylan war nur zu Besuch da und wollte sich sicherlich nicht dauerhaft an sie binden. Sie kannten einander ja kaum noch. Aber er war ihr immer noch vertraut, und deshalb musste sie diese Sache zwischen ihnen zu Ende bringen, auch wenn er höchstwahrscheinlich wieder nach L.A. zurückkehren würde und die große Gefahr bestand, dass er ihr erneut das Herz brach.

„Interessant", meinte Dylan und schaute John hinterher. „Ich hatte keine Ahnung, dass ihr zwei zusammen seid."

„Woher solltest du es auch wissen?", erwiderte Holly. „Schließlich hatten wir in den letzten zehn Jahren keinen Kontakt mehr."

„Das stimmt", räumte er ein. „Und ich bedauere das. Mir tun eine Menge Dinge leid, über die wir noch sprechen müssen. Aber jetzt bin ich wieder da und beabsichtige, alles nachzuholen, was ich bisher verpasst habe." In seinen Augen lag ein Ausdruck von Entschlossenheit.

Es musste dieses Feuer der Entschlossenheit gewesen sein, das seine steile Hollywoodkarriere ermöglicht hatte. „Wie kommst du darauf, dass ich das auch will?"

Er gab einen leisen tadelnden Laut von sich, dabei lächelte er jedoch. „Bring mich nicht dazu, dich hier vor all den Leuten leidenschaftlich zu küssen, um es dir zu beweisen." Er kam so nah, dass sie seine raue Wange an ihrer spürte, und flüsterte mit heiserer Stimme, die sie erschauern ließ: „Denn wenn ich dich küsse – und du kannst dir sicher sein, dass ich das tun werde –, sollten wir lieber allein sein, damit ich mir genug Zeit lassen kann."

Sie hielt den Atem an, da sie die Szene in ihrer Fantasie deutlich vor sich sah – seine Lippen auf ihren, das Spiel seiner Zunge, die Nähe seines wundervollen Körpers.

Ein leises Stöhnen entwich ihr, aber zum Glück war die

Musik laut genug, um es zu übertönen. Viele Leute mochten sie vielleicht fasziniert beobachten, doch was sich zwischen ihnen abspielte, bekamen sie nicht mit.

„Wartet in L.A. keine hübsche Freundin auf dich?", erkundigte Holly sich, denn sie fragte sich, warum er sich an sie heranmachte.

„Nein." Er sah sie mit seinen blauen Augen ernst an.

„In den Zeitungen heißt es …"

„Die erste Lektion, die du lernen musst, lautet: Glaube nie etwas, das du in der Zeitung liest, egal wie seriös das Blatt ist. Erkundige dich lieber bei mir nach dem Wahrheitsgehalt einer Story oder, noch besser, vertrau deinem Instinkt."

„Das hört sich so an, als wolltest du länger bleiben. Wie sollte ich mich sonst bei dir nach dem Wahrheitsgehalt erkundigen? Aber da du bald fährst, werde ich es nicht tun. Es tut mir leid, dass ich das Thema überhaupt angeschnitten habe."

„Nein, es tut dir nicht leid, und mir auch nicht. Ich möchte, dass du alles über mich weißt, so wie ich alles über dich erfahren will. Doch zuerst fordere ich den Tanz ein, den du mir versprochen hast."

„Ich habe dir nie …"

Er legte ihr sanft den Zeigefinger auf die Lippen. „Willst du uns etwas verwehren, wonach wir uns beide sehnen?"

Seufzend reichte sie ihm die Hand und ließ sich von ihm auf die Tanzfläche führen, wo Dylan seine Hand auf ihre Taille legte und Holly an sich drückte, um sich mit ihr im sinnlichen Rhythmus der Musik zu wiegen.

Sie schloss die Augen und überließ sich ganz ihren Gefühlen. Plötzlich verstand sie, warum John ihr nie genügt hatte und kein Mann auch nur annähernd an Dylan herankam. Niemand konnte mit der Erinnerung an ihre erste Liebe mithalten, und jetzt war diese erste große Liebe wieder da und stellte ihr Leben auf den Kopf.

Dass sie inzwischen älter und klüger war, tröstete sie wenig, da sie auf ihre Gefühle und Sehnsüchte ebenso wenig Einfluss hatte wie auf den Ausgang dieser kurzen Romanze.

Irgendwann während der Party hatte es draußen angefangen zu schneien. Weiße Flocken schwebten herab und gaben so der Wettervorhersage recht, die eine weiße Weihnacht angekündigt hatte. Dylan hatte schon lange keinen Schnee mehr gesehen und sich schon lange nicht mehr so gefreut wie jetzt.

Er wartete, während Holly in ihren Wollmantel schlüpfte und den Gürtel fest zuband. Mit ihr zu tanzen und sie in den Armen zu halten hatte ihm bestätigt, dass seine Rückkehr nach Hause genau das war, was er gebraucht hatte. Und wenn er die kurze Szene zwischen Holly und John richtig deutete, war Dylan genau das, was Holly im Moment brauchte. Dylan störte jedoch, dass er ausgerechnet John Holly ausspannen musste, doch offenbar war es zwischen den beiden schon nicht mehr gut gelaufen, bevor Dylan aufgetaucht war.

Er wusste, dass Holly ihm misstraute und auch guten Grund dazu hatte. Trotzdem hatte er bereits Fortschritte gemacht. Allerdings blieb ihm auch nur eine knappe Woche, um ihr Vertrauen zurückzugewinnen.

„Fertig?", fragte er.

Sie nickte.

„Wo wohnst du jetzt?"

Sie zog ein Paar schwarzer Handschuhe hervor. „Ich bin in die Wohnung über der Praxis gezogen, die Dad früher an Studenten vermietet hat."

„Kluge Entscheidung. Du bist also zu Fuß hier?"

„Ja. Und du? Wohnst du bei deiner Mutter?"

„Sie würde mir glatt den Kopf abreißen, wenn ich es nicht täte", erwiderte er amüsiert. „Sie ist so froh über meinen Besuch, dass sie mir schon Frühstück, Mittagessen und Abendessen zubereitet hat."

Sie gingen die Straße entlang.

„Pass bloß auf, dass sie dich nicht zu sehr verwöhnt. Kochst du bei dir zu Hause selbst?"

Er wertete es als gutes Zeichen, dass sie anfing, ihm Fragen über sein Leben zu stellen. „Alles, was man in der Mikrowelle zubereiten kann."

Hollys Lachen berührte ihn tief. „Das klingt sehr nach meinem Lebensstil. Mittlerweile habe ich einen Partner, der nach Neujahr in meine Praxis einsteigt und mir hoffentlich einen Teil der Arbeit abnimmt. Er heißt Lance Tollgate. Ich glaube, die Patienten werden ihn mögen. Er ist ein netter junger Mann, der schon Kinder hat. Er kommt bestimmt mit jüngeren Leuten gut zurecht."

„Dein Vater wäre stolz auf dich", meinte Dylan.

„Ja, das war er." Ihr brach die Stimme. „Entschuldige, es ist noch nicht lange her."

Dylan schluckte. „Es tut mir leid, dass ich nicht da war." Er nahm ihre Hand.

„Ich habe es überlebt. Es ist viel passiert, während du nicht da warst", erwiderte sie.

Er wusste, dass sie irgendwann über seinen plötzlichen

Weggang damals reden mussten, wenn sie ihm glauben sollte, dass er sie diesmal nicht verlassen würde. Doch zuerst sollte sie ihn wieder besser kennenlernen.

Sie erreichten die Praxis und gingen zum Nebeneingang. Nachdem sie die Tür geöffnet hatte, folgte er ihr die Treppe hinauf zu ihrer Wohnung.

Vor der Wohnungstür fing Holly an, nach ihren Schlüsseln zu kramen. „Möchtest du noch auf einen Kaffee oder einen Drink mit hineinkommen?", fragte sie.

Er wollte, aber er hatte andere Pläne. „Danke für die Einladung, aber ich muss früh wieder raus."

Sie zuckte die Schultern, als sei es ihr gleichgültig, doch er bemerkte sehr wohl ihre Enttäuschung.

Er streichelte ihre Wange. „Hast du morgen schon etwas vor?"

„Ich habe mir morgen freigenommen. Meine Patienten habe ich an einen Arzt in der Nähe verwiesen. Ich muss mal ein wenig ausspannen, sonst macht der Stress mich fertig. Die Patienten profitieren ja auch davon, wenn ich mal wieder einen klaren Kopf bekomme." Sie sprach schnell. Anscheinend hatte sie es eilig, hineinzukommen, um ihn nicht mehr sehen zu müssen.

„Was hältst du davon, wenn ich dich morgen früh abhole und wir nach Boston fahren, um Weihnachtseinkäufe zu machen?"

Sie drehte sich zu ihm um. Ihr blondes Haar und ihr dezent geschminktes Gesicht schienen zu leuchten. Es war ihm bis jetzt gar nicht aufgefallen, dass sie nicht nur zur Party erschienen war, sondern sich auch bei ihrem Äußeren sehr viel Mühe gegeben hatte.

Er freute sich. „Du bist wunderschön, weißt du das?

Nicht mehr jungmädchenhaft schön wie damals, sondern auf eine frauliche Art, die mir viel besser gefällt."

Verärgert kniff sie die Augen zusammen. „Was für ein Spiel treibst du eigentlich, Dylan? Du kannst nicht auf einen Drink mit hereinkommen, weil du ausgeschlafen sein willst. Aber dann bietest du an, mich morgen früh abzuholen. Ich versteh dich wirklich nicht!"

„Offensichtlich sende ich widersprüchliche Signale aus. Tut mir leid. Ich würde liebend gern noch mit hereinkommen, doch wir wissen beide, wohin das führen würde. Ich kann zwar kaum glauben, dass ich das sage, aber ich möchte es langsam angehen lassen."

„Langsam? Sind zehn Jahre nicht langsam genug? Du willst mich quälen, das ist es doch!"

„Ich will, dass du ins Bett gehst und von nichts anderem außer mir träumst." Er zeichnete mit den Fingern die Konturen ihrer Lippen nach. „Damit du, wenn ich dich morgen abhole, ganz auf unser erneutes gegenseitiges Kennenlernen konzentriert bist."

„Du möchtest herausfinden, wer ich heute bin?", fragte sie belustigt.

„Ja."

Holly verblüffte ihn, indem sie die Zunge vorschob und auf verführerische Weise an seinem Daumen leckte. Die Liebkosung ging ihm durch und durch.

Ohne nachzudenken, zog er sie an sich und presste seine Lippen auf ihre. Sie gab nach, machte den Mund jedoch nicht auf. Offenbar wollte sie es ihm nicht leicht machen, was ihn jedoch nicht störte.

Er küsste sie zärtlich und war dankbar, ihr endlich so nah zu sein. Je länger der Kuss dauerte, desto deutlicher erkannte er, dass die Gegenwart um ein Vielfaches besser war als seine Erinnerungen an die Vergangenheit mit Holly. Und definitiv aufregender. Er umfasste ihr Gesicht mit beiden Händen, während er sie weiterküsste, langsam, genau wie er es versprochen hatte. Er wollte sichergehen, dass sie diesen Kuss nicht vergaß und in dieser Nacht von ihm träumte.

Mit der Zungenspitze stieß er gegen ihre Lippen und wurde belohnt mit einem leisen Stöhnen, mit dem sie ihm Einlass gewährte. Heißes Verlangen durchströmte ihn. Er sehnte sich danach, mit ihr zu schlafen, doch bevor er sich über seine eigenen Worte hinwegsetzen und Hollys Einladung, noch mit hereinzukommen, annehmen konnte, löste er sich von ihr. Er wollte ihr Vertrauen gewinnen, und zwar auf lange Sicht, nicht nur für eine Nacht.

„Du hast deine Technik perfektioniert", meinte sie und warf ihm einen verführerischen Blick zu.

„Ich betrachte das als Kompliment. Aber deine Technik ist auch ziemlich gut geworden. Trotzdem glaube ich, dass Technik nichts damit zu tun hat."

„Nein? Wenn es damit nichts zu tun hat, frage ich dich, warum wir aus unseren Fehlern nichts gelernt haben?"

„Also, ich weiß nicht, wie es dir geht, aber ich habe sehr viel aus meinen Fehlern gelernt", erwiderte er. „Es ist einfach so, dass wir uns nach wie vor sehr stark zueinander hingezogen fühlen."

Sie schien nicht überzeugt. „Und das sagt ein Mann, der behauptet hat, das zwischen uns sei nur eine Highschool-Liebe gewesen?"

Er nahm den Hieb hin. „Das hat ein unreifer Junge behauptet. Inzwischen bin ich ein erwachsener Mann."

„Wer ist dieser Mann, und was will er von mir?"

„Das wird die Zeit zeigen." Es war nicht seine Absicht gewesen, geheimnisvoll zu tun, aber er konnte schlecht zugeben, dass er zurückgekommen war, weil er sie wiederhaben wollte. Sie würde ihm nicht glauben, weil er sie schon einmal enttäuscht hatte. „Gib mir einfach ein wenig Zeit."

Sie berührte ihre feuchten roten Lippen. „Sex war damals auch nicht genug."

„Wir sind heute älter und weiser."

Darüber musste sie lachen. „Hoffen wir es." Mit diesen Worten betrat sie ihre Wohnung und machte die Tür hinter sich zu.

Dylan atmete tief durch und versuchte sich zu sammeln. Er war Hollys erster Liebhaber gewesen, und obwohl sie eine wissbegierige Schülerin gewesen war, hatte sie nur selten die Initiative beim Sex ergriffen. Diese provokante Art an ihr war neu, und sie gefiel ihm sehr.

Er konnte es kaum erwarten, noch mehr über Holly herauszufinden.

3. KAPITEL

Holly befürchtete, dass sie entweder den Verstand verloren hatte oder in eine verfrühte Midlife-Crisis geraten war. Eine andere Erklärung dafür, dass sie Dylan geküsst und sich einverstanden erklärt hatte, noch mehr Zeit mit ihm zu verbringen, gab es nicht. Andererseits – welche Wahl hatte sie denn gehabt? Die Trennung damals hatte überhaupt nichts verändert, da die Anziehung zwischen ihnen so stark war wie eh und je. Nein, ihr blieb nichts anderes übrig, als weiterzumachen und abzuwarten, was die Zukunft brachte. Das ständige Grübeln in den vergangenen zehn Jahren hatte sie schließlich nicht weitergebracht.

Als es am nächsten Morgen an der Tür klingelte, trug sie ihre Lieblingsjeans, dazu eine Baseballkappe, und war bereit, mit Dylan in Boston shoppen zu gehen.

Sie machte die Tür auf, und er begrüßte sie mit einem Pappbecher Kaffee in jeder Hand. „Du kommst mit Geschenken?", neckte sie ihn.

„Ein einfacher schwarzer Kaffee für mich und ein Latte Macchiato für dich. Ich dachte, wir fahren am besten mit der Bahn in die Stadt", erklärte er.

„Ich habe mich wohl verhört. Amerikas Superstar fährt mit der Bahn? Willst du, dass sich die Leute auf dich stürzen?" Ihr fiel auf, dass sie sich bisher weder über sein Ego noch über seinen Lebensstil Gedanken gemacht hatte. „Schon gut. Du musst die Aufmerksamkeit ja lieben, sonst wärst du nicht so erfolgreich."

Er schien sich unbehaglich zu fühlen. „‚Lieben' ist übertrieben. Der Erfolg bringt die Aufmerksamkeit mit sich. Man gewöhnt sich daran, bis auf die Tatsache, dass man kein Privatleben mehr hat und es viel Mühe kostet, wenn man einmal ungestört sein will."

„Du genießt den Ruhm gar nicht?", fragte sie überrascht.

„Anfangs habe ich ihn sehr genossen. Aber man hat ihn schnell über. Mir wurde klar, dass ich immer allein bin, egal wie viele Leute um mich herum sind. Ich fing an, mich einsam zu fühlen."

Sein wehmütiger Ton verblüffte sie. „Soll ich jetzt etwa Mitleid mit dir haben?"

Er lachte. „Nein, das will ich nicht. Ich habe nur deine Frage beantwortet, indem ich dir sage, wie es ist. Ich möchte, dass du mich kennst und verstehst, wie ich zu dem geworden bin, was ich jetzt bin. Ja, ich liebe meinen Beruf, aber ich habe viel dafür geopfert."

Dylan wurde wieder ernst, und Holly fragte sich, ob die Motive für seine Heimkehr eher mit seinem Gefühlszustand zu tun hatten als nur mit dem Kurzbesuch bei seiner Mutter. Er wirkte so nachdenklich. Andererseits konnte sie sich nicht vorstellen, dass Dylan plötzlich eingefallen war, dass ihm sein Zuhause und Holly fehlten. Nicht nach all den Jahren des Schweigens zwischen ihm und Holly. Was wiederum die Frage aufwarf, wie sie in sein Leben passen sollte.

„Wir alle treffen Entscheidungen", sagte sie in Bezug auf seinen Entschluss, eine Hollywoodkarriere anzustreben.

„Die wir manchmal für den Rest unseres Lebens bedauern." Er drückte ihre Hand, und Holly hatte das Gefühl, als würde auch ihr Herz zusammengedrückt.

„Willst du damit sagen, du bereust es, nach L.A. gegangen zu sein?"

„Nein, ich bereue nur, wie ich es angepackt habe."

Sie schluckte und war sich nicht sicher, ob sie schon bereit war, über ihre gemeinsame Vergangenheit zu sprechen. Andererseits wollte sie auch nicht, dass dieses Gespräch bereits beendet war. „Und heute?"

Ein Lächeln machte sich auf seinem Gesicht breit. „Dieses Mal werden wir uns Zeit lassen und einen Schritt nach dem anderen machen. Wir fahren in die Stadt, um shoppen zu gehen. Wir fahren mit der Bahn wie alle anderen auch. Niemand wird damit rechnen, mich in der Bahn zu treffen, also werden die Leute höchstens denken, dass ich dem berühmten Dylan North ähnlich sehe, und uns in Ruhe lassen." Er machte ein Gesicht wie ein kleiner Junge, der plante, einem einen Streich zu spielen. „Das möchte ich gerne tun. Und du?"

„Das Gleiche." Genau das macht mir ja Angst, dachte sie, während sie ihre Skijacke und ihre Handtasche nahm. „Für wen musst du heute Geschenke kaufen?"

„Ich bin ein Big Brother", sagte er und erzählte ihr auf der Fahrt in die Stadt von Darrell, dem Jungen, dessen Mentor er im Rahmen eines Hilfsprogramms für Jugendliche war, das er seit zwei Jahren finanziell unterstützte.

Bei Sports Authority kaufte er ein Paar Basketballschuhe, einen offiziellen NBA-Basketball und Sportkleidung für Darrell. Außerdem bestellte er eine große Anzahl Basketbälle für ein weiteres Jugendprogramm und ließ sie an ein Gemeindezentrum in South Central L.A. schicken. Holly fiel die Sorgfalt auf, mit der er diese Geschenke auswählte. Er war nicht nur reich und berühmt, sondern engagierte sich auch für die Menschen der Stadt, in der er lebte. Das machte es Holly nicht gerade leichter, ihre Gefühle für ihn zu unterdrücken.

Beim Mittagessen erkundigte er sich nach ihrem Medizinstudium, wovon sie ihm nur kurz berichtete, weil sie lieber noch mehr über ihn erfahren wollte.

Er erzählte ihr von seiner Fahrt nach L.A. und all den Dingen, die er dort zum ersten Mal erlebt hatte – vom Anblick des Hollywood-Schriftzuges, seiner Suche nach einem Agenten und seinem ersten Job als Kellner, den er verlor, nachdem er Eistee über Dolly Partons Kleid gegossen hatte.

Während sie weitere Einkäufe für die Familie und Freunde erledigten, berichtete er ihr, wie aufgeregt er bei seinem ersten Film gewesen war. Damals hatte er herausgefunden, dass es berühmte Schauspieler gab, die einem Anfänger halfen, und andere, die Angst hatten, es würde ihrem Ruhm schaden, wenn sie sich mit einem Anfänger abgaben. Zum ersten Mal konnte Holly vergessen, wie sehr sie damals gekränkt gewesen war, als er sie so einfach verlassen hatte, und verstand, warum er unbedingt nach Hollywood hatte gehen müssen.

Natürlich mussten sie nach wie vor darüber reden, warum Dylan sie damals einfach so Hals über Kopf verlassen hatte, doch im Augenblick genoss sie einfach seine Gesellschaft. Sie trennten sich für eine halbe Stunde, damit sie ein Geschenk für ihn kaufen konnte. Als sie nach Hause kamen, hatte er es tatsächlich geschafft, Menschenaufläufe zu verhindern, und lediglich zwei Autogramme gegeben. Jedes Mal, wenn ihn jemand erkannt hatte, hatte er sich schnell aus dem Staub gemacht und war in ein Geschäft zum Einkaufen geflüchtet. Er konnte einerseits sehr nett zu seinen Fans sein, andererseits konnte er ihnen auch sehr geschickt aus dem Weg gehen.

Holly konnte sich nicht erinnern, jemals einen amüsanteren und erotisch so aufgeladenen Tag erlebt zu haben. Dylans Eau de Toilette erregte sie, wann immer sie es einatmete. Außerdem berührte er sie unablässig, indem er entweder ihre Hand hielt oder ihr seine Hand auf den Rücken legte, um sie in diese oder jene Richtung zu lenken. Was sie auch taten, er sorgte dafür, dass es den ganzen Tag über eine körperliche Verbindung zwischen ihnen gab, was zur Folge hatte, dass sie jetzt überall ein sinnliches Kribbeln verspürte.

Am Bahnhof in Acton stiegen sie ins Auto. „Und was nun?", wollte Dylan wissen und legte den Arm auf ihre Kopfstütze.

Hollys Herz pochte. Den ganzen Tag über hatte sie darüber nachgedacht, ob sie ihn mit in ihre Wohnung nehmen konnte, ohne sich völlig am Boden zerstört zu fühlen, wenn er in ein paar Tagen wieder nach L.A. zurückkehrte. Wahrscheinlich nicht, doch das spielte jetzt auch keine Rolle mehr. Wie konnte sie ihn abweisen, wenn sie die Chance hatte, mit ihm zusammen zu sein?

Ihre Blicke trafen sich. „Ich muss noch meinen Weihnachtsbaum schmücken. Wenn du mir hilfst, koche ich dir ein Abendessen", bot sie an.

Wenn er diese ziemlich eindeutige Einladung wieder ablehnte, würde sie sicher keinen weiteren Vorstoß in diese Richtung mehr wagen.

Er streichelte ihre Wange. „Gern", sagte er lächelnd.

Vor lauter Vorfreude bekam sie eine Gänsehaut, als er den Motor anließ.

Hollys Wohnung war so gemütlich, dass Dylan sich sofort wie zu Hause fühlte. Während sie das Essen zubereitete, befestigte er die Lichterkette an den Zweigen ihres Weihnachtsbaumes. Er konnte kaum fassen, dass Holly, die doch Weihnachten so liebte, nicht schon längst ihre Wohnung geschmückt hatte. Er vermutete, dass sie zu viel arbeitete und daher noch keine Zeit gefunden hatte, ihre Wohnung weihnachtlich zu dekorieren. Er gab sich besondere Mühe beim Schmücken des Tannenbaums, um Holly zu beeindrucken.

Als er ihre Schritte hinter sich hörte, drehte er sich um. Sein Blick fiel zuerst auf ihre enge Jeans, die sie zum Kochen angezogen hatte und die ihre Hüften und Schenkel umschmiegte. Holly war noch immer schlank, aber ihre Figur war auf sinnliche und aufregende Weise femininer. Er verspürte nicht nur Begierde, sondern die tiefe Sehnsucht nach Erfüllung, die er nur bei ihr gefunden hatte.

Der heutige Tag hatte ihm gezeigt, dass die Realität in Wirklichkeit noch viel besser war, als er sie sich ausgemalt hatte. Holly und er könnten so vieles gemeinsam erleben, wenn er sie nur davon überzeugen konnte, ihn erneut in ihr Herz zu schließen.

„Hallo", sagte er.

„Hallo. Das Essen ist in ungefähr vierzig Minuten fertig. Ich hoffe, du magst tiefgefrorene Lasagne. Als ich dich zum Abendessen einlud, hatte ich vergessen, dass ich schon seit einer Weile nicht mehr einkaufen war. Ich hab noch was in der Tiefkühltruhe gefunden, damit wir überhaupt etwas zu essen haben." Sie setzte sich auf den Holzfußboden.

„Ich wäre auch gern mit dir auswärts essen gegangen,

aber mit dir allein zu sein ist schöner." Er setzte sich ebenfalls auf den Fußboden und deutete neben sich, damit sie sich zu ihm setzte. Doch sie schüttelte den Kopf. Zwar lächelte sie, doch es wirkte gezwungen. „Was ist los?"

Sie senkte den Blick und rieb die Handflächen an ihrer Jeans. „Ich habe nachgedacht, und dabei sind mir ein paar Fragen in den Sinn gekommen. Viele Fragen, um ehrlich zu sein."

„Und welche?"

Sie sah ihn wieder an. „Zum Beispiel, warum du damals so plötzlich verschwunden bist und warum du heute genauso plötzlich wieder aufgetaucht bist."

Er starrte zur nackten Spitze des Baumes hinauf und überlegte, was er antworten sollte. Er konnte nur hoffen, dass es ihm gelang, sie von der Aufrichtigkeit seiner Gefühle zu überzeugen.

Obwohl sie im Schneidersitz nicht weit von ihm entfernt saß, war die Ungezwungenheit verschwunden. Holly schien sogar darauf zu achten, ihm nicht zu nahe zu kommen. Sie wartete auf eine Erklärung, und er fragte sich, ob sie seine Motive verstehen würde.

„Du weißt, wie gern ich Schauspieler werden wollte."

„Ja, du wolltest zum Broadway gehen", sagte sie. „Wir hatten Pläne. Träume. Das dachte ich zumindest. Aber nachdem du einfach verschwunden warst, musste ich mir eingestehen, dass es wohl nur meine Pläne gewesen waren. Ich habe aus deinem Verschwinden geschlossen, dass du nur mir zuliebe so getan hast, als hätten wir die gleichen Träume." Manchmal hatte sie auch den Verdacht gehabt, dass er sie nur benutzt hatte.

Sie biss sich auf die Unterlippe und hoffte, dass er nicht

merkte, wie sehr er sie damals verletzt hatte. Auf keinen Fall sollte er wissen, dass sein damaliges Fehlverhalten dafür gesorgt hatte, dass sie keinem Mann mehr voll vertrauen konnte und es ihr deshalb nur schwer möglich war, eine Beziehung einzugehen. Jetzt, wo ihr klar wurde, welche Wirkung er nach wie vor auf sie hatte, nahm sie ihm sein Verhalten von damals erst recht übel.

Er betrachtete die Tanne, als könnte sie ihm zu Klarheit verhelfen. „Je näher der Highschool-Abschluss rückte, desto mehr kam es mir wie ein Opfer vor, an den Broadway nach New York zu gehen. Es war, als würde ich den Trostpreis akzeptieren, ohne den Sieg überhaupt angestrebt zu haben."

„Warum hast du nicht mit mir darüber gesprochen? Oder war ich dir eine solche Last?" Zum ersten Mal sprach sie ihre Ängste laut aus. „Hast du befürchtet, ich könnte dich zurückhalten?"

Er sah sie erschrocken an. „Ist das dein Ernst? Ganz im Gegenteil, ich wollte dich nicht von deinen Plänen abbringen. Du und deine Familie, ihr hattet genaue Vorstellungen davon, was aus dir werden sollte. Sie wollten, dass du in Yale studierst, genau wie dein Vater und sein Vater vor ihm. Verstehst du? Ich wusste, dass du mir nach L.A. hättest folgen wollen, wenn ich dir von meinen Plänen erzählt hätte. Sicher, in der Nähe gibt es die Stanford University oder andere Universitäten, aber an keiner hättest du die Familientradition fortführen können. Dafür kam nur Yale infrage."

„Hätte ich diese Entscheidung nicht treffen müssen? Es sei denn, du schiebst diese Erklärung jetzt nur vor, weil du mich damals in Wirklichkeit nicht wolltest …"

Er nahm ihre Hand und drückte sie. „Ich wollte nicht, dass du es eines Tages bereust, mit mir gegangen zu sein. Und für den Fall, dass du vergessen hast, wie viel du mir bedeutet hast und noch immer bedeutest, werde ich deine Erinnerung auffrischen." Zu ihrer Verblüffung rutschte er näher, beugte sich zu ihr und küsste sie fordernd und leidenschaftlich zugleich.

Sie brauchte und wollte diesen Kuss. Diesmal zögerte sie nicht. Sie teilte die Lippen und gewährte ihm Einlass. Sofort begann er, ihre Zunge mit seiner zu umspielen, neckend und kostend, damit sie verstand. Sein Kuss und seine zärtlichen Berührungen halfen ihr ein wenig über den Schmerz hinweg, den sie noch immer fühlte, weil er sie damals verlassen hatte.

Holly legte ihm die Hände auf die Schultern und drückte ihn sanft auf den Boden. Er zog sie mit sich, sodass sie beide unter dem Weihnachtsbaum zu liegen kamen, sie auf Dylan, ihre Beine mit seinen verschlungen. Ihre Körper schmiegten sich perfekt aneinander, und Holly war sich seines Verlangens sehr bewusst, auf das sie ihrerseits reagierte.

Sie konnte nicht leugnen, dass nur er ihre Sehnsucht zu stillen vermochte. Sie begehrte ihn, und was noch beängstigender war, sie brauchte ihn.

Er schaute sie zärtlich an. „Du hast mir gefehlt, Holly."

„Du mir auch", gestand sie und küsste ihn erneut, diesmal neckend, damit die Stimmung ungezwungener wurde.

Er legte ihr die Hände auf die Taille. „Ich habe dir erklärt, warum ich gegangen bin. Möchtest du nicht auch erfahren, warum ich zurückgekommen bin?"

„Ich bin mir nicht sicher, ob ich das wirklich will",

räumte sie ein. „Bei all dem, was in deinem Leben passiert ist, kann ich mir kaum vorstellen, dass du hier bist, weil du mich nicht vergessen konntest."

„Aber so ist es."

Ein warmes Gefühl breitete sich in ihr aus. „Du weißt genau, wie du es anstellen musst, damit ich mich wie etwas Besonderes fühle." Ihr Verstand riet ihr, nicht zu viel in seine Worte hineinzuinterpretieren.

Er war zu Besuch gekommen, zum ersten Mal, seit sie wieder hier lebte, und er wollte sich für seine Fehler, die er vor Jahren gemacht hatte, entschuldigen. Dass er und Holly sich zueinander hingezogen fühlten, war lediglich ein angenehmer Nebeneffekt. Man konnte es ihm nicht verübeln, dass er die Gelegenheit beim Schopfe packte, und schließlich hatte Holly ihn nicht zurückgewiesen. Sie machte ihm keinen Vorwurf und sich selbst auch nicht, weil sie ihn wieder in ihr Leben gelassen hatte. Sie musste mit der Vergangenheit abschließen, um nach vorn schauen zu können, und genau aus diesem Grund war sie jetzt und hier mit Dylan zusammen.

„Ich kann jeden umgarnen", gab er augenzwinkernd zu, ganz der gefeierte Filmstar. „Aber dich nicht. Ich könnte dir nie etwas vorspielen, und ich habe auch gar nicht die Absicht, es jemals zu versuchen."

„Na gut. Dann sind wir uns einig, dass du zurückgekommen bist, um mir alles zu erklären."

„Ja, so könnte man es ausdrücken."

Und wenn er alles erklärt hatte, würde er sicher wieder nach L.A. zurückkehren. Ganz sicher würde er bald wieder verschwunden sein.

Trotz dieser Gewissheit wollte Holly die Zeit mit ihm

so intensiv wie möglich nutzen und mitnehmen, was sie bekommen konnte. „Ich finde, wir haben genug geredet. Meinst du nicht?", fragte sie lächelnd und näherte ihr Gesicht wieder seinem.

„Fürs Erste", stimmte er zu.

Sie schmiegte ihr Gesicht an seinen Hals und bewegte das Becken sanft hin und her, um das Feuer der Begierde weiter anzufachen.

Kaum hatte sie ein Stöhnen von sich gegeben, drehte Dylan sie auf den Rücken. Früher hatte er stets die Initiative ergriffen, und heute ließ Holly es geschehen, da sie überzeugt war, dass sie noch Gelegenheit haben würde, ihm zu zeigen, wie viel selbstbewusster sie auch in sexueller Hinsicht inzwischen war.

Er schob ihr T-Shirt hoch und ließ die Hände langsam zu ihrem Spitzen-BH hinaufgleiten. Ein sinnlicher Schauer durchlief sie, als sie seine warmen Hände auf ihrer nackten Haut spürte. Er schob die Fingerspitzen unter den elastischen Stoff und umfasste ihre vollen Brüste mit den Händen.

„Du fühlst dich noch besser als damals an", flüsterte er mit einer Mischung aus Anerkennung und Begierde.

„Als könntest du dich daran noch erinnern!"

Er machte ein gekränktes Gesicht. „Du glaubst, das könnte ich nicht?"

Um die Stimmung nicht mit einem Gespräch über die Frauen zu verderben, die es in der Zwischenzeit in seinem Leben gegeben hatte, sagte sie: „Das war nur Spaß. Ich erinnere mich an alles, was uns betrifft, und du sicher auch."

Er zog Holly das T-Shirt über den Kopf und streifte ihr die BH-Träger von den Schultern, sodass er endlich den

Anblick ihrer nackten Brüste genießen konnte.

Holly war kein bisschen verlegen, im Gegenteil, es kam ihr ganz natürlich vor, in Dylans Gegenwart nackt zu sein und von seinen Blicken regelrecht verschlungen zu werden. Er rieb mit den Daumen sacht ihre Brustwarzen, bis sie sich aufgerichtet hatten und heftiges Verlangen sich bis in ihr Inneres ausgebreitet hatte. Dann beugte er sich herunter und begann an den Spitzen zu saugen, sanft hineinzubeißen und sie mit der Zunge zu umspielen. All diese erotischen Aktionen waren sorgfältig aufeinander abgestimmt, um Holly langsam, aber unaufhaltsam dem Höhepunkt näher zu bringen.

Sie wollte, dass er seinen Kopf zu ihren Brüsten hinabbeugte, wollte seinen warmen Atem auf ihrer Haut spüren und sich in seinen Armen ganz und gar der Lust hingeben. Sie sehnte sich danach, ihn in sich zu spüren, damit sie, wenn er diesmal fortging, im Guten an ihn denken konnte und nicht wütend auf ihn sein musste, weil er sie verlassen hatte.

„Du wusstest immer genau, wie du mich zum Orgasmus bringen kannst", flüsterte sie, während er sie weiter mit seinem Mund auf sinnliche Weise liebkoste.

Er lachte leise. „Es liegt daran, dass du so empfänglich bist." Als wolle er seine Aussage beweisen, blies er sacht über ihre Brüste, deren Brustwarzen sich noch stärker aufrichteten. Holly bewegte unwillkürlich die Hüfte.

„Siehst du?" Er schob die Finger unter den Bund ihrer Jeans, bis er an das Dreieck seidiger Haare kam und sie dort berührte, wo sie bereits ungeduldig auf seine Liebkosung wartete. „Und wenn ich das tue, wirst du innerhalb kürzester Zeit stöhnen."

„Dylan", flüsterte sie und konnte es kaum noch erwarten, mit ihm zu verschmelzen.

„Ich höre dich, Liebes." Er öffnete ihre Jeans, während sie versuchte, sein aufgerichtetes Glied zu befreien.

Doch das durchdringende Klingeln seines Handys ließ Holly und Dylan aufschrecken. „Ich will jetzt nicht telefonieren", sagte er.

„Vergewissere dich wenigstens, dass es sich nicht um einen Notfall handelt", erwiderte Holly – ganz Ärztin.

Er rollte von ihr herunter und schnappte sich seufzend sein Handy. „Hallo", meldete er sich barsch. „Aha", sagte er dann und hörte dem Anrufer eine Weile zu. „Genau das, was ich suche. Ja, ich werde da sein."

Er klang erfreut, weshalb Holly sich fragte, ob es bei dem Telefonat vielleicht um eine Filmrolle ging. Gleichzeitig überlegte sie, wie sehr er noch bei der Sache sein würde, wo offenbar etwas Großes für ihn bevorstand.

„War es etwas Wichtiges?", erkundigte sie sich, nachdem er das Handy wieder zugeklappt hatte und zu ihr zurückgerollt war. Er stützte den Kopf auf eine Hand und sah sie nachdenklich an.

„Es ging um etwas, an dem ich arbeite", antwortete er vage und mit einem Funkeln in den Augen.

„Das klingt aufregend."

Er fuhr ihr mit dem Zeigefinger über die Unterlippe. „Nicht so aufregend wie das, was ich mit dir tun will", erwiderte er und zog sie erneut an sich.

4. KAPITEL

Bevor Dylan dort weitermachen konnte, wo er und Holly aufgehört hatten, sprang sie auf und lief in die Küche, um die Lasagne aus dem Ofen zu holen und vor dem Essen ein wenig abkühlen zu lassen. Die Zeit allein nutzte er, um darüber nachzudenken, wie die Dinge jetzt zwischen ihnen standen.

Er wusste, dass er bei Holly einige Fortschritte gemacht hatte, aber längst noch nicht so weit war, dass sie sich eine gemeinsame Zukunft mit ihm vorstellen konnte. Deshalb hatte er ihr auch nicht erzählt, dass gerade ein Makler angerufen hatte, der ein fünf Hektar großes Grundstück mitten im Wald gefunden hatte, nicht weit von Acton entfernt, wo Dylan sich ein Haus bauen lassen konnte. Er hatte einen Punkt erreicht, an dem er sich weit weg vom überdrehten Hollywood niederlassen wollte. Ob mit Holly oder ohne sie, er beabsichtigte dieses Grundstück zu kaufen und dort zwischen den Dreharbeiten zu wohnen.

Sie hatten bereits über die Gründe seines Verschwindens gesprochen und darüber, warum er jetzt zurückgekommen war, aber Holly war noch immer misstrauisch. Er hatte nichts dagegen, ihr körperlich näher zu kommen, denn er hegte die Hoffnung, dass sie sich danach wieder in ihn verlieben würde.

Aus ihrem Schlafzimmer holte er eine Decke, die er im Wohnzimmer auf dem Fußboden ausbreitete. Dann wartete er, bis Holly aus der Küche zurückkam.

„Haben wir je unterm Weihnachtsbaum miteinander geschlafen?", fragte er.

Ihre Mundwinkel hoben sich zu einem verführerischen

Lächeln. „Nicht dass ich wüsste. Wir hätten wohl zu viel Angst gehabt, erwischt zu werden."

„Jetzt gibt es niemanden mehr, der uns erwischen könnte", erwiderte er.

„Was du nicht sagst!" Sie kam mit aufreizendem Hüftschwung näher. Die Tatsache, dass sie sich nicht wieder vollständig angezogen hatte, sondern nach wie vor nur Jeans und BH trug, freute ihn und war ein gutes Zeichen.

Er lehnte sich zurück und wartete.

„Wenn ich mich also hier auszöge, hätte niemand etwas dagegen?", meinte sie und verwandelte sich vor seinen Augen in eine provozierende Verführerin.

Ehe er etwas erwidern konnte, öffnete sie den Vorderverschluss ihres BHs.

Dylan hielt den Atem an, als sie sich langsam die Träger von den Schultern streifte und ihre Brüste entblößte. „Nein, ich habe bestimmt nichts dagegen", brachte er schließlich hervor, sowohl ehrfürchtig als auch erregt angesichts ihrer selbstbewussten Sinnlichkeit.

„Dann wirst du ja wohl auch nichts gegen das haben." Sie zog den Reißverschluss ihrer Jeans herunter, legte die Hände auf die Hüften und schob die Hose herunter.

Dylan wusste nicht, wohin er zuerst sehen sollte, auf ihren flachen Bauch oder das Dreieck dunkelblonder seidiger Haare, das zum Vorschein kam, als sie die Daumen unter den elastischen Bund ihres Slips schob und ihn zusammen mit der Jeans herunterzog.

„Du bist wundervoll", sagte er benommen.

Holly lächelte.

Dylan hoffte, dass ihre körperliche Unbefangenheit ihm gegenüber darauf schließen ließ, dass er bei seinem

Versuch, ihr Vertrauen zurückzugewinnen, größere Fortschritte gemacht hatte, als er bisher geglaubt hatte. Wenn nicht, würde er sich morgen früh ziemlich elend fühlen.

Aber diese Nacht wollte er unbedingt genießen.

Er streckte die Hände nach ihr aus, doch sie gab ihm scherzhaft einen Klaps auf die Finger. „Nicht anfassen, bis wir beide dem gleichen Risiko ausgesetzt sind, nackt ertappt zu werden", erklärte sie lachend.

„Falls das eine Aufforderung sein soll, mich auszuziehen – kein Problem." Doch als er Anstalten machte, seine mittlerweile viel zu enge Jeans zu öffnen, hielt Holly ihn davon ab.

„Ich will, dass du mir die Führung überlässt und mir vertraust."

Welch eine Ironie – er wollte ihr Vertrauen gewinnen, und sie bat ihn um seines.

Er hob die Hände und sog scharf die Luft ein, als Holly den Knopf seiner Jeans öffnete, den Reißverschluss hinunterzog und sie Dylan auszog.

Dann legte sie ihm die Hände auf die Brust. „War das dein Ernst, als du sagtest, ich hätte dir gefehlt?"

Er merkte, dass ihre Stimme unsicher klang. Offenbar konnte Holly sich nicht entscheiden, ob die sinnliche Verführerin oder die verletzte Frau in ihr die Oberhand gewinnen sollte.

Er verschränkte seine Finger mit ihren und zog Holly zu sich auf die Decke herunter. „Ja, du hast mir gefehlt", versicherte er ihr. „Kein Tag ist vergangen, an dem ich nicht an dich gedacht habe."

„Mir ging es genauso", gestand sie. „Ich habe sogar ständig von dir geträumt."

Mit klopfendem Herzen brachte er sich über ihr in Stellung, sodass sein aufgerichtetes Glied ihren feuchten sensibelsten Punkt berührte. Das Verlangen, endlich in ihr zu sein, wurde schier unerträglich. Aber zuvor musste er wissen, ob sie das Gleiche wollte.

„Dylan?"

„Hm?"

„Zeig mir, ob du mich so sehr vermisst hast wie ich dich", flüsterte sie, und das war genau das, was er hören wollte.

Er begann, sie mit dem Finger zärtlich zu liebkosen, ehe er erst mit einem, dann mit zwei Fingern in sie eindrang. Holly bog sich ihm entgegen und stöhnte. Ein Beben ging durch seinen Körper, als er schließlich tief in sie eindrang.

Sie umschloss ihn fest und warm. Was Dylan physisch und psychisch empfand, war besser als alles, was er je erlebt hatte. Das Blut pulsierte in seinen Adern, und es fiel ihm schwer, noch einen zusammenhängenden Gedanken zu fassen.

Während Dylan auf ihr lag, hielt Holly den Atem an und gewöhnte sich allmählich an das wundervolle Gefühl, ihn in sich zu spüren. Endlich war er bei ihr – dort, wo er hingehörte. Sie genoss die sinnliche Benommenheit, die ihre Vereinigung bewirkte.

Dylan schaute Holly in die Augen und zog sich ganz langsam aus ihr zurück, sodass sie seine Härte umso intensiver spürte. Gleichzeitig fühlte sie sich leer und verlassen ohne ihn. „Dylan, bitte." Sie bog sich ihm entgegen und versuchte ihn wieder an sich zu ziehen, ihn erneut in sich aufzunehmen.

„Gern, Liebes", flüsterte er und schob das Becken vor.

Sie stöhnte, als sie ihn wieder in sich spürte, und dann entwich ihr ein Schluchzen, da sie ihre Emotionen nicht länger unter Kontrolle halten konnte.

„Es fühlt sich so richtig an, nicht wahr?", fragte er mit rauer Stimme.

Holly konnte nur noch ein leises Seufzen von sich geben.

Er lachte kurz auf, doch ein Zittern ging durch seinen Körper und verriet, dass auch er sich nicht mehr lange würde beherrschen können. Sie schlang die Beine um ihn und drängte ihn, noch tiefer in sie einzudringen, bis sie glaubte, vollkommen mit ihm zu verschmelzen und eins mit ihm zu werden. Wie unglaublich schön war dieser Moment!

Holly grub nach Atem ringend ihre Nägel in seinen Rücken, während sie sich erschauernd dem Gipfel näherte, überwältigt von ihren Gefühlen. Wie eine Ertrinkende klammerte sie sich an ihn, als sie zum Orgasmus kam.

Doch noch ehe die letzten Schauer der Lust verebbt waren, überraschte Dylan sie, indem er gekonnt und blitzschnell die Stellung wechselte. Sie hielt sich an ihm fest, bis er auf dem Rücken lag und sie rittlings auf ihm saß. Sie hatte es nicht für möglich gehalten, dass sie sich so schnell wieder bewegen oder gar ein weiteres Mal zum Orgasmus kommen konnte, doch als er wieder begann, sich rhythmisch in ihr zu bewegen, ließ sie sich eines Besseren belehren.

„Tu es!", ermutigte er sie und packte sie bei der Hüfte. „Bring mich zum Orgasmus. Lass mich kommen."

Sie tat, was er von ihr verlangte, indem sie ihr Becken

gekonnt kreisen ließ, sich dabei aufsetzte und wieder auf ihn herabsank. Nun war sie diejenige, die das Tempo und das erotische Geschehen bestimmte. Genau darauf schien er gewartet zu haben, denn es dauerte nicht lange, bis er den Rest an Selbstbeherrschung aufgab und ebenfalls zum Höhepunkt gelangte.

Als er sich aufbäumte und sie ihn dabei tief in sich spürte, kam sie ein zweites Mal. Diesmal jedoch zwang sie sich, die Augen nicht zu schließen, sondern Dylans Gesicht zu betrachten, auf dem sich der Zustand höchster Erregung auf wundervolle Weise widerspiegelte.

Erschöpft und schwer atmend lagen sie hinterher aufeinander. Holly fühlte das Pochen seines Herzens. Die Liebe, die sie für diesen Mann empfand, machte ihr Angst. Ja, sie liebte ihn noch immer. Sie musste sich eingestehen, dass sie nie aufgehört hatte, ihn zu lieben.

Erst durch ihn fühlte sie sich vollständig, und während er sie fest an sich gedrückt hielt, fragte sie sich, ob dieser gemeinsame Augenblick schon einer der letzten sein würde. Denn eine kleine ruhige Stadt wie Acton würde Dylan nie genügen. Schon einmal war er regelrecht von hier geflohen.

Als hätte Holly es geahnt! Dylan hatte es am nächsten Morgen sehr eilig zu verschwinden. Ein kurzer Kuss, und schon war Dylan weg. Holly redete sich ein, dass ihr das nichts ausmache und sie nichts anderes erwartet habe. Sie sagte sich, es störe sie nicht, dass er offenbar nur eine kurze Affäre wollte und nie etwas anderes gewollt hatte. Sie redete es sich so lange ein, bis sie es glaubte.

Sie ging in die Praxis, machte ein paar Abrechnungen und behandelte ein paar Patienten. Dann fuhr sie zum Supermarkt, um ihren leeren Kühlschrank aufzufüllen. Während sie ihren Einkaufswagen durch die Gänge schob, lauschte sie den Weihnachtsliedern aus den Lautsprechern. Dummerweise traf sie ständig irgendwelche Bekannte, die sich nicht verkneifen konnten, sie auf Dylan anzusprechen und die Tatsache, dass sein Wagen die ganze Nacht vor ihrem Haus gestanden hatte.

Jedes Mal war sie rot geworden, und als sie geglaubt hatte, es könne nicht mehr schlimmer kommen, hatte sie die Kasse erreicht und war ausgerechnet hinter Dylans Mutter zu stehen gekommen.

„Holly, Schätzchen, wie geht es dir?", erkundigte Kate sich und legte ihre Einkäufe aufs Band.

„Gut. Und dir?"

„Sehr gut", antwortete Kate. „Wegen Dylan …"

„Ja?", fragte Holly misstrauisch.

Aufgrund ihrer Beziehung zu Dylan und weil sie so viel Zeit mit seiner Familie verbracht hatte, war der Kontakt zwischen Holly und Dylans Mutter nie abgerissen. Doch Dylans Mutter hatte ihren Sohn Holly gegenüber nie erwähnt. Anscheinend änderte sich das gerade.

„Ich bin so froh, dass du mit Dylan Frieden geschlossen hast." Kate strahlte, offenbar hatten sich gewisse Dinge bis zu ihr herumgesprochen.

Holly schämte sich. Vergangene Nacht hatte sie keinen einzigen Gedanken an den Kleinstadtklatsch verschwendet, und da sie und Dylan erwachsen waren, hatte sie auch nicht darüber nachgedacht, dass seine Mutter seine Abwesenheit sehr wohl registrieren würde und sich ihren Reim darauf machen würde.

Holly umklammerte den Griff des Einkaufswagens so

fest, dass ihre Knöchel weiß hervortraten, während sie versuchte, sich ihre Verlegenheit nicht allzu sehr anmerken zu lassen. „Wir sind zu einer Übereinkunft gekommen", entgegnete sie diplomatisch.

Das war immer noch besser, als zuzugeben, dass Dylan die Nacht in ihrem Bett verbracht hatte und sie in seinen Armen gelegen hatte, während er mit seinen Händen wundervolle erregende Dinge getan hatte. Und sie hatte sich mehr als revanchiert, indem sie seinen Körper erkundet hatte, um genau herauszufinden, was Dylan besonders gefiel und was ihn am meisten erregte.

Bei der Erinnerung daran erschauerte sie und zwang sich dazu, Dylans Mutter anzulächeln.

„Ich habe Dylan gesagt, dass ich euch beide morgen Abend zum Essen erwarte. Es ist schließlich Heiligabend."

Eigentlich war Holly schon bei Nicole eingeladen, doch Holly hatte nicht fest zugesagt, weil sie nicht sicher war, ob sie Heiligabend nicht allein verbringen wollte. „Das ist lieb, aber ich weiß noch nicht genau, wie ich Heiligabend verbringen werde", erwiderte sie ausweichend. Eigentlich hatte sie gehofft, Heiligabend mit Dylan allein zu verbringen, auch wenn sie noch kein weiteres Treffen vereinbart hatten.

Doch Kate ließ diese Antwort nicht gelten. „Deine Mutter würde es mir niemals verzeihen, wenn ich dich Heiligabend allein lassen würde, während sie bei ihrer Schwester ist. Guck doch mal in meinen Einkaufswagen. Das muss morgen alles gekocht und aufgegessen werden. Dylan hat bereits zugesagt, also ist es beschlossen: Du kommst auch."

„Soll ich etwas zum Nachtisch mitbringen?", fragte Holly nur und gab jeglichen Widerspruch auf.

Stille Nacht, sinnliche Nacht

„Unsinn, Schätzchen. Du sollst mit Dylan zusammen sein, ums Essen werde ich mich kümmern. Sei einfach gegen vier da, einverstanden?"

„Einverstanden", sagte Holly und wusste, dass sie trotzdem irgendetwas mitbringen würde. „Ich freue mich schon." Was der Wahrheit entsprach, denn sie wollte gern Weihnachten mit Dylan und seiner Familie verbringen.

Sie hoffte nur, dass er sich genauso auf sie freute.

Dylan kehrte äußerst gut gelaunt von seinem Treffen mit dem Makler zurück. Er hatte das perfekte Grundstück gefunden und bereits ein Angebot abgegeben. Wenn er die Augen schloss, konnte er sich genau das Haus vorstellen, das er dort bauen wollte. Pfeifend stand er nun vor Hollys Tür und wartete, dass sie aufmachte, nachdem er geklingelt hatte.

Sie öffnete die Tür und lächelte. Als sie ihn sah, begann sie noch mehr zu strahlen. Sie trug eine Jogginghose und ein pinkfarbenes Sweatshirt, dessen Ärmel und untere Hälfte sie abgeschnitten hatte. Ihre Locken waren zerwühlt, und sie war nur wenig geschminkt. Dylan fand sie so wunderschön, dass er hoffte, dass sie ihm so jeden Abend die Tür aufmachen und ihn begrüßen würde.

Er lächelte und pfiff lauter.

„Da hat aber jemand gute Laune", sagte sie.

Er trat ein, hob sie hoch und wirbelte sie herum, bevor er ihre nackten Füße wieder auf den Boden stellte, allerdings nicht, ohne Holly vorher fest an sich zu drücken, damit sie spürte, wie sehr er sie vermisst hatte. „Ich genieße nur das Leben."

Sie kniff die Augen zusammen und musterte ihn neugierig. „Wo bist du denn gewesen, dass du so gute Laune hast?"

„Ich habe Weihnachtseinkäufe erledigt und etwas Schönes für dich gefunden", erwiderte er fröhlich.

„Du warst meinetwegen unterwegs?" Ihre blauen Augen funkelten vor Freude.

„Allerdings." Er überlegte, ob er ihr von dem Grundstück erzählen oder lieber bis Heiligabend warten sollte, wie er es sich in seinem Traum vorgestellt hatte.

Aus der Küche war ein Klingelton zu hören, den er kannte. „Ich habe gar nicht gemerkt, dass ich mein Handy hier liegen gelassen habe." Er hatte geglaubt, er habe es bei seiner Mutter vergessen.

„Es hat den ganzen Tag geklingelt", berichtete Holly. „Ich nehme an, deine Mailbox hat alle Anrufe entgegengenommen."

Ihre Stimme verriet, dass ihre Begeisterung abflaute, und Dylan versuchte seine verspannten Schultern zu lockern. Er wollte auf keinen Fall, dass sein Berufsleben ihm jetzt in die Quere kam. Andererseits durfte er auch nicht zu lange abtauchen, weil sonst seine Karriere gefährdet wäre.

Er schaute zur Küche. „Lass mich nur schnell die Nachrichten abhören, dann können wir uns unterhalten, ja?"

Sie nickte. „Klar. Ich muss noch ein paar Geschenke einpacken", erwiderte sie mit einem Augenzwinkern und ließ ihn allein.

Er ging in die Küche, nahm einen Kugelschreiber sowie ein Blatt Papier und hörte die Nachrichten ab. Er notierte sich, wer alles angerufen hatte und was der- oder diejenige gewollt hatte. Die wichtigsten Telefonate erledigte er sofort.

Stille Nacht, sinnliche Nacht

Als Holly die Küche betrat, traf sie Dylan telefonierend und sich Notizen machend an. Sie wollte ihn nicht stören, doch er winkte sie heran und gab ihr zu verstehen, dass sie nicht störte.

Dennoch war er offensichtlich in das Gespräch vertieft, und als sie an ihm vorbeilief, bemerkte sie, dass er Figuren auf das Blatt zeichnete und Namen aufschrieb, während er dem Anrufer am anderen Ende der Leitung ständig irgendwelche Zahlen und Namen nannte. Er wirkte konzentriert und engagiert, und Holly konnte deutlich sehen, wie sehr er liebte, was er tat. Sie vermutete, dass es um eine neue Filmrolle für ihn ging.

Sie war von seiner Art zu verhandeln fasziniert; gleichzeitig musste sie bestürzt erkennen, dass er niemals wirklich ihr gehören würde. Zumindest nicht in dem Sinne, dass er in dieser Kleinstadt eine Familie gründen und den Glamour Hollywoods hinter sich lassen würde. Falls sie sich noch irgendwelchen Hoffnungen und Illusionen hingegeben hatte, so zerplatzten sie in diesem Augenblick.

Sosehr diese Erkenntnis auch schmerzte, so wenig wollte sie ihm etwas nehmen, was er liebte. Zum ersten Mal verstand sie, was er damit gemeint hatte, als er gesagt hatte, dass er damals fortgegangen sei, damit sie ihren Traum verwirklichen konnte und ihm nicht eines Tages vorwarf, sie aufgehalten zu haben. Sie würde auch nicht wollen, dass er ihr so etwas vorwerfen würde. Dafür bedeutete er ihr zu viel. Deshalb würde sie dankbar annehmen, was sie jetzt von ihm bekommen konnte, und die gemeinsame Zeit genießen. Und damit würde sie sofort anfangen, sobald er aufgehört hatte zu telefonieren.

Während sie darauf wartete, dass er sein Telefonat beendete, nahm sie ein Glas Marshmallow-Creme aus dem Küchenschrank und einen Löffel aus der Schublade. Dann setzte sie sich auf die Arbeitsfläche, wie sie es manchmal tat, wenn sie nicht viel Zeit aufs Essen verwenden, sich aber dennoch ihren Lieblingssnack gönnen wollte.

„Ja, ja, ich werde darüber nachdenken und mich wieder bei Ihnen melden", sagte Dylan. „Nein, ich werde Melanie nicht zurückrufen. Meine Entscheidung hat nichts damit zu tun, ob sie die weibliche Hauptrolle übernimmt oder nicht."

Bei der Erwähnung des Namens dieser Frau krampfte sich Holly der Magen zusammen. Dennoch schob sie sich einen gehäuften Teelöffel voll Marshmallow-Creme in den Mund.

Dylan stöhnte. „Können Sie Harry für mich anrufen? Es ist mir egal, wie sehr er Sie hasst, ich bezahle Sie für Ihre Arbeit!", rief er und beendete schließlich mit einem Tastendruck das Gespräch.

„Mein Agent", erklärte er. „Tut mir leid, es hat länger gedauert, als ich gedacht habe."

Sie zuckte die Schultern. „Kein Problem."

Er stand auf und ging zu ihr. „Kannst du dir mich als Superhelden vorstellen?"

„Müsstest du Strumpfhosen tragen?"

Er lachte. „Warum? Hast du ein Problem mit meinen Beinen?"

„Nein." Seine Beine waren stark und muskulös wie der Rest von ihm. Obwohl er einen Scherz gemacht hatte, merkte sie, dass er diese Frage nicht einfach nur so gestellt hatte. Er wollte wirklich ihre Meinung über seine nächste Rolle hören. „Hast du nicht zuletzt einen ernsteren Film gedreht?"

Stille Nacht, sinnliche Nacht

„Hast du ‚Last Dawn' etwa gesehen?"

Sie nickte. Auch wenn sie es nur ungern zugab, sie hatte sich alle seine Filme angeschaut. Allerdings war sie allein ins Kino gegangen, um sich keinen Fragen auszusetzen und sich die Kommentare ihrer Freundinnen zu ersparen.

„Ich nehme an, du befürchtest, als Schauspieler weniger ernst genommen zu werden, wenn du jetzt einen Actionfilm drehst oder einen auf einem Comic basierenden Film."

„Woher weißt du das?", fragte er überrascht und freute sich anscheinend darüber, dass sie seine Sorgen verstand, ohne dass er ihr alles hatte erklären müssen.

„Ich habe deine Entwicklung als Schauspieler genau verfolgt." Sie hatte das Gefühl, sich durch dieses Geständnis noch verletzlicher zu machen.

„Und wie denkst du darüber?" Dylan lehnte sich neben sie gegen die Arbeitsfläche.

Holly fand, dass er unsicher wirkte, fragte sich jedoch, ob sie sich das nur einbildete oder ob es ihm tatsächlich wichtig war, was sie über seine Arbeit dachte.

Sie stellte das Glas mit der Marshmallow-Creme auf die Arbeitsfläche und schob es zur Seite. „‚Last Dawn' war wirklich ein großer Schritt", sagte sie über seine Rolle als Verurteilter im Todestrakt. „Da hast du Können und Tiefgang bewiesen. Echte Größe."

„Und?", fragte er, da er offenbar merkte, dass das noch nicht alles war.

„Und jetzt einen rein kommerziellen Film zu machen könnte deinem Imagewechsel schaden, den du offensichtlich anstrebst."

Er runzelte die Stirn. „Du meinst also, ich soll die Rolle ablehnen?"

Sie atmete tief durch, denn es fiel ihr schwer, zu glauben, dass er auf ihren Rat Wert legte. „Ich finde nur, du solltest in Ruhe darüber nachdenken, bevor du die Rolle annimmst. Aber ..."

„Aber?", wiederholte er lächelnd.

„Aber die Möglichkeit, dass Melanie Masterson die weibliche Hauptrolle spielt, hat nichts mit meinem Rat zu tun."

Er lachte laut. „Es hat nichts damit zu tun?"

Sie boxte ihm tadelnd gegen die Schulter und ärgerte sich, dass er gemerkt hatte, dass sie eifersüchtig war. „Fast nichts", schränkte sie wahrheitsgemäß ein.

„Du solltest wissen, dass ich nur eine Affäre mit ihr hatte."

„Aber eine lange." Sie musste es einfach aussprechen, in der Hoffnung, von ihm mehr zu erfahren.

Er musterte sie nachdenklich. „Ich war auf der Suche nach etwas und habe mir dabei vorgemacht, sie könnte meine innere Leere ausfüllen."

Seine Worte erinnerten sie an ihre Gefühle für John, und sofort meldete sich ihr schlechtes Gewissen. Sie verdrängte es, denn schließlich hatte John gewollt, dass sie über alles nachdachte, und seinem Gesichtsausdruck nach zu urteilen, den er vor ein paar Tagen gemacht hatte, war ihm schon längst klar, wem ihr Herz eigentlich gehörte. Sie seufzte und verbannte jeden Gedanken an John aus ihrem Kopf, wenigstens noch für ein paar Tage. Sie hatte sich auf Johns Vorschlag eingelassen, und jetzt wollte sie sich diese Zeit auch geben.

Unterdessen wartete Dylan darauf, dass sie ihm seine Frage beantwortete. „Das verstehe ich besser, als du dir vorstellen kannst", murmelte sie. „Was den Film angeht, solltest du wissen, dass meine Meinung vollkommen belanglos ist, da ich weder das Filmgeschäft noch die Beteiligten kenne. Ich weiß ja nicht einmal, wie wichtig dir Geld ist."

Genau genommen wusste sie von seinem jetzigen Leben gar nichts, weshalb es ihr ein wenig anmaßend vorkam, dass sie überhaupt ihre Meinung geäußert hatte.

Er stellte sich zwischen ihre Beine. „Das sehe ich etwas anders."

„Warum?"

„Weil du mich von all diesen Menschen am besten kennst. Du verstehst mich. Mein Agent ist vor allem an der Höhe meiner Gagen interessiert, und mein PR-Berater findet es toll, wenn noch viele andere Stars mitspielen, dann kann er mich am besten in den Zeitungen und Zeitschriften unterbringen." Seine finstere Miene verriet, wie wenig die Menschen, mit denen er fast täglich Kontakt hatte, an ihm und seinen Belangen interessiert waren.

„Und dass Melanie mich am liebsten zum Filmset schleifen würde, steht außer Frage, denn es passt in ihr Konzept. Also habe ich niemanden, an den ich mich wenden und ihn um Rat bitten kann. Nur dich. Wenn ich deine Meinung nicht hätte hören wollen, hätte ich dich nicht gefragt."

„Oh." Ihr Mund war plötzlich ganz trocken, und ihr Herz schlug schneller. Es kam ihr so vor, als gäbe er ihr zu verstehen, dass sie ihm sehr wichtig war und es auch in Zukunft sein könnte. Trotzdem fürchtete sie sich nachzufragen.

Lieber wollte sie den Augenblick genießen, das Hier und Jetzt, so wie sie es sich vorgenommen hatte. Und da er zwischen ihren Schenkeln stand und sich seine Lippen nur noch wenige Zentimeter von ihren befanden, war sie genau in der richtigen Position dafür.

5. KAPITEL

Dylan merkte, dass Holly verunsichert war. Er vermutete, dass sie nicht ihm misstraute, sondern den Versuchungen, denen er durch seinen Beruf ausgesetzt war. Sein Beruf hatte ihn schon einmal veranlasst, sie zu verlassen. Er hatte keine Ahnung, wie er sie davon überzeugen sollte, dass er sie brauchte, nicht nur als Freundin, sondern als Teil seines Lebens.

Ihm blieb keine Zeit zum Nachdenken, geschweige denn zum Reden, da sie in diesem Moment ihre Beine hinter seinem Rücken verschränkte und ihn noch näher zu sich heranzog. Ihm war klar, dass sie Sex mit ihm haben wollte, um einem ernsthaften Gespräch auszuweichen, und leider verstand sie es nur allzu gut, ihn heiß zu machen.

„Holly", sagte er und versuchte sich zu konzentrieren.

„Dylan", ahmte sie seinen Tonfall nach und ließ die Hände zum Bund seiner Jeans gleiten.

Sie rutschte zum Rand der Arbeitsfläche, sodass er sich zwischen ihren Beinen eng an sie pressen konnte. Ihre Absicht war unmissverständlich. Er spürte die Wärme, die sie aussandte. Dylans Glied zuckte in der Jeans, und plötzlich war auch er der Ansicht, dass Gespräche noch warten konnten.

Mit funkelnden Augen sah sie ihn an. „Was wolltest du mir eigentlich sagen?"

Er schüttelte den Kopf. „Das kann warten."

„Das dachte ich mir. Was hältst du davon, wenn ich mich jetzt ein wenig an dir vergreife?", fragte sie mit einem verführerischen Lächeln.

An ihre laszive Art hatte er sich immer noch nicht so

richtig gewöhnt, doch sie gefiel ihm sehr. „Was schwebt dir denn vor?"

Sie sprang vom Küchentresen und knöpfte ihm mit geschickten Fingern die Jeans auf. Fasziniert schaute er ihr dabei zu, und als sie ihm die Hose herunterzog, beschleunigte sich seine Atmung. Er stieg aus der Jeans und kickte sie zur Seite. Seine Unterhose folgte rasch, und sein aufgerichtetes Glied ragte empor.

„Und jetzt?", fragte er mit vor Erregung heiserer Stimme.

Sie klopfte auf die Stelle auf der Arbeitsfläche, an der sie eben noch gesessen hatte. „Nimm bitte Platz."

Er gehorchte und fröstelte ein wenig, als die kalte Kunststoffoberfläche auf seine nackte Haut traf. „Verdammt, ist das kalt!"

„Keine Sorge, ich werde schon dafür sorgen, dass dir rasch warm wird", versprach sie mit sinnlicher Stimme. „Weißt du noch, was ich am liebsten auf meinem Eis hatte?"

„Ich glaube, es war Marshmallow-Creme, solche, wie du sie eben gegessen hast."

Sie griff nach dem Glas und zog es heran. Dylan betrachtete die weiße Creme und bemerkte dann das Funkeln in Hollys Augen. „Das würdest du nicht tun", erklärte er, während allein bei dem Gedanken das Blut in seinen Ohren rauschte.

„Du glaubst nicht, dass ich mich traue?" Sie tauchte den Finger ins Glas und hob ihn an den Mund, um die Creme davon auf äußerst laszive Weise abzulecken.

Dylans Penis zuckte erneut.

„Nun?", fragte sie.

„Wetten nicht?" Das waren genau die Worte, die Holly

einst dazu gebracht hatten, sich von zu Hause fortzuschleichen, um sich mit Dylan an einer Straßenecke zu treffen, damit sie mit ihm in seinem Wagen knutschen konnte.

Einen Moment lang hielt sie seinem Blick stand, dann tauchte sie die Finger ins Glas, um gleich darauf seine Gliedspitze mit der Creme einzuschmieren. Dylan hatte ihr eigentlich dabei zusehen wollen, doch als ihre klebrigen Finger seinen aufgerichteten Penis berührten, war das einfach zu viel für ihn. Er legte den Kopf in den Nacken und stöhnte, denn er wusste, dass er ihr vollkommen ausgeliefert war.

Als er sich schließlich zwang, die Augen wieder aufzumachen, bemerkte er, dass sie zitterte, vielleicht sogar noch mehr als er, was ihm einiges verriet. Zum Beispiel, dass ihr viel an ihm lag, auch wenn sie im Moment den Eindruck vermitteln wollte, dass es ihr nur um Sex ging.

Sie beugte sich herunter und nahm sein Glied in den Mund. Das brachte ihn fast um den Verstand und raubte ihm das letzte bisschen Selbstbeherrschung. Um ein Haar wäre er in diesem Augenblick gekommen, noch ehe sie richtig angefangen hatte. Doch es gelang ihm noch einmal, sich wieder zu fangen. Er umklammerte die Kante der Arbeitsfläche, hatte den Kopf gegen die Küchenschränke über ihm gelehnt und bebte am ganzen Körper, während sie anfing, ihn mit ihrer Zunge und ihren Lippen zu verwöhnen.

Holly leckte die Creme ab, umspielte dabei mit ihren Zähnen seinen Penis und saugte immer wieder daran, ohne auch nur einmal innezuhalten, bis er zu einem überwältigenden Höhepunkt gelangte.

Als er allmählich wieder zu Atem kam, umfasste er ihr

Gesicht mit beiden Händen und sah ihr in die Augen. „Ich liebe dich." Eigentlich hatte er sie küssen wollen, doch irgendwie waren diese Worte seinem Mund entschlüpft.

Sie richtete sich auf und wich einen Schritt zurück. Dylan begriff sofort, dass er einen Fehler gemacht hatte. Es war viel zu früh für ein solches Geständnis, und nun hatte er sie damit aufgewühlt und schrecklich verstört. Doch ehe er den Versuch unternehmen konnte, sie zu beruhigen, klingelte das Telefon. Holly stürzte zum Apparat und meldete sich.

Fluchend sprang Dylan von der Arbeitsfläche und zog seine Hose wieder an. Er wollte sich angezogen mit Holly unterhalten und seinen Fehler so schnell wie möglich wiedergutmachen, damit sie sich nicht noch weiter von ihm zurückzog.

Als das Telefongespräch beendet war, suchte Holly nach ihrer Handtasche und schien es sehr eilig zu haben. „Es handelt sich um einen Notfall. Ich muss los", sagte sie.

Innerhalb weniger Sekunden hatte sie sich von der lasziven Verführerin in die besonnene Ärztin verwandelt.

„Lass mich dich fahren", bot er an, da er aus egoistischen Gründen noch länger mit ihr zusammen sein wollte.

„Einverstanden. Ich habe jetzt keine Zeit, lange darüber zu diskutieren. Robert Hansens fünfjähriger Sohn ist gestürzt und hat sich den Kopf an der Tischkante angeschlagen. Der Junge hat eine klaffende, stark blutende Wunde. Ich habe der Familie gesagt, dass ich mich mit ihnen im Krankenhaus treffe."

„Gut, dass ich mich angezogen habe", meinte er lachend.

Leider stimmte sie in sein Lachen nicht ein.

Stille Nacht, sinnliche Nacht

Holly war froh über den Anruf gewesen, auch wenn er zu einem ungünstigen Zeitpunkt gekommen war, denn er hatte sie von Dylans offenbar tief empfundenen Worten abgelenkt. Ihr Herz pochte sogar jetzt noch, während sie die letzten Papiere für Jason Hansen ausfüllte. Die Platzwunde war genäht worden. Zum Glück war das linke Auge beim Sturz gegen die Tischkante nicht in Mitleidenschaft gezogen worden. Glück gehabt, kleiner Mann, dachte Holly und unterschrieb das letzte Formular, bevor sie alle Unterlagen an der Anmeldung abgab.

Dylan wartete im Wartezimmer auf sie. Jetzt würde sie wohl ihm und einem Gespräch über ihre Beziehung nicht mehr aus dem Weg gehen können. Heute Nachmittag hatte sie ihn durch Sex von einer ernsthaften Unterhaltung ablenken wollen, um von ihm nicht hören zu müssen, dass er nach L.A. zurückkehren würde. Doch irgendwie war der Sex mit Dylan nicht nur eine rein körperliche Angelegenheit gewesen, sondern hatte sie tief im Herzen berührt.

Sie hatte ihn auf eine Weise verwöhnen wollen, die er nicht mehr vergessen würde, damit sie ihm lange in Erinnerung blieb. Offensichtlich empfand er mehr für sie, als sie geahnt hatte, und jetzt musste sie mit den Konsequenzen fertig werden.

Sie zweifelte nicht an seiner Liebe, sondern fragte sich, ob seine Gefühle für sie stark genug waren, um ihn hierzuhalten. Seine Arbeit würde ihn von ihr wegführen, und das Leben in einer Kleinstadt wie Acton, Massachusetts, konnte mit dem Lifestyle von L.A. nicht mithalten. Sicher, er hatte behauptet, er habe genug von Menschenmassen, Fans und dem falschen Glanz. Aber hier würde er ganz sicher verkümmern, und sie wollte nicht diejenige sein, der er dafür später die Schuld gab.

Sie holte tief Luft und betrat das kleine Wartezimmer. Offenbar gab es im Moment keine weiteren Notfälle, da der Raum bis auf Dylan leer war. Er lag auf der Kunstledercouch und schlief. Er hatte den Kopf auf seine zusammengeknüllte Lederjacke gebettet, und eine Strähne seines Haars war ihm in die Stirn gefallen.

Sein Anblick rührte sie, und sie kniete sich vor die Couch. „He, Schlafmütze." Sie zupfte an seinem Arm und versuchte Dylan aufzuwecken. Aber er hatte schon immer einen tiefen Schlaf gehabt, daher brauchte sie mehrere Anläufe, bis er endlich aufschreckte.

„Hallo." Er rieb sich die Augen. „Bist du fertig?"

Sie nickte.

„Wie geht es dem Kind?"

„Er hat Glück gehabt. Er hatte lediglich eine Platzwunde, die genäht werden musste. Aber ich bezweifle, dass er so schnell wieder den Wunsch verspüren wird, mit seinen Brüdern zu rangeln."

Dylan lachte. „Er kann sich glücklich schätzen, eine Ärztin wie dich zu haben." Dann wurde sein Ton wieder ernst. „Ich habe nämlich beobachtet, wie sehr du dich für ihn eingesetzt hast und wie besorgt du gewesen bist."

Verlegen schüttelte sie den Kopf. „Sobald ein Patient von mir in Not ist, nehme ich nichts anderes mehr um mich herum wahr."

„Das habe ich bemerkt." Hollys Hingabe hatte ihn zwar nicht überrascht, trotzdem hatte er jetzt noch mehr Respekt vor ihr. Irgendwie fühlte er sich auch bestätigt. Es war also doch nicht falsch gewesen, sie damals zu verlassen. Wäre sie mit ihm nach L.A. gekommen, wäre sie vielleicht nie zu einer solch guten Ärztin geworden, die sie jetzt war.

Er stand auf und streckte die verspannten Muskeln. „Können wir nach Hause fahren?"

„Äh, ja." Sie schien erstaunt zu sein.

Gemeinsam gingen sie zum Parkplatz. Dylan legte ihr den Arm um die Schultern. „Du bist sicher erschöpft."

„Ja, ich könnte eine heiße Dusche und ein bisschen Schlaf gebrauchen."

„Hört sich gut an", erwiderte er, und für den Fall, dass sie nicht sicher war, was er meinte, schmiegte er das Gesicht an ihren Hals und flüsterte ihr all die Dinge ins Ohr, die sie unter der Dusche tun könnten, ehe sie müde ins Bett fallen würde. Wo er ebenfalls liegen wollte.

Sie lachte, was offenbar als Zustimmung gemeint war. Dennoch wirkte sie angespannt. Vermutlich rechnete sie damit, dass er noch einmal erläuterte, was sein „Ich liebe dich" von vorhin zu bedeuten hatte. Aber er wollte nicht darüber sprechen. Während er im Krankenhaus auf Holly gewartet hatte, hatte er beschlossen, einfach so weiterzumachen, als wäre nichts Ungewöhnliches passiert. Ihm blieb nur noch wenig Zeit in Acton, weil er nach L.A. zurückmusste, um sich mit seinem Agenten und einem Filmproduzenten zu treffen. Bei diesem Treffen ging es nicht um das Superhelden-Projekt, sondern um eine andere Rolle, die er unbedingt spielen wollte.

Er wünschte, er könnte sich mehr Zeit für Holly nehmen. Es war nicht klug gewesen, mit seinem Liebesgeständnis in der Küche einfach so herauszuplatzen. Doch was ihnen an Zeit fehlte, machten sie durch die Intensität ihrer Gefühle wieder wett. Dylan blieb nichts anderes übrig, als alles Weitere dem Schicksal zu überlassen.

Nach einer ereignisreichen Nacht schliefen Dylan und Holly lange. Sie wachten auf, liebten sich und schliefen wieder ein. Sie verbrachten einen wundervollen Tag miteinander und fuhren schließlich zu Dylans Eltern.

Beim Abendessen im Haus der Northwoods fühlte Holly sich wieder wie damals auf der Highschool, als das Leben noch unkompliziert gewesen war und alles gut zu sein schien. Bevor sie zu Dylans Eltern gefahren waren, hatte Holly noch ihre Mutter und ihre Tante angerufen. Holly vermisste ihre Mutter, aber da Tante Rose sich die Hüfte gebrochen hatte, war sie auf die Hilfe ihrer Schwester angewiesen. Holly war traurig, dass sie Weihnachten ohne ihre Familie verbringen musste, doch als sie bei Dylans Eltern angekommen waren, war diese Wehmut sofort verflogen.

Dylans Mutter hatte gekocht, deshalb duftete es im ganzen Haus köstlich. Dylans Schwester Amy, ihr Mann Tom sowie deren kleiner dreijähriger Sohn Matt saßen im Wohnzimmer vor einem Großbildfernseher, den Dylan seiner Mutter zum Geburtstag geschenkt hatte. Dylan und Tom unterhielten sich über Football, stocherten abwechselnd mit dem Schürhaken im Kaminfeuer herum, damit die Glut nicht verlosch, während Amy alle Hände voll damit zu tun hatte, Matt vom Kamin und dem alten schwarzen Labrador fernzuhalten, der in der Ecke döste und an dessen Schwanz Matt gern zog.

Holly setzte sich neben Dylan, nachdem ihr Angebot, in der Küche zu helfen, von Dylans Mutter abgelehnt worden war. Sie kam sich schon jetzt viel zu sehr wie ein Teil der Familie vor. Das machte ihr Angst, aber sie wollte diesen Abend einfach nur genießen. Es war einfach wundervoll, wenn Dylan aufstand und ihr die Schultern massierte, und sie genoss ebenfalls, wenn er etwas erzählte und dabei gedankenverloren eine ihrer Haarsträhnen um den Finger wickelte. Seine ganze Familie behandelte sie so, als gehöre sie hierher und als seien sie und Dylan nie getrennt gewesen.

Holly fiel auf, dass sich bei ihm zu Hause niemand darum scherte, ob er berühmt war oder nicht, und es ihr deshalb sehr leichtfiel, sich eine gemeinsame Zukunft vorzustellen. Sie konnte sich eine gemeinsame Zukunft so gut vorstellen, dass sie sich während des Essens ständig ins Gedächtnis rufen musste, dass sie sich schon einmal derartigen Fantasien hingegeben und dafür mit einem gebrochenen Herzen bezahlt hatte.

Als Dylan sie heimfuhr, war Holly satt und zufrieden und hing ihren Erinnerungen nach. Aber nicht nur das: Verlangen war in ihr erwacht, weshalb ihr das Ja auf seine Frage, ob er noch mit hineinkommen könne, ganz leicht über die Lippen kam.

Dylan beschloss, behutsam vorzugehen. Zum ersten Mal seit seiner Rückkehr erlebte er Holly entspannt, und die daraus resultierende gute Stimmung wollte er nicht kaputt machen.

„Das war sehr schön." Sie legte die Schlüssel auf das Schränkchen im Flur. „Ich mag deine Familie."

„Das trifft sich gut, denn meine Familie mag dich auch." Vorsichtshalber vermied er die Formulierung „meine Familie liebt dich", da er nicht sicher war, wie sie darauf reagieren würde.

„Möchtest du Kaffee oder sonst irgendetwas zu trinken?"

„Eine Tasse Kaffee wäre toll", antwortete er.

„Dann mach es dir bequem." Sie deutete lächelnd auf das Sofa im Wohnzimmer.

Während sie in die Küche ging, um ihm einen Kaffee zu kochen, den er weder wollte noch brauchte, bereitete er das Zimmer für eine der Überraschungen vor, die er für Holly auf Lager hatte.

Der Kaffee war rasch fertig. Holly wusste, dass Dylan seinen schwarz trank, daher gab sie nur in ihre Tasse Milch und Zucker, bevor sie ins Wohnzimmer zurückkehrte.

Dort hatte Dylan inzwischen die helle Deckenbeleuchtung aus- und die kleine Lampe in der Ecke sowie die bunten Lämpchen am Weihnachtsbaum eingeschaltet. Aus den Lautsprechern ihres kleinen CD-Players kam fröhliche Weihnachtsmusik. Dylan saß auf der Couch mit einem in Geschenkpapier eingewickelten Päckchen.

Sein Blick ging ihr genauso durch und durch wie seine Berührungen. Du lieber Himmel, er war so sexy! Zweifellos träumte jede Frau, die ihn schon einmal in einer ähnlichen Haltung in einer Zeitschrift gesehen hatte, davon, dass er sie auf diese Weise ansah, sie begehrte und nur Augen für sie hatte.

Er war die fleischgewordene Fantasie einer jeden Frau, und für kurze Zeit gehörte er Holly. Sie war glücklich und ließ sich von seinem Ruhm nicht blenden. Sie besaß genug Selbstachtung, um überzeugt zu sein, dass Dylan sich glücklich schätzen konnte, mit ihr zusammen sein zu dürfen.

Sie betrat das Wohnzimmer und stellte die Tassen auf den Tisch. „Wie weihnachtlich es hier aussieht", sagte sie mit sanfter Stimme und freute sich, dass der Raum jetzt so festlich wirkte.

„Ich habe das Beste aus dem gemacht, was mir zur Verfügung stand", erwiderte er amüsiert und spielte mit der Schleife, die um das kleine Päckchen gebunden war. Er rieb die Seide zwischen Daumen und Zeigefinger auf die gleiche Weise, wie er gewisse Teile ihres Körpers liebkost hatte.

Holly musste schlucken und versuchte, das Gespräch in eine andere Richtung zu lenken. „Was ist in dem Päckchen?"

„Ein Teil deines Weihnachtsgeschenks."

„Dafür ist es noch viel zu früh! Ich wusste nicht, dass wir uns heute Abend schon beschenken. Ich habe meines für dich noch nicht einmal eingepackt." Sie hatte etwas Besonderes für ihn während ihres gemeinsamen Einkaufstags in Boston gekauft, als sie sich für kurze Zeit getrennt hatten. Allerdings hatte sie noch nicht entschieden, wann sie ihm ihr Geschenk überreichen wollte.

Er stand auf, nahm ihre Hand und zog Holly zu sich auf die Couch. „Ich möchte dir das hier schenken, aber es bedeutet nicht, dass ich im Gegenzug etwas von dir erwarte."

„Nicht einmal dann, wenn es sich um die Uhr handelt, die du dir im Schaufenster angesehen hast?", meinte sie neckend.

„Das ist dir aufgefallen? Du bist mir vielleicht eine! Soll

ich dir verraten, was meine ... was Melanie mir letztes Jahr zu Weihnachten geschenkt hat?"

Holly erstarrte, doch er ließ ihre Hand nicht los. „Eigentlich nicht, aber ich habe den Verdacht, dass du es mir trotzdem verraten wirst."

„Sie hat mir ein Wellness-Wochenende für zwei Personen geschenkt, inklusive Seetangwickel, Gesichtsbehandlung und Ganzkörpermassage." Er verzog angewidert das Gesicht.

Holly musste lachen. Ihre Angespanntheit, weil er Melanies Namen erwähnt hatte, verflog. „Sie scheint dich wirklich schlecht zu kennen."

„Stimmt. Sie kennt mich nicht so gut, wie wir beide uns kennen." Er hielt ihr das Geschenk hin. „Es ist etwas Sentimentales, nichts Teures", sagte er und klang dabei fast ein wenig verlegen.

„Ich will auch nichts Teures", beruhigte sie ihn. „Ich wollte gar kein Geschenk."

„Ich weiß, aber es ist etwas, was ich dir unbedingt schenken wollte." Er stand auf und begann im Zimmer auf und ab zu gehen. Offensichtlich beschäftigte ihn etwas, deshalb legte sie das Geschenk zur Seite und wartete auf seine Erklärung. Sie sah ihn gespannt an.

„Vor ungefähr einem Monat habe ich von dir geträumt. Das war nicht ungewöhnlich, denn ich träume ständig von dir."

Sie hielt den Atem an. „Im Ernst?"

„Ja. Ich träumte, dass wir uns gegenseitig Heiligabend beschenken, und ich beschloss, dass dieser Traum wahr werden sollte. Und zwar so schnell wie möglich."

Trotz ihres Vorsatzes, sich zusammenzureißen, schlug

ihr Herz schneller. „Du bist also tatsächlich meinetwegen zurückgekommen?"

„Das habe ich dir doch gesagt." Er deutete auf das Geschenk. „Öffne es."

Sie zog die Schleife auf und riss das Papier ab. Die weiße Schachtel war schlicht und lieferte keinen Hinweis auf ihren Inhalt. Neugierig hob Holly den Deckel hoch und spähte hinein. Sie erschrak und hielt die Schachtel hoch.

„Das ist der Engel, den ich damals deiner Familie für euren Weihnachtsbaum gekauft habe", sagte sie. „Du gibst ihn mir zurück?"

Er kniete vor ihr. „Kommt ganz auf dich an. Ich möchte, dass du ihn annimmst und darüber nachdenkst, warum ich ihn dir zurückgebe." Er nahm ihr den Engel aus der Hand und legte ihn auf den Tisch.

Dann hob er Holly hoch und trug sie ins Schlafzimmer.

Heiligabend erwachte Holly und fühlte sich wunderbar. Ihr ganzer Körper kribbelte. Nie zuvor hatte sie sich so geliebt und geborgen gefühlt wie in der vergangenen Nacht, als Dylan mit ihr geschlafen hatte.

Sie schloss die Augen und überließ sich der Erinnerung an seinen warmen Körper, der mit ihrem verschmolzen war, an den liebevollen Ausdruck in seinen Augen und an das Gefühl absoluter Erfüllung, als er in ihr gekommen war.

Sie drehte sich auf die Seite, um auf den Wecker auf dem Nachttisch zu schauen, doch das Erste, was sie erblickte, war ihr Engel. Gestern hatten sie ihn nicht mehr auf die Spitze des Tannenbaumes gesetzt, deshalb hoffte sie, dass sie es später noch tun würden. Dylan war heute

Morgen wieder verschwunden. Holly vermutete, dass er zu seiner Mutter gefahren war, weil sein Aufenthalt hier nicht von langer Dauer sein würde und er sie noch nicht oft gesehen hatte.

Holly war sich sicher, dass er zurückkommen würde.

Allein im Bett zu liegen bot ihr Gelegenheit zum Nachdenken, zum ersten Mal, seit Dylan sie in ihrer Praxis überrascht hatte. Sie versuchte ihre Gefühle zu analysieren, musste aber ständig an John denken, denn sie hatte Schuldgefühle, da er ein wunderbarer Mann war. Sie versuchte, diese Schuldgefühle zu verdrängen. Schließlich hatte sie endlich einmal frei, und sie wollte den Morgen im Bett liegend genießen, ohne Probleme zu wälzen.

Sie griff nach der Fernbedienung des Fernsehers und schaltete eine der Morgenshows ein, sah sich einen Teil an und döste bei der Wettervorhersage wieder ein. Beim neuesten Hollywoodklatsch wachte sie jedoch wieder auf.

Sie verfolgte, welcher Star gerade Geburtstag hatte und was für große und kleine Skandale es gab. Plötzlich erregte ein Foto auf dem Bildschirm ihre Aufmerksamkeit, denn das Bild zeigte das wunderschöne Gesicht der Schauspielerin Melanie Masterson.

Neugierig setzte sie sich auf und stellte den Ton lauter.

„Miss Masterson ließ durch ihren PR-Manager bekannt geben, dass sie Silvester ihren Freund Dylan North heiraten werde. Das Paar war bereits mehrmals getrennt, hat sich dann aber immer wieder zusammengerauft", berichtete der Klatschreporter.

Holly zog die Knie an die Brust und schlang die Arme um ihre Beine.

„Weder Dylan North noch sein Sprecher wollten einen

Kommentar zu der Meldung abgeben, aber Dylan North und Melanie Masterson sind beim Essen gesehen worden und sollen sehr verliebt gewirkt haben. Diane, zurück zu Ihnen ins Studio."

Holly war fassungslos. „Niemals", sagte sie zum Bildschirm.

Melanie mochte zwar schön sein, aber sie verstand Dylan nicht. Sie kannte ihn nicht so gut, wie Holly es tat. Dylan war sein Beruf zweifellos wichtig, aber er würde um der Karriere willen nicht jemanden heiraten, den er nicht liebte. Außerdem hatte er die vergangene Nacht in Hollys Bett verbracht, nicht in Melanies. Offenbar führte diese Frau irgendetwas im Schilde. Allerdings war Dylan in diesem Augenblick nicht bei Holly, was nicht gerade zu ihrer Beruhigung beitrug.

Schlagartig hatte sie keine Lust mehr, im Bett liegen zu bleiben. Sie stand auf und marschierte in die Küche, um sich Kaffee zu kochen. Der würde ihr vielleicht helfen. Kaum hatte sie die Küche betreten, klingelte das Telefon, und sie schnappte sich den Hörer. „Hallo?"

„Hallo Liebes."

Beim Klang von Dylans Stimme wurde ihre Laune schlagartig besser. „Dylan!"

„Guten Morgen."

Sie lächelte. „Ich wünsche dir auch einen guten Morgen."

„Hast du eine Ahnung, wie gern ich bei dir gewesen wäre, als du aufgewacht bist!"

Seine tiefe Stimme ließ ihr ganz warm ums Herz werden. „Ich glaube, ich kann es mir vorstellen. Warum bist du so früh verschwunden?"

„Ich wollte meine Mutter besuchen. Wir sehen uns nur selten, und ich weiß, dass ihr ein kurzer Besuch am ersten Weihnachtstag viel bedeutet. Eigentlich wollte ich wieder zurück sein, bevor du wach wirst, aber ..."

Sie umklammerte den Hörer fester. „Aber was?"

„Ich habe einen Anruf erhalten und muss sofort zurück nach L.A. fliegen. Ich bin bereits am Flughafen."

Tiefe Enttäuschung überkam sie. „Hat es etwas mit Melanie zu tun?", fragte sie kühl, um sich nichts anmerken zu lassen.

„Jedenfalls nicht so, wie du denkst. Es hat eher etwas mit einer Filmrolle zu tun."

Holly atmete tief durch und versuchte verständnisvoll zu klingen. „Geht es um die Rolle, die du eigentlich nicht annehmen wolltest? Oder hast du deine Meinung geändert?"

„Nein, ich habe meine Meinung nicht geändert, aber der Regisseur ist jemand, den ich nicht vor den Kopf stoßen möchte, und mein Agent hat vorgeschlagen, dass wir uns umgehend mit ihm treffen sollten, um noch einmal alles persönlich zu besprechen. Und wenn ich mich morgen mit ihm treffen will, muss ich leider heute schon los, weil ich ja auch noch anreisen und mich vorbereiten muss."

„Und was ist mit Melanie?"

„Sie will, dass ich die Rolle annehme, und wird alles tun, damit ich nach L.A. zurückkomme, damit sie mich überzeugen kann", erwiderte er grimmig.

„Würde sie auch so weit gehen, eine Hochzeit an Silvester zwischen euch bekannt zu geben?"

Er stieß einen Fluch aus und fragte dann: „Du weißt davon?"

„Es kam in den Morgennachrichten."

Seine Stimme wurde von einer Flughafenansage übertönt.

„Was hast du gesagt?", fragte Holly.

„Mein Flug wird aufgerufen. Ich sagte, du sollst nicht vergessen, was ich dir über die Glaubwürdigkeit von Zeitungs- und Fernsehmeldungen erzählt habe."

„Das habe ich nicht vergessen." Sie lachte angespannt.

„Ich muss los. Aber Holly?"

Sie schloss die Augen und lehnte sich gegen die Wand. „Ja?"

„Ich liebe dich, und ich werde zurückkommen."

„Leb wohl, Dylan", sagte sie und hoffte, die Kraft und den Mut aufzubringen, ihm zu glauben.

6. KAPITEL

Holly ließ das Frühstück ausfallen und verbrachte den restlichen Vormittag damit, Weihnachtsmann zu spielen und Geschenke bei ihren Freunden und Familienmitgliedern abzuliefern. Sie ließ sich mit allem Zeit und fuhr dann wieder nach Hause. Als es an der Tür klingelte, war sie überrascht.

„Hallo Nicole." Holly zwang sich zu einem Lächeln.

„Warum hast du Weihnachten denn so schlechte Laune? Gut, dass ich vorbeigekommen bin, um dich aufzuheitern." Nicole marschierte mit einer riesigen Einkaufstüte in die Wohnung.

„Setzen wir uns." Holly zeigte auf die Couch. „Ich habe bei dir vorhin geklingelt, aber du warst nicht zu Hause", sagte sie, während sie es sich auf dem Sofa bequem machten.

„Ja, weil ich hierher unterwegs war." Nicole deutete auf ihre Einkaufstüte. „Ich wollte mich bei dir dafür bedanken, dass du dich um mich gekümmert hast, seit ich hierhergezogen bin. Deshalb möchte ich dir das hier schenken." Sie griff in die Tüte und zog einen wunderschönen Quilt in verschiedenen Brauntönen heraus. „Ich habe ihn selbst gemacht."

„Oh, er ist wunderschön. Vielen Dank." Sie umarmte ihre Freundin fest. „Ich wusste gar nicht, dass du nähst."

„Meine Großmutter hat es mir beigebracht."

„Und hier ist dein Geschenk", verkündete Holly und sprang auf, um Nicoles Geschenk unter dem Tannenbaum hervorzuholen. „Es ist allerdings gekauft, aber dafür sehr praktisch", sagte sie ein wenig verlegen. „Und so schön wie deines ist es auch nicht." Sie strich über den weichen Stoff.

Nicole öffnete eine Schachtel und nahm einen Schlüsselanhänger von Tiffany heraus, in den ihre Initialen eingraviert waren. Am Anhänger baumelte ein Schlüssel zur Praxis. „Ich dachte mir, du möchtest nicht immer von mir abhängig sein, da ich die Praxis auf- und abschließe. Jetzt musst du – als meine wichtigste Sprechstundenhilfe – nicht immer auf mich warten." Holly hoffte, dass ihre Freundin sich über das Geschenk freute.

Nicoles Augen weiteten sich. „Als deine wichtigste Sprechstundenhilfe?"

„Da ich mir ja einen Partner in die Praxis hole und er bestimmt viele Patienten mitbringt, brauchen wir unbedingt mehr Sprechstundenhilfen und jemanden, der hinter dem Tresen das Sagen hast. Und ich dachte mir, das könntest du sein. Ich habe schon mit Lance – Dr. Tollgate – darüber gesprochen, und er hat der Beförderung sowie einer Gehaltserhöhung zugestimmt. Frohe Weihnachten."

Nicole kreischte vor Freude und drückte Holly. „Du bist die Beste. Vielen Dank!"

„Gern geschehen."

„Nachdem wir die Geschenke ausgetauscht haben – wo ist der Mann?" Nicole schaute sich um, offenbar auf der Suche nach Dylan.

„Er ist in L.A. oder besser gesagt auf dem Rückweg nach L.A."

Nicole runzelte die Stirn. „Dieser heimtückische Kerl. Ich dachte, ihr würdet mehr Zeit füreinander haben."

„Ihm ist etwas dazwischengekommen."

„Es scheint dir nicht viel auszumachen", stellte Nicole

fest und musterte sie fragend.

„Was soll ich machen? Er lebt nun einmal in L.A. Dort übt er seinen Beruf aus. Ich lebe und arbeite hier. Eine Beziehung mit ihm würde ohnehin nicht funktionieren, mal vorausgesetzt, dass er überhaupt etwas Ernstes will."

„Will er?"

„Ich weiß es nicht."

„Willst du?"

Holly legte die Decke über die Sofalehne. Die Farben passten hervorragend zum Zimmer. „Sie ist wirklich toll!", sagte sie lächelnd.

„Du weichst meiner Frage aus."

Holly lachte. „Das ist doch wohl auch mein gutes Recht, oder?"

Ihre Freundin verdrehte die Augen. „Irgendwann musst du dir Klarheit verschaffen, sonst wirst du verrückt. Ich muss jetzt los." Nicole stand auf und ging zur Tür. Holly folgte ihr. „Was machst du heute Abend?"

„Eigentlich habe ich nichts vor. Wollen wir einen Frauenabend zusammen verbringen?"

„Das ist der beste Vorschlag, den ich seit Langem gehört habe." Nicole umarmte sie noch einmal fest. „Wollen wir uns nicht schon heute Nachmittag treffen?"

„Da muss ich mich mit John treffen."

Nicole seufzte verständnisvoll. „Darum beneide ich dich nicht."

Holly fand, es war Zeit, sich ihren Ängsten endlich zu stellen.

Am Nachmittag fuhr Holly zu John und klopfte an seine Tür. Er begrüßte sie freundlich, blickte ihr in die Augen und sagte: „Warum habe ich das Gefühl, dass du mit schlechten Nachrichten kommst?"

Irgendwie kam er ihr verändert vor. Vielleicht betrachtete sie ihn aber auch nur mit anderen Augen. Sein attraktives Gesicht hätte das Herz jeder anderen Frau schneller schlagen lassen. Ihres nicht. Vermutlich war sie einfach nicht klug genug, um Johns Ausstrahlung wahrzunehmen. Wäre sie klüger, wäre ihr Leben nicht so kompliziert.

„Lass uns reden", sagte sie.

Er bedeutete ihr mit einer ausholenden Armbewegung einzutreten. Sie setzten sich auf die Ledercouch. Holly atmete tief durch, nahm all ihren Mut zusammen und ergriff das Wort: „Du bist ein guter Mensch."

„Aber du liebst mich nicht."

„Nein", gab sie zu, „zumindest nicht auf die Art, die du verdient hast." Eigentlich hätte sie das schon viel früher erkennen können. Sie hatte sich weder körperlich noch seelisch so stark zu ihm hingezogen gefühlt wie zu Dylan. Sie hatte versucht, sich einzureden, dass sie John eines Tages lieben könnte, doch das stimmte nicht. Sie konnte es nicht.

Sie liebte Dylan, und sie würde niemals einen anderen Mann wollen. „Es tut mir unendlich leid, dass ich so lange gebraucht habe, um …"

„Bitte sag nicht, dass es dir leidtut", unterbrach er sie. „Ich bereue unsere gemeinsame Zeit nicht, denn ich habe viel über mich gelernt. Ich weiß jetzt, dass ich ein sehr geduldiger Mensch bin, manchmal zu geduldig." Er lachte selbstironisch.

Holly stimmte in sein Lachen ein und legte ihre Hand auf seine. „Trotzdem gibt es etwas, das du wissen musst. Als ich mit dir zusammen war, bin ich nie davon ausgegangen, dass unsere Beziehung zum Scheitern verurteilt ist, weil ich noch zu sehr an Dylan hänge."

„Das weiß ich, andernfalls hätte ich dich schon viel früher gebeten, dir über dein Verhältnis zu Dylan Klarheit zu verschaffen. Ich nehme an, ihr zwei seid jetzt wieder ein Paar?"

„Ich weiß es nicht. Er ist nach L.A. zurückgeflogen." Sie vermutete, dass sie sich aus alter Gewohnheit John anvertraute, denn schließlich hatten sie einander einmal sehr nahegestanden, und sie hatte ihm stets alles erzählt.

„Ich habe die Nachrichten im Frühstücksfernsehen gesehen", sagte er, und es war klar, worauf er anspielte.

„Interessante Geschichte, was?" Sie schaute verlegen zu Boden.

„Stimmt sie denn?" John berührte ihre Schulter, damit Holly ihn wieder anschaute.

„Nein." Sie schüttelte entschieden den Kopf. „Nein, es ist nichts dran, überhaupt nichts."

„Vertraust du Dylan genug, um davon überzeugt zu sein?"

„Ja", kam ihre Antwort, ohne zu zögern.

„Warum hast du dann so schlechte Laune?" John lehnte sich entspannt zurück, weil sie sich inzwischen wieder wie alte Freunde unterhielten.

Obwohl Holly sich in seiner Gegenwart wohlfühlte, musste sie zugeben, dass er recht hatte: Ihre Laune war mies.

„Hört sich an, als würde es prima zwischen euch laufen", meinte John.

„Ja und nein. Ich weiß ehrlich gesagt nicht, ob zwischen uns überhaupt etwas läuft. Er lebt in L.A., und das liegt nicht nur weit weg, sondern ist auch mit unserer Kleinstadt nicht zu vergleichen. Ständig scharwenzeln diese wichtigen Typen aus Hollywood um ihn herum, und ich bin nur ein Landei. Welche Chance räumst du einer solchen Beziehung ein?" Sie glaubte, John all ihre Ängste und Zweifel anvertraut zu haben, doch sie wusste, dass sie ihm noch etwas verschwieg.

„Hör mir zu", forderte John sie auf. „Du hast das, was du immer wolltest: Dylan. Und wenn du eine gemeinsame Zukunft mit ihm willst, musst du ihm vertrauen."

„Das tue ich", erwiderte sie. „Ich habe dir doch gerade mitgeteilt, dass ich nicht glaube, dass er Melanie heiraten möchte."

„Das ist ein Anfang, nur musst du ihm noch stärker vertrauen. Wann kommt Dylan zurück?"

Sie zuckte die Schultern. „Das hat er nicht gesagt. Er hat mir lediglich versprochen, dass er zurückkommt."

„Dann liegt es bei dir, ob du ihm traust oder nicht. Oder du lässt zu, dass der Fehler, den er vor zehn Jahren gemacht hat, weiterhin euer Leben dominiert und eine gemeinsame Zukunft unmöglich macht. Oder willst du dein ganzes Leben davon ausgehen, dass er dich wieder verlässt?" Damit hatte John es auf den Punkt gebracht: Holly hatte Angst, dass John sie eines Tages wieder verlassen könnte. Als er damals gegangen war, hatte er nicht gewusst, was ihn in Hollywood erwartete. Ihn hatte nur die vage Vorstellung von Ruhm und Reichtum gelockt. Heute, zehn Jahre später, wusste er genau, welcher Lebensstil ihn in Hollywood erwartete, denn inzwischen war er der beliebteste Schauspieler Amerikas.

Wie lange würde ihm eine Frau aus einer Kleinstadt genügen?

Tränen stiegen ihr in die Augen. „Seit wann bist du so weise?", fragte sie John.

„Ungefähr seit ich weiß, dass es zwischen uns aus ist." Er lächelte schmallippig.

Holly verkniff sich eine weitere Entschuldigung. „Was wird jetzt aus dir?", erkundigte sie sich stattdessen.

„Ich habe vermutet, dass du dich für Dylan entscheiden würdest, und mir überlegt, ob ich nicht nach Boston ziehen sollte."

„Wirklich?"

„Ja. Dort ist einfach mehr los. Wenn ich eine Familie gründen will, muss ich erst einmal eine nette Frau kennenlernen. In Boston leben viel mehr Menschen, da wird sich die Richtige schon finden."

„Na, dann müssen sich die Bostonerinnen ja in Acht nehmen!", meinte sie lachend.

Er zwinkerte ihr zu und signalisierte ihr damit, dass er die Trennung überleben würde.

Und sie? Plötzlich wurde ihr klar, wie sehr sie ihn als Freund vermissen würde. „Ich finde gut, dass du für das kämpfst, was dir im Leben wichtig ist."

Er gab ihr einen Kuss auf die Wange. „Das würde ich auch gern von dir behaupten können."

Sie zwang sich zu einem Lächeln. „Ich werde mich anstrengen; das verspreche ich."

In den kommenden Tagen, während Dylan fort war, würde sie reichlich Gelegenheit haben, über sich und ihr Leben nachzudenken und zu entscheiden, ob sie Dylan erneut ihr Herz schenken wollte. Sie fragte sich, ob sie es sich selbst überhaupt je verzeihen würde, wenn sie es nicht tat.

Stille Nacht, sinnliche Nacht

Glücklicherweise hatte Holly in den nächsten Tagen viel zu tun. Sie behandelte ihre Patienten und bereitete alles für ihren neuen Kollegen vor. Bisher hatte sie einen der Räume in der Praxis als eine Art Archiv genutzt, nun musste sie diesen Raum ausräumen, damit Dr. Tollgate im neuen Jahr dort praktizieren konnte. Nachdem sie die Umzugskartons in ihr Sprechzimmer verfrachtet hatte, machte sie sich daran, die Bücherregale und Tische abzustauben. Währenddessen konnte sie wunderbar über ihr Leben nachdenken und sich darüber klar werden, was sie von Dylan wollte.

Seit er fort war, rief er zwei- bis dreimal pro Tag an, womit er ihr offenbar beweisen wollte, dass er sich geändert hatte und sie nie wieder verlassen würde. Doch Holly hatte keine Ahnung, was er sich von einer Beziehung mit ihr erhoffte, was seine Erwartungen an sie waren. Doch das sollte ihr eigentlich egal sein. Wichtig war, dass sie sich über ihre Gefühle für ihn klar werden musste, bis er zurückkehrte.

Doch das stimmte nicht ganz. Ihre Gefühle für ihn kannte sie: Sie liebte Dylan. Das Problem war nur ihre Unsicherheit.

Plötzlich klingelte es an der Tür, und Holly zuckte zusammen. In der Annahme, es könne sich um einen Notfall handeln, eilte sie in den Flur. Sie öffnete die Tür, doch es stand niemand davor. Sie wollte schon wieder ins Sprechzimmer zurückkehren, als sie nach unten schaute und einen großen Umschlag erblickte. Sie öffnete ihn und fand eine Karte und eine Wegbeschreibung. Es wurde der Weg zu einem Ort erklärt, der etwa eine halbe Stunde Autofahrt von der Stadt entfernt lag. Ein Zettel, auf dem etwas geschrieben stand, lag auch dabei. Holly erkannte Dylans Handschrift.

Mit pochendem Herzen kehrte Holly in die Praxis zurück und las dann den Brief laut: „Ich habe dir versprochen, dass ich zurückkomme, und hier bin ich. Ich kann die Vergangenheit nicht ändern, aber ich hoffe, die Zukunft gestalten zu können. Lauf nicht mehr weg, sondern triff dich mit mir. Falls du dich traust."

Über den letzten Satz musste sie lachen. Gleichzeitig zitterte sie vor Aufregung. Dylan verstand es wirklich, sie herauszufordern.

So kompliziert, wie Holly dachte, war das doch alles nicht: Entweder sie vertraute ihm, oder sie tat es nicht. Aber hatte ihre Reaktion auf Melanies gezielt gestreute Falschmeldung nicht bewiesen, dass sie – Holly – Dylan vertraute? Ging es nicht vor allem darum, dass sie herausfand, ob sie ihren Gefühlen für Dylan traute?

Sie hatte sich nie für unsicher gehalten, doch jetzt erkannte sie, wie unsicher sie war, wenn es um ihre Beziehungen zu Männern ging. Ihre Unsicherheit rührte daher, dass Dylan sie vor zehn Jahren verlassen hatte.

Nachdem Dylan verschwunden war, hatte sie sich die erste Zeit vollkommen auf ihr Studium konzentriert. Nachdem sie sich so weit erholt hatte, dass sie wieder mit Männern ausgegangen war, hatte sie sich nur solche ausgeguckt, die ihr nicht hatten gefährlich werden können. Männer, die weder ihr Gefühlsleben in Aufruhr brachten noch jenes sexuelle Prickeln auslösten, das sie bei Dylan verspürte. Es waren lauter nette, anständige Männer gewesen, die nie ihr Herz hätten erobern können.

Nun aber war Dylan zurückgekehrt, und er stellte definitiv eine Bedrohung dar, nicht nur für ihr Herz, auf das sie bisher so gut aufgepasst hatte, sondern für ihr ganzes Leben. Sie hatte sich immer für selbstbewusst und entscheidungsfreudig gehalten, schließlich traf sie seit Jahren Entscheidungen zum Wohle ihrer Patienten. Doch welche Entscheidungen traf sie in Bezug auf ihr Leben?

Erneut betrachtete sie den Zettel, den sie in ihren zitternden Händen hielt. „Lauf nicht mehr weg, sondern triff dich mit mir. Falls du dich traust."

Traute sie sich? Dylan zu glauben, dass er ihr diesmal nicht das Herz brechen würde, war gar nicht so schwer. Viel schwieriger war es, ihre eigene Unsicherheit zu überwinden und sich selbst zuzutrauen, dass sie es diesmal schaffte, ihn dauerhaft an sich zu binden. Dass ihr das nicht gelingen würde, war ihre größte Angst.

Die eine Möglichkeit bestand darin, fortzulaufen und darauf zu verzichten, herauszufinden, wie glücklich sie mit Dylan werden konnte. Dass er sie glücklich machen konnte, daran zweifelte sie nicht. Andererseits konnte sie für immer mit der Vergangenheit abschließen, an eine gemeinsame Zukunft mit Dylan glauben und ihre Selbstzweifel endlich begraben.

Holly schloss die Praxistür ab und straffte die Schultern. Sie hatte eine Entscheidung getroffen. Natürlich war sie – Holly – interessant und stark genug, um Dylan an sich zu binden. Sie war eine gute, einfühlsame Ärztin und eine junge und schöne Frau. Warum sollte Dylan nicht bei ihr bleiben wollen?

Schnee bedeckte die Landschaft, und dicke Flocken fielen weiter vom Himmel. Je länger Dylan auf dem Grundstück stand, das ihm gehören würde, sobald die Verträge unterzeichnet waren, umso überzeugter war er, dass Holly nicht mehr kommen würde.

Er zweifelte nicht daran, dass Nicole ihr die Wegbeschreibung hatte zukommen lassen. Das war also vermutlich nicht das Problem. Nein, wahrscheinlicher war, dass Holly nach wie vor nicht sicher war, ob sie ihm trauen sollte. Dabei hatte er alles in seiner Macht Stehende getan, um sie zu überzeugen, dass er sich geändert hatte. Jetzt lag die Entscheidung allein bei ihr, ob es für sie und ihn eine gemeinsame Zukunft geben würde.

Er rieb sich die Hände und schob sie in die Jackentaschen. Dann schloss er die Augen und stellte sich das Haus vor, das er auf diesem Land errichten wollte. Und immer, wenn er sich die Frau vorstellte, mit der er in diesem Haus leben würde, sah er Holly vor sich. Und ihre gemeinsamen Kinder, die im Garten spielten.

Tief in seinem Herzen wusste er, dass sie die gleichen Träume hatte wie er. Es schien einfach undenkbar, dass sie diese Wünsche aufgegeben hatte.

„Hallo Dylan."

Zuerst glaubte er, der sanfte Klang ihrer Stimme sei nur Einbildung. Aber dann machte er die Augen auf und erblickte Holly vor sich. Sie war in eine dicke Daunenjacke gehüllt und trug dazu einen Schal und einen Hut mit schmaler Krempe. Ihr Blick verriet Neugier.

Er war überglücklich, sie zu sehen. „Hallo, mein Schatz. Frohe Weihnachten."

Sie lächelte ihn strahlend an, bevor sie ihn mit einer Umarmung überraschte. Er drückte sie fest an sich. „Du hast mir gefehlt", flüsterte er.

Stille Nacht, sinnliche Nacht

„Du mir auch." Sie löste sich von ihm und schaute ihn an. „Wo sind wir hier?"

Der große Moment war gekommen. Dies konnte der Beginn ihrer gemeinsamen Zukunft sein – oder das Ende all seiner Hoffnungen. „Es ist ein Zuhause." Er breitete die Arme aus. „Fünf Hektar Land, auf denen bis jetzt nur Gras und Bäume stehen. Aber es sollen noch zahlreiche Dinge hinzukommen: ein Haus und ein Hund zum Beispiel – und ein paar Kinder."

Er versuchte ein schiefes Grinsen, aber es missglückte. Zu viel stand hier für ihn auf dem Spiel, und zum ersten Mal konnten ihm sein Charme, sein gutes Aussehen und sein Ruhm nicht weiterhelfen.

Es kam ganz allein auf Holly an.

„Ein Hund und Kinder? Ein Zuhause?", wiederholte Holly perplex und schaute sich um. Die Landschaft hier sah nicht viel anders aus als die Gegend, durch die sie auf dem Weg hierher gefahren war. Eine hübsche schneebedeckte Gegend, über der die Sonne schien.

„Das Land gehört mir, beziehungsweise wird mir gehören, sobald der Vertrag unterschrieben ist. Genau genommen …" Er hielt inne und fühlte sich offenbar unbehaglich.

Ihr Herz klopfte so laut, dass sie glaubte, er müsse es hören. Er hatte sich hier ein Grundstück gekauft?

„Genau genommen was?" Ihre Stimme brach, weil sie sich vor dem fürchtete, was als Nächstes kommen würde. Dabei war es vollkommen albern, sich vor dem Glück zu fürchten.

„Genau genommen möchte ich, dass es unser Zuhause

wird. Deines und meines." Er ergriff ihre Hände. „Ich möchte hier leben und unsere Kinder aufwachsen sehen."

„Was ist mit L.A. und deinem Leben dort? Was wird aus deinem Beruf?"

„Ich habe sehr gründlich über alles nachgedacht. Der Kauf dieses Grundstücks war keine spontane Angelegenheit. Es wäre schön, wenn du dir eine Weile freinehmen und mich nach L.A. begleiten könntest, damit du mein Leben dort und meine Freunde persönlich kennenlernen kannst. Ich möchte, dass du ein Teil meines Lebens wirst."

Sie schluckte. Du musst ihm trauen, sagte sie sich. Hierherzukommen war der erste Schritt. Sie wusste, dass er es ehrlich meinte. „Sprich weiter", forderte sie ihn auf.

„Anschließend kommen wir zurück, um hier zu leben. Ich werde nur für Dreharbeiten unterwegs sein. Ich hatte ohnehin vor, ein wenig kürzer zu treten und nur noch bei Projekten mitzuarbeiten, die für mich eine kreative Herausforderung darstellen. Finanziell bin ich längst abgesichert. Ich werde, sooft ich kann, hier bei dir sein, und wenn du es einrichten kannst, wirst du mich begleiten. Wir beide können es schaffen, wenn wir es nur wollen. Du musst einfach nur daran glauben."

Tränen liefen ihr über die Wangen. Sie umfasste sein Gesicht mit beiden Händen und blickte in seine wundervollen blauen Augen. „Du hast ja keine Ahnung, wie sehr du mir wehgetan hast, als du mich verlassen hast. Ich habe mich zurückgezogen, Dylan. Ich hielt mich von Männern fern, von denen ich annahm, dass sie mir genauso wehtun könnten, wie du es getan hast."

Ein Wangenmuskel zuckte in seinem Gesicht. „Ich bin mir nicht sicher, ob mir gefällt, worauf du hinauswillst."

„Pst." Sie legte ihm den Zeigefinger auf die Lippen. „Du musst es dir anhören, weil ich es mir einfach einmal von der Seele reden muss."

Er nickte langsam.

„Inzwischen habe ich begriffen, dass es keinen anderen Mann gibt, der mir genauso wehtun könnte, denn es gibt niemanden, den ich so sehr lieben könnte wie dich."

Er sog scharf die Luft ein, und als er wieder ausatmete, bildete sich eine weiße Wolke in der eisigen Luft. „Ich liebe dich auch. Ich habe nie aufgehört, dich zu lieben, selbst nachdem ich weggegangen war."

„Das weiß ich inzwischen."

Er wischte ihr die Tränen fort. „Wir waren jung, und ich war dumm."

„Nein", widersprach sie. „Jeder von uns musste seinen Weg gehen, um zu dem zu werden, der er heute ist."

„Und wer sind wir heute?"

„Zwei Menschen, die wieder zueinandergefunden haben." Sie lachte. „Na ja, *du* hast *mich* gefunden. Wie dem auch sei, ich bin nicht so blöd, dich wieder wegzuschicken." Sie küsste ihn leidenschaftlich und freute sich, dass er den Kuss mit großer Hingabe erwiderte. Es war, als könne er niemals genug von ihr bekommen.

Und Holly wusste genau, dass sie nie genug von ihm bekommen würde.

Viel zu früh löste er sich wieder von ihr. „Dir ist hoffentlich klar, dass es Zeiten geben wird, in denen ich wochenlang fort sein werde, manchmal sogar Monate."

Sie nickte.

„Aber während ich weg bin, darfst du nie daran zweifeln, dass mein Herz hier bei dir ist." Er klopfte sich an die Brust. „Du darfst nie daran zweifeln, dass ich zurückkommen werde und dass du die Einzige für mich bist." Er schaute ihr tief in die Augen. „Ganz gleich, was du hörst oder siehst. Wirst du das schaffen?"

Sie nickte erneut. „Dylan, ich liebe dich. Ich habe dich immer geliebt. Ich vertraue dir nicht nur, sondern ich weiß, dass du mich zur Räson rufen wirst, wenn ich doch einmal den einen oder anderen Zweifel äußern sollte." Schließlich war sie auch nur ein Mensch.

„Das werde ich. Ich weiß, dass ich alles schaffen kann, solange nur du bei mir bist. Weißt du, warum ich dir den Mitternachtsengel geschenkt habe? Ich wollte, dass er eines Tages *unseren* Weihnachtsbaum schmückt. Denn du bist mein Mitternachtsengel."

Sie lächelte und küsste ihn. Dieser Kuss war sinnlich und verführerisch und schien niemals enden zu wollen …

NEW ENGLAND EXPRESS

Die tägliche Klatschkolumne

Laut „Entertainment Weekly" hat Hollywoodstar Dylan North Neujahr geheiratet. Allerdings nicht seine frühere Flamme Melanie Masterson, sondern seine Jugendliebe Dr. Holly Evans. Miss Masterson soll sich über Neujahr auf eine Insel zurückgezogen haben. Dylan North und Holly Evans gaben sich im kleinsten Kreis das Jawort. Gefeiert wurde in einem kleinen Lokal namens „Whipporwill's" in Acton, Massachusetts. Bisher sind nur wenige Informationen durchgesickert, aber dem „New England Express" wurde ein Exklusivbericht samt Hochzeitsfotos versprochen, sobald das Paar aus den Flitterwochen zurück ist. Einer der weiblichen Gäste hat uns berichtet, dass die Desserts alle mit Marshmallow-Creme verziert gewesen sein sollen.

Mehr Einzelheiten demnächst; wir werden Sie auf dem Laufenden halten.

– ENDE –

Janelle Denison

Silvester werden Wünsche wahr

Roman

Aus dem Amerikanischen von
Gabriele Ramm

1. KAPITEL

„Ich habe meine guten Vorsätze für das neue Jahr bereits gefasst. Willst du wissen, was ich mir vorgenommen habe?"

Shane Witmer schaute von der Pizza auf, die er sich mit seiner Freundin Alyssa Harte teilte. Sie saßen in einer der Nischen von „The Pizza Joint", der Pizzeria, die er seit einigen Jahren betrieb. Alyssa und er kannten sich seit ihrem fünften Lebensjahr, und er hatte schon vor langer Zeit gelernt, ihre Stimmungen und ihre Miene zu deuten. Jetzt nahm er Entschlossenheit in ihrem Blick wahr, und wenn Alyssa sich etwas in den Kopf gesetzt hatte, dann erreichte sie dieses Ziel meist auch.

„Silvester ist doch erst in vier Tagen", meinte er und griff nach einer Serviette. „Das habe ich ja noch nie erlebt, dass du dich schon so früh zu irgendwelchen guten Vorsätzen durchgerungen hast. Wie kommt das?"

„Ich wollte mal gut vorbereitet sein."

Sie zuckte lässig mit den Schultern, fischte ein Stück Peperoni von ihrem Pizzastück, schob es sich in den Mund und leckte sich dann langsam und genüsslich die Finger ab. Es war eine Gewohnheit, deren sie sich nicht einmal bewusst war. Genauso wenig wie sie ahnte, welch stimulierende Wirkung diese sinnliche Geste auf ihn hatte.

Er schluckte und verscheuchte die allzu erregenden Gedanken, denn er wollte nicht in Schwierigkeiten geraten. Stattdessen beobachtete er Alyssa, wie sie den dicken, knusprigen Rand aß und dann nach dem nächsten Stück Pizza griff. „Wenn ich mir anschaue, wie du dein Essen genießt, vermute ich, dass dein guter Vorsatz in diesem Jahr ausnahmsweise mal nicht lautet, dass du auf Pizza und Diät-Cola verzichten willst", neckte er sie.

Sie verzog das Gesicht, doch in ihren blauen Augen blitzte es schalkhaft auf. „Nein", erwiderte sie. „Wir wissen beide, dass das hoffnungslos wäre." Genussvoll biss sie in ihr zweites Stück Pizza.

Shane schüttelte den Kopf und lachte leise. Er liebte ihren Appetit und die Tatsache, dass sie das Essen genoss, auch wenn sie sich immer darüber beschwerte, dass jeder Bissen sich auf direktem Weg auf ihren Hüften, den Oberschenkeln und dem Po ablagerte. Er fand jedoch, dass ihre vollen Brüste, die wohlgeformten Hüften und ihr runder Po perfekt proportioniert waren – auch wenn es ihm nie gelang, Alyssa von dieser Tatsache zu überzeugen. Außerdem hatte sie eine angeborene Sinnlichkeit, die mit unglaublicher Kraft auf all seine Sinne wirkte.

Er fand, dass der Körper seiner Freundin sehr frauliche Kurven aufwies, mit denen sie die Blicke vieler Männer auf sich zog – vor allem seine, aber nur, wenn er sicher sein konnte, dass sie ihn nicht dabei ertappte, wie er ihre herrlichen Rundungen bewunderte. Ein Freund tat so etwas nicht. Seit Jahren schon verbarg Shane seine wahren Gefühle für Alyssa hinter einer Fassade brüderlicher Zuneigung. Allerdings fiel ihm das von Jahr zu Jahr schwerer.

Sie seufzte, obwohl sie noch immer lächelte. „Ich habe inzwischen akzeptiert, dass Pizza und Diät-Cola die beiden Laster sind, ohne dich ich nicht leben kann."

„Das bedeutet dann ja wohl, dass du auch nicht ohne mich leben kannst, da ich dich mit kostenloser Pizza versorge." Mehrmals die Woche kam sie entweder mittags oder abends zum Essen in seine Pizzeria, und immer wenn es im

Restaurant überzählige Pizza- oder Pastabestellungen gab, brachte er Alyssa auf dem Weg nach Hause etwas zu essen vorbei.

„Du weißt doch, dass ich ohnehin nicht ohne dich leben könnte", entgegnete sie und schob sich mit dem Handrücken die blonden Locken aus dem Gesicht. „Die Gratispizzas sind klasse, aber auch ohne sie wirst du immer mein bester Freund bleiben. Du kennst alle meine Geheimnisse."

Darüber musste er lachen, aber es traf zu, und Alyssa kannte alle seine Geheimnisse. Seit dem Tag, als ihre Familie vor über zwanzig Jahren ins Nachbarhaus gezogen war, verbrachten sie so viel Zeit wie möglich zusammen. Das lag nicht nur daran, dass keiner von ihnen Geschwister hatte und es in ihrer Straße keine anderen Kinder gegeben hatte. Von Anfang an hatte zwischen ihnen eine ganz besondere, enge Beziehung bestanden.

„Na, dann lass deinen guten Vorsatz mal hören", sagte er und konzentrierte sich wieder auf das eigentliche Thema, während er versuchte, die Erregung zu ignorieren, die ihn wieder packte, da Alyssa geistesabwesend ein wenig Soße von ihrer Unterlippe leckte. Außerdem war er neugierig, auf welche Mission sie sich im kommenden Jahr begeben wollte.

Sie hob ihr Kinn, und wieder blitzte etwas von der inneren Stärke in ihrem Blick auf. „Ich habe den Entschluss gefasst, mich im nächsten Jahr endlich auf eine richtige Beziehung mit einem Mann einzulassen, statt mit ihm Schluss zu machen, wenn es ernst wird. Ich muss endlich aufhören, allen Gefühlen aus dem Weg zu gehen, nur weil ich Angst habe, verletzt zu werden. Voraussetzung ist natürlich, dass ich den Richtigen finde."

„Okay", antwortete Shane langsam. Das verunsicherte ihn jetzt doch. Er war mehr als ein wenig überrascht von ihrem Geständnis.

Alyssa hatte sich noch nie dauerhaft auf einen Mann eingelassen – ein Abwehrmechanismus, der, wie Shane vermutete, daher rührte, dass ihre Mutter den Tod von Alyssas Vater niemals hatte verwinden können. Es war ein Thema, über das seine Freundin nicht gern sprach, daher nahm er an, dass sehr viel mehr dahinterstecken musste, als sie zugab.

Er lehnte sich zurück und betrachtete Alyssa nachdenklich. „So, so. Und was hat dich zu diesem Vorsatz getrieben?"

Sie schaute ihn über den Tisch hinweg an. „Ich habe in letzter Zeit viel nachgedacht und bin zu der Erkenntnis gelangt, dass ich zwar finanziell abgesichert bin und mein Job als Einkäuferin mir viel Spaß macht, dass mein Privatleben aber einiges zu wünschen übrig lässt. Und das ist meine eigene Schuld, das sehe ich ein, denn bis jetzt war ich eindeutig zu bindungsscheu."

Sie verzog das Gesicht, ließ die Serviette auf den Teller fallen und schob ihn beiseite. „Ich habe ständig das Gefühl, dass irgendetwas Wichtiges in meinem Leben fehlt, und ich glaube, ich habe herausgefunden, was das ist."

Shane gefiel die Richtung, die die Unterhaltung nahm, nicht sonderlich. Vor Unsicherheit verkrampfte sich sein Magen. „Und das wäre?"

„Die meisten unserer Freunde heiraten und gründen eine Familie, und mir ist klar geworden, dass ich das auch möchte. Ich möchte es wirklich. Was ich nicht möchte, ist, so wie meine Mutter den Rest meines Lebens allein zu verbringen."

„Und das heißt, dass du offen für eine ernsthafte Beziehung sein willst." Er wusste, dass sie ihm gegenüber ihre Hoffnungen, Träume und Gefühle offenbaren konnte. Mit den Männern, mit denen sie ausging, sprach sie jedoch nicht darüber. Da er ihr bester Freund war, sah sie bei ihm ihr Herz wohl auch nicht gefährdet. Allerdings hatte sie ja auch keine Ahnung, was er wirklich für sie empfand. Shane fürchtete, es bestand die Gefahr, dass ihre Freundschaft, die er so schätzte, in die Brüche ging, wenn sie es jemals herausbekommen sollte.

Während er die Arme auf den Tisch stützte, versuchte er, seine eigenen Gefühle aus der Sache herauszuhalten. „Die große Frage ist also, ob du bereit bist, dich wirklich auf eine echte Beziehung einzulassen."

„Ich bin willig, es zu versuchen, und genau darum geht es in meinem guten Vorsatz für das neue Jahr", erwiderte sie ruhig, während sie einen Tropfen von ihrem Glas wischte. „Es wird Zeit, dass ich endlich meine Angst und Unsicherheit überwinde, sonst ende ich noch als alte Jungfer."

Bei diesem Gedanken schnitt sie eine Grimasse und schüttelte entsetzt den Kopf, was einen verführerischen Effekt hatte. Die herrlichen Locken, die ihr bis auf die Schultern fielen, wurden dabei zerzaust. Ihr weiches, glänzendes Haar spielte in einigen von Shanes heißesten Fantasien eine große Rolle, wenn er sich vorstellte, wie er diese seidigen Strähnen in den Händen hielt, während er sich zusammen mit Alyssa der Leidenschaft hingab … oder wie die Locken seine erhitzte Haut liebkosten, während sie sich auf ihn setzte, sich auf ihm bewegte …

„So, jetzt aber genug von meinem erbärmlichen Liebesleben", sagte sie und wedelte mit der Hand, sodass Shane aus seinem erotischen Tagtraum erwachte. „Was hast du denn für gute Vorsätze?"

Mit dieser Frage konnte er sich im Moment gar nicht befassen, da ihre Ankündigung ihn noch immer beschäftigte – vor allem der Gedanke, wie sich das auf ihn und seine Beziehung zu ihr auswirken würde. Seine größte Sorge war, dass er sie an einen anderen Mann verlieren könnte. Bei dieser Vorstellung bildete sich in seinem Magen ein riesiger Knoten.

Erwartungsvoll sah Alyssa ihn an und wartete darauf, von ihm zu hören, welche großen Veränderungen er im kommenden Jahr geplant hatte.

„Weißt du, ich habe noch gar nicht darüber nachgedacht."

„Na, das solltest du aber." Sie griff über den Tisch und drückte voller Zuneigung seinen Arm. „Wir müssen das nächste Jahr zu einem ganz besonderen Jahr machen, das wir beide in guter Erinnerung behalten."

Shane fürchtete bereits, dass er das Jahr niemals vergessen würde, egal, wie es sich entwickelte. „Sobald mir etwas eingefallen ist, erfährst du es. Versprochen."

Alyssa stellte die leeren Teller aufeinander. „Dann beeil dich. Silvester ist schon in vier Tagen, wie du selbst festgestellt hast."

Er lachte, weil er genau wusste, dass sie darauf bestehen würde, von ihm einen guten Vorsatz zu hören. „Ja, ja. Du wirst die Erste sein, die etwas darüber hört, was ich mir für das neue Jahr vorgenommen habe."

„Übrigens, ich habe eine Einladung zu Drews und Cynthias jährlicher Silvesterfeier bekommen", sagte sie und erwähnte ihre gemeinsamen Freunde, die kürzlich geheiratet

hatten. „Ich habe schon zugesagt. Wie ist es mit dir?"
Er nickte. „Schon erledigt."
„Gut." Sie lachte, und in ihren Augen erschien ein optimistisches Funkeln. „Wer weiß? Die Silvesternacht hält vielleicht alle möglichen Überraschungen für uns beide bereit."

Bevor er darauf antworten konnte, kam eine der Kellnerinnen an den Tisch und unterbrach seine Unterhaltung mit Alyssa. Er war dankbar für die Ablenkung, da er über die Überraschungen, auf die seine beste Freundin hoffte, nicht nachdenken wollte. Schon gar nicht, wenn es bedeutete, dass sie sich nach einem Kandidaten für ihre Hochzeit umsah.

„Shane, wir brauchen Kleingeld für die Kasse", sagte seine Angestellte und nahm das schmutzige Geschirr, um es in die Küche zu bringen.

„Ich komme sofort." Er glitt von der Bank und sah Alyssa an. „Möchtest du zum Nachtisch noch ein Stück Käsekuchen?"

„Kann ich es auch mitnehmen?", fragte sie. Er wusste, dass sie niemals ein Dessert ausschlagen konnte. „Ich will zu Hause noch arbeiten. Ein paar Rechnungen für die Aufträge, die ich vor Weihnachten erledigt habe, müssen noch geschrieben werden."

Shane nickte, und nachdem er sich um das Wechselgeld für die Kasse gekümmert hatte, packte er für Alyssa ein großes Stück Käsekuchen ein und reichte es ihr in einer Papiertüte. Da es bereits dunkel war, brachte er sie zu ihrem Auto und gab ihr einen brüderlichen Kuss auf die Wange. Dabei wünschte er sich nichts lieber, als ihren köstlichen Mund mit einem tiefen, leidenschaftlichen Kuss zu erobern, der ihr den Atem raubte und sie bis ins Mark erschütterte.

Er beobachtete sie, als sie hinter das Steuer glitt, und atmete tief durch, was ihn allerdings nicht von seinem Frust erlöste. Trotzdem zwang er sich zu einem lässigen Lächeln. „Komm gut nach Hause."

„Ja, danke." Sie schnallte sich an und startete den Motor. „Gute Nacht, Shane."

„Gute Nacht." Er schloss die Wagentür, wartete, bis sie vom Parkplatz gefahren war, und ging dann zurück in sein Büro in der Pizzeria.

Dort setzte er sich hinter den Schreibtisch, doch statt sich um den Papierkram zu kümmern, lehnte er sich zurück und rieb sich nachdenklich das Kinn. Was zum Teufel sollte er jetzt tun, nachdem Alyssa beschlossen hatte, sich auf die Suche nach Mr Right zu machen?

Seit Jahren beobachtete er sie dabei, wie sie sich mit einem Mann nach dem anderen verabredete. Meistens waren es spießige Bürotypen, die äußerlich zwar ansprechend aussahen, aber viel zu seriös für Alyssa mit ihrer lebendigen Persönlichkeit waren. Auf diese Weise fiel es ihr leicht, die Beziehung zu beenden, sobald die ersten Anzeichen auftauchten, dass die Männer ein ernsthaftes Interesse an ihr entwickelten. Alyssas vorhersehbares Verhalten machte es ihm leicht, das Ganze gelassen zu betrachten und ihr Freund zu sein, auf den sie sich stets verlassen konnte, sowohl in guten wie in schlechten Zeiten.

Einerseits glaubte er nicht, dass sie ihren Vorsatz, sich einem Mann emotional zu öffnen, wirklich in die Tat umsetzen würde, andererseits war er verunsichert. Was, wenn es ihr doch gelänge? Während ihrer Unterhaltung hatte er die Sehnsucht in ihrem Blick gesehen, die Einsamkeit und den Wunsch, einer echten und andauernden Beziehung eine Chance zu geben. Würde sie sich dem erstbesten Mann, der ihr über den Weg lief, an den Hals werfen, nur weil sie sich verzweifelt nach einer Hochzeit und einer Familie sehnte?

Diese Möglichkeit genügte, um ihm bewusst zu machen, dass er nicht bereit war, Alyssa an einen anderen Mann zu verlieren.

Weder jetzt noch in Zukunft.

Und das bedeutete, dass es an der Zeit war, ihr seine Gefühle und Absichten zu offenbaren – aber langsam und vorsichtig, damit er sie nicht verschreckte.

Ein verschmitztes Lächeln erschien auf seinen Lippen, als ihm eine Idee durch den Kopf schoss. Gab es einen besseren Weg, um Alyssas Aufmerksamkeit zu erregen, als sie um Hilfe bei seinem Verschönerungsprozess zu bitten? Er würde sich von ihr in einen dieser weltmännischen, trendigen Typen verwandeln lassen, zu denen sie sich normalerweise hingezogen fühlte. Auf diese Weise konnte er ihr zeigen, dass er derjenige war, der all das hatte, was sie von einem Partner erwartete.

Als Einkäuferin würde sie nicht widerstehen können, mit ihm shoppen zu gehen, um seine äußere Erscheinung umzukrempeln. Das war eine ihrer Lieblingsbeschäftigungen. Er mochte seinen lässigen Haarschnitt, den er mit ein paar Fingerstrichen in Ordnung bringen konnte, und er war eher der Typ, der Jeans und T-Shirt bevorzugte. Er war zufrieden mit seiner bequemen, nüchternen Aufmachung. Er hatte aber auch nichts dagegen, sein Image zu verändern, wenn er Alyssa damit zeigen konnte, dass er der Richtige für sie war – angefangen bei seiner äußeren Erscheinung, bis hin zu der tiefen emotionalen Bindung, die schon seit Langem zwischen ihnen bestand.

Genau das war sein guter Vorsatz für das neue Jahr: Er würde endlich die Frau seiner Träume erobern. Punkt zwölf in der Silvesternacht sollte es auf der Party, zu der sie beide eingeladen waren, für Alyssa keinen Zweifel mehr geben, was er für sie empfand.

Alyssa saß vor dem Computer in dem kleinen Büro, das sie sich in ihrer Wohnung eingerichtet hatte, und aß den letzten Krümel des Käsekuchens, dann schrieb sie die letzte Rechnung.

Der Dezember war ein profitabler Monat gewesen, und die Geschäfte als Einkäuferin entwickelten sich sogar noch besser, als sie erwartet hatte. Ihr Kundenkreis bestand nicht nur aus großen Firmen, die Weihnachtsgeschenke für ihre Angestellten und Kunden benötigten, sondern auch aus erfolgreichen Führungskräften, die keine Zeit hatten, die Geschenke für ihre verwöhnte Klientel und für Kollegen selbst zu besorgen. Es zählten auch Mitglieder von Südkaliforniens High Society dazu, die das besondere Etwas für Freunde und Familienmitglieder suchten.

Während des vergangenen Jahres hatte sie ihr Geschäft sogar noch erweitert, indem sie die Einkäufe für Wohltätigkeitsveranstaltungen, Hochzeiten und aufwendige Partys übernahm. Ein weiterer Service, den sie bot, war die Vorbereitung kleiner Geschenktüten für besondere Anlässe wie zum Beispiel Preisverleihungen und Konferenzen. Dazu musste sie kontinuierlich im Internet recherchieren und die örtlichen Einkaufsmeilen durchstöbern,

Silvester werden Wünsche wahr

um die gewünschten Dinge zu finden. Dadurch war sie ständig beschäftigt und musste sich immer neuen Herausforderungen stellen.

Schon vor Langem hatte sie herausgefunden, was das Beste an ihrem Job war: Sie konnte bis zum Umfallen einkaufen gehen und durfte dabei das Geld anderer Leute ausgeben. Was ihr gut gefiel, denn mit ihrem eigenen Geld ging sie sorgsam um. Sie war ohne Vater aufgewachsen, und das Gehalt, das ihre Mutter als Sekretärin verdient hatte, war nicht sonderlich üppig gewesen. Es war nie viel übrig geblieben, das man unbedacht ausgeben konnte. Alyssa war daher von Natur aus sparsam, was dazu geführt hatte, dass sie während der letzten Jahre einen nicht ganz unbeträchtlichen Notgroschen beiseitegelegt hatte.

Wie sie Shane beim Essen anvertraut hatte, fehlte in ihrem Leben trotz ihres beruflichen Erfolges etwas. Immer mehr wurde ihr bewusst, dass sie sich danach sehnte, ihr Leben mit jemandem zu teilen. Sie wollte am Ende eines Tages nach Hause zu einem Ehemann und einer Familie kommen. Das Problem war, dass sie sich davor fürchtete, einen Mann zu nahe an sich heranzulassen, weil sie miterlebt hatte, wie sehr ihre Mutter gelitten hatte, als ihr Vater starb. Doch sie war sich bewusst, dass sie inzwischen sechsundzwanzig Jahre alt war und langsam diese Unsicherheit überwinden musste. Deshalb dieser gute Vorsatz fürs neue Jahr, sich auf eine echte Beziehung einzulassen – natürlich nur mit dem Richtigen.

Der Richtige. Sofort dachte sie an ihren besten Freund Shane. Sie lächelte, da er all das verkörperte, was sie sich von einem Gefährten erwartete, mit dem sie ihr Leben verbringen wollte. Nicht nur, dass er umwerfend aussah, ein sinnliches Lächeln und Humor hatte, er war obendrein auch noch vernünftig, einfühlsam und immer zuverlässig. Sie war unheimlich gern mit ihm zusammen. Er war das Maß, an dem sich während der vergangenen Jahre all die Männer, mit denen sie ausgegangen war, messen lassen mussten. Das war vermutlich auch der Grund, weshalb bisher keiner ihren Erwartungen entsprochen hatte.

Sie lehnte sich in ihrem Stuhl zurück und schloss die Augen. Wieder war es Shanes Bild, das sie in Gedanken vor sich sah – Shane mit seinen braunen, etwas zu langen und zerzausten Haaren, mit seinen verführerischen braunen Augen und dem schlanken, athletischen Körper, der ihn so männlich wirken ließ. Ihr Puls beschleunigte sich, und sie riss erschrocken die Augen auf. Auf keinen Fall durften ihre Gedanken noch weiter auf verbotenes Terrain abdriften.

Heftig atmend presste sie eine Hand auf ihr pochendes Herz und wünschte, wenigstens ein anderer Mann hätte solch eine atemberaubende Wirkung auf sie wie Shane. Schon seit Jahren fühlte sie sich zu ihm hingezogen. Sie begehrte ihn heimlich mit einem Verlangen, das im Laufe der Zeit immer stärker zu werden schien – doch sie hatte ihr Möglichstes getan, um dieses Verlangen zu unterdrücken. Im Grunde hatte sie Angst, diesen romantischen Gefühlen für ihren besten Freund nachzugeben und ihre lebenslange Freundschaft aufs Spiel zu setzen. Die Gefahr, dass es zwischen ihnen nicht funktionierte, war zu groß.

Shane war die einzige Konstante in ihrem Leben. Er war der Mensch, an den sie sich wandte, wenn sie jemanden brauchte, bei dem sie sich aussprechen oder anlehnen konnte. Er war ihr Fels in der Brandung, derjenige, dem sie bedingungslos vertraute, und sie wäre völlig verzweifelt, wenn jemals etwas zwischen ihnen stünde – wie zum Beispiel eine intime Beziehung, die sie wegen ihrer Komplexe vermasselte. Er war ihr zu wichtig, als dass sie es darauf ankommen lassen wollte. Allerdings hielt sie das nicht davon ab, davon zu träumen, was sein könnte.

Ihr Computer gab ein leises Pling von sich, und als Alyssa auf den Bildschirm sah, stellte sie fest, dass eine neue Nachricht für sie eingetroffen war.

DerRichtige: *Hallo.*

Sie kannte den Benutzernamen nicht und war überzeugt, dass man sie versehentlich kontaktiert hatte. Andererseits benutzte sie diese Form der Kommunikation für ihr Geschäft, um schnell in Kontakt mit Kunden treten zu können, und es war natürlich möglich, dass jemand seine Kennung geändert hatte. Sie tippte eine Antwort ein, um es herauszufinden.

AlyssaShopping: *Hallo. Wer sind Sie?*

DerRichtige: *Jemand, den du schon seit einer ganzen Weile kennst.*

Alyssa runzelte die Stirn. Sie war neugierig, weshalb sich die Person so geheimnisvoll gab und wie es angehen konnte, dass er oder sie auf diese Weise Kontakt zu ihr aufnehmen konnte.

AlyssaShopping: *Wie kommst du bloß an meine IM-Adresse?*

DerRichtige: *Die habe ich von einem gemeinsamen Freund. Frag nicht nach dem Namen, denn ich habe versprochen, ihn nicht zu verraten. Es ist ein guter Freund von dir, und ich kann dir versichern, dass er mir deine Adresse nicht gegeben hätte, wenn ich nicht ein netter, vertrauenswürdiger Typ wäre.* ☺

AlyssaShopping: *Kenne ich dich?*

DerRichtige: *Ja.*

AlyssaShopping: *Also haben wir uns schon mal irgendwo getroffen?*

DerRichtige: *Ja. Aber ich möchte noch nicht verraten, wer ich bin. Im Moment reicht es vielleicht, wenn ich dir anvertraue, dass ich ein heimlicher Verehrer bin.*

Alyssa hatte noch nie einen heimlichen Verehrer gehabt, und sie fand die Vorstellung, von einem mysteriösen Mann den Hof gemacht zu bekommen, sehr sexy und aufregend. Noch einmal las sie seinen Nutzernamen, DerRichtige, und plötzlich begann es, in ihrem Magen zu kribbeln.

DerRichtige: *Ich finde, du solltest wissen, dass ich dich sehr anziehend finde – und zwar schon seit geraumer Zeit. Ich dachte, wir könnten uns vielleicht per Instant Messenger ein wenig näher kennenlernen, bevor wir uns persönlich treffen ... wenn es dir recht ist.*

Sie lächelte und im nächsten Moment flogen ihre Finger über die Tasten, um eine Antwort zu tippen.

AlyssaShopping: *Also so eine Art Blind Date per Internet?*

DerRichtige: *Genau. Aber ich möchte nicht, dass du dich dabei in irgendeiner Form unwohl fühlst.*

Seine Besorgnis und Ehrlichkeit wusste sie zu schätzen, denn sie sagten einiges über seine Persönlichkeit aus. Seine Worte vermittelten ihr ein Gefühl der Sicherheit. Es handelte sich bei ihm nicht um irgendeinen geistig verwirrten Online-Stalker. Bisher klang er freundlich und nett und hatte ihr noch keinen Grund gegeben, sich bedrängt zu fühlen. Und auch wenn er ihre Nutzerkennung kannte, wusste er ja noch lange nicht, wo sie wohnte. Viele ihrer Bekannten schlossen Freundschaften übers Internet. Sie dachte an ihren guten Vorsatz für das neue Jahr und entschied, dass sie einfach den kleinen Flirt mit ihrem heimlichen Verehrer genießen würde.

AlyssaShopping: *Das ist schon in Ordnung, und ich fühle mich alles andere als unwohl.*

DerRichtige: *Gut. Ich habe gehört, dass du zu Drews und Cynthias Silvesterparty gehst. Ich werde auch da sein. Wenn es online mit unserem Blind Date gut läuft, wollen wir uns dann dort treffen?*

Alyssa kaute auf ihrer Unterlippe. Auch wenn sie noch vier Tage Zeit hatte, um ihn per Internet kennenzulernen, war sie noch nicht bereit, sich auf etwas so Persönliches einzulassen. Also gab sie ihm eine unverbindliche Antwort.

AlyssaShopping: *Vielleicht.*

DerRichtige: *Ein Vielleicht genügt mir im Moment. Übrigens, du hast wunderhübsche blaue Augen.*

Dieses Kompliment ließ ihr Herz höher schlagen, genauso wie die Tatsache, dass er tatsächlich wusste, wie sie aussah. Sie fühlte sich eindeutig im Nachteil.

AlyssaShopping: *Danke. Ich wünschte, ich wüsste, welche Farbe deine Augen haben.*

DerRichtige: *Braune Augen und braunes Haar, falls du dich auch das gefragt haben solltest.* ☺

Sie lachte laut auf, und vor ihren Augen erschien Shanes Bild – braune Augen, braunes Haar und ein charismatisches Lächeln, das nur für sie bestimmt war.

AlyssaShopping: *Ja, das habe ich tatsächlich. Du scheinst Gedankenleser zu sein.*

DerRichtige: *Eine meiner vielen Gaben* ☺*! Es ist schon spät, und ich sollte dich jetzt schlafen gehen lassen. Wollen wir morgen Abend um dieselbe Zeit wieder chatten?*

AlyssaShopping: *Gern. Ich hätte nichts dagegen.*

DerRichtige: *Okay, dann bis morgen. Schlaf gut und träum schön.*

Ein wohliger Schauer durchrieselte sie. Es war, als hätte er ihr diese Worte mit leiser, rauer Stimme direkt in ihr Ohr geflüstert. Auch sie verabschiedete sich für heute von ihm.

AlyssaShopping: *Gute Nacht.*

Er meldete sich als Erster ab, und mit einem leisen Seufzer beendete auch Alyssa das Programm und schaltete den Computer aus. Nachdem sie ihren Teller in die Küche gebracht hatte, ging sie ins Schlafzimmer, zog den gemütlichen Pyjama an, den Shane ihr zu Weihnachten geschenkt hatte, und schlüpfte rasch unter die Bettdecke. Sie war erschöpft, aber noch viel zu aufgedreht nach ihrer Unterhaltung mit einem Mann, der sich selbst der Richtige nannte.

Unruhig rollte sie sich auf die Seite und schloss die Augen, während sie sich fragte, wer er war, woher er sie kannte und wie er aussah. Er hatte ihr nur zwei Hinweise gegeben, und in ihrer Fantasie versuchte sie, die Lücken zu füllen. Sie stellte sich einen Mann vor, der heiß und sexy war und dem es mit einem Blick gelang, ihr Herz höher schlagen zu lassen, und der ihren Körper mit einer Berührung zum Leben erwecken konnte.

Jemand wie Shane.

Frustriert stöhnte sie auf und presste die Schenkel zusammen. Es war lange her, seit es einem Mann gelungen war, echtes, tiefes Verlangen in ihr zu schüren. Was für eine Ironie des Schicksals, dass allein das Fantasieren von Shane ihr diese Art von Lust und diese Vorfreude vermitteln konnte, ohne dass er überhaupt wusste, welche Macht er über ihren Körper hatte.

Leider würde er das auch nie erfahren.

2. KAPITEL

Shane wusste genau, dass Alyssa gern lange schlief. Außerdem war sie ein Morgenmuffel, aber das hielt ihn nicht davon ab, am nächsten Morgen um Viertel nach acht vor ihrer Tür zu stehen. Als sich nach seinem ersten Klopfen nichts rührte, versuchte er es noch einmal, bevor er schließlich Sturm klingelte.

Endlich hörte er Geräusche aus der Wohnung und ahnte, dass Alyssa durch den Spion blickte, um zu sehen, wer der Störenfried war. Shane lächelte strahlend und hob die Bestechung hoch, die er mitgebracht hatte, damit Alyssa ihn nicht abwies. Seine Freundin war süchtig nach Latte macchiato und nach Kopenhagener mit Quarkfüllung.

Die Tür wurde geöffnet, und Alyssa kniff schlaftrunken die Augen zusammen. „Du bist grausam, weißt du das?", murrte sie gutmütig.

Er tat beleidigt. „Ich bringe dir dein Lieblingsfrühstück, und du wagst es, mich grausam zu nennen?"

„Es ist kaum acht Uhr!", beschwerte sie sich und nahm ihm einen der großen Kaffeebecher aus der Hand. Noch immer brummig schlurfte sie ins Wohnzimmer und überließ es Shane, die Haustür zu schließen und ihr zu folgen, was er auch tat. „Du hättest wenigstens vorher anrufen können, damit ich ein wenig Zeit zum Aufwachen gehabt hätte."

Er verdrehte die Augen. „Du hättest das Telefon ignoriert."

„Stimmt." Sie setzte sich auf das Sofa und strich sich die zerzausten Locken aus dem Gesicht. Sie war ungeschminkt und sah trotzdem unglaublich hübsch aus mit ihrer weichen Haut und den vom Schlaf geröteten Wangen.

„Ich habe auch versucht, das Klopfen zu ignorieren, aber von deinem Gehämmer habe ich schon fast Kopfschmerzen bekommen."

Eine ziemlich starke Übertreibung, die Shane jedoch lieber nicht kommentierte. „Ist wohl spät geworden gestern, was?" Er setzte sich neben sie und nahm einen Schluck von seinem Kaffee – schwarz und stark, ohne diese modischen Geschmacksverirrungen, wie Alyssa sie mochte.

„Nein, eigentlich nicht. Ich habe nur die Rechnungen für den Dezember geschrieben. Jetzt bin ich mehr oder weniger fertig und ziemlich erleichtert."

Das passte gut in seine Pläne, da er vorhatte, während der nächsten Tage viel Zeit mit ihr zu verbringen. Vorausgesetzt, sie ließ sich darauf ein, ihm zu helfen, sich in einen erfolgreich und weltmännisch aussehenden Mann zu verwandeln.

Alyssa zog die Beine unter sich, legte die Hände um den Pappbecher und trank einen Schluck. Genussvoll stöhnte sie, dann erschien ein kleines Lächeln auf ihren Lippen. Ein Zeichen, dass sie langsam aufwachte – jedenfalls so weit, dass sie ihren gesüßten Kaffee genießen konnte.

„Okay, ich bin kurz davor, dir zu verzeihen, dass du mich so verdammt früh geweckt hast. Dieser Kaffee ist köstlich."

„Und was bekomme ich für diesen Kopenhagener?" Er zog die Augenbrauen hoch und hielt die Tüte mit dem Kuchen gerade außerhalb ihrer Reichweite.

„Wie wäre es mit einem ernst gemeinten Dankeschön?", fragte sie und leckte sich erwartungsvoll die Lippen.

Einen Moment dachte Shane darüber nach, während ihm ein Dutzend andere, aufregendere Belohnungen einfielen. „Na ja, ausnahmsweise werde ich mich damit zufriedengeben." Er reichte ihr die Tüte, und während sie sie aufriss und dann herzhaft in das Gebäck biss, lehnte er sich zurück und musterte Alyssa.

„Netter Pyjama." Noch netter war die Art, wie das Oberteil sich an ihre vollen Brüste schmiegte, ein positiver Nebeneffekt, an den er gar nicht gedacht hatte, als er ihr den Schlafanzug gekauft hatte.

„Ja, mein bester Freund hat einen guten Geschmack und weiß genau, was mir gefällt." Sie lachte ihn an und legte den Kopenhagener auf die Papiertüte, die sie auf ihrem Schoß ausgebreitet hatte. „Schön weicher Baumwollstoff."

Oh ja, er kannte ihre Vorlieben für gemütliche Schlafanzüge. Als er vor ein paar Wochen ins Kaufhaus gegangen war, um ihr das Weihnachtsgeschenk zu kaufen, war er an all den gewagten, durchsichtigen und seidigen Spitzennachthemden vorbeigegangen, um einen praktischen, züchtigen Pyjama auszuwählen. Allerdings hatte er sich einige dekadente Minuten lang vorgestellt, wie Alyssa wohl in einem dieser hauchdünnen, kaum vorhandenen Negligés aussehen würde, die, wie sie behauptete, nur dazu da waren, einen Mann zu verführen, zum eigentlichen Schlafen aber nicht taugten.

Ja, so war sie, seine praktische, vernünftige Alyssa.

Er war vermutlich der einzige Mann im Umkreis von hundert Meilen, der fand, dass sie in diesem schlichten pinkfarbenen Top und der gestreiften Hose hinreißend aussah. Der Pyjama wirkte so warm, weich und funktional, wie Nachtwäsche sein sollte, und in keiner Weise verführerisch. Trotzdem versetzten Alyssas Aufmachung, ihr zerzaustes Haar und die Vorstellung, dass sie gerade aus dem Bett gekommen war, seinen Körper in Aufruhr.

„Also, was führt dich zu dieser nachtschlafenden Zeit schon hierher?", fragte sie und leckte sich auf die für sie typisch sinnliche Art den Zuckerguss von den Fingern.

Diese erotische Geste sorgte dafür, dass eine Hitzewelle durch Shanes Körper schoss. Nur mit Mühe konnte er sich beherrschen, sitzen zu bleiben und ihr zuzuschauen, wie sie sich ihren zuckerverklebten Fingern widmete, statt die Sache für sie mit seinen eigenen Lippen zu erledigen. Hastig trank er einen Schluck starken Kaffee, in der Hoffnung, dass das Koffein ihm half, ihr eine Antwort zu geben, ohne dass seine Stimme zitterte.

„Ich habe mir überlegt, wie mein guter Vorsatz fürs nächste Jahr lautet."

„Ehrlich?" Sie warf ihm einen Seitenblick zu, und ihre blauen Augen funkelten neugierig. „Erzähl."

Er holte tief Luft und hoffte inständig, dass der Plan, den er ausgeheckt hatte, nicht nach hinten losging. Nur wenn Alyssa bereit war, ihm zu helfen, würde er sie davon überzeugen können, ihn als etwas mehr als nur ihren besten Freund zu betrachten. „Nachdem du ja jetzt beschlossen hast, dich eventuell auf eine ernsthafte Beziehung einzulassen, finde ich, es wird auch für mich Zeit, langsam sesshaft zu werden."

Überraschung spiegelte sich in ihrer Miene. Überraschung und noch etwas anderes, was Shane nicht entschlüsseln konnte.

„Wirklich?"

Er zuckte mit den Schultern und bemühte sich darum, lässig und entspannt zu wirken. „Na ja, offen gestanden gibt es da jemanden ... Ich bin schon seit einiger Zeit an ihr interessiert, aber das Timing war bisher nie richtig."

Eine kleine Falte erschien auf Alyssas Stirn. „Oh", meinte sie leise. „Warum hast du mir noch nie davon erzählt?"

Da sie normalerweise über alles sprachen, war er auf diese Frage vorbereitet, und seine Antwort kam von Herzen. „Diese Frau ahnt nichts von meinem Interesse an ihr, und ich habe dir nichts davon gesagt, weil ich eigentlich nicht damit rechne, dass überhaupt etwas daraus werden könnte."

Alyssa musterte ihn ausgiebig, als suchte sie nach etwas. Was das war, wusste Shane jedoch nicht.

„Und jetzt glaubst du, es könnte sich doch eine Beziehung anbahnen?"

„Ehrlich gesagt, weiß ich es nicht, aber es wird Zeit, dass ich mich, genau wie du, der Möglichkeit öffne und herausfinde, wie die Sache zwischen uns steht", antwortete er, wobei er seine Worte sorgfältig wählte, um nicht zu viel preiszugeben – wie zum Beispiel die Tatsache, dass sie die Frau war, von der er sprach. „Wenn es nicht das ist, was ich mir erhoffe, und feststelle, dass sie meine Gefühle nicht erwidert, dann habe ich es zumindest versucht."

Sie nickte und wandte den Blick ab, statt ihre Meinung zu dem Thema kundzutun, so wie er es am Abend zuvor in seiner Pizzeria getan hatte, als sie ihm ihren guten Vorsatz offenbart hatte. Stattdessen breitete sich ein merkwürdiges Schweigen zwischen ihnen aus, das Alyssa zu überspielen versuchte, indem sie einen Schluck Kaffee trank.

Shane wünschte, er wüsste, was ihr durch den Kopf ging. Normalerweise konnte er ihre Miene ziemlich gut deuten, doch heute gelang es ihm nicht, und das frustrierte ihn.

Nachdem sie den Becher auf den Couchtisch gestellt hatte, brach sie sich ein Stück vom Kopenhagener ab und steckte es in den Mund. Mit einem skeptischen Blick fragte sie: „Und wer ist diese mysteriöse Frau?"

Shane schwieg eine Sekunde, weil es nicht einfach war, diese Frage zu beantworten. „Das möchte ich lieber nicht sagen. Jedenfalls jetzt noch nicht."

Ihre zarten Augenbrauen schossen in die Höhe, und gleichzeitig entdeckte Shane den verletzten Ausdruck in ihrem Blick, weil er nicht bereit war, ihr etwas so Wichtiges mitzuteilen.

„So ernst ist die Sache?"

„Nein, nein", versicherte er ihr. „Ich möchte mich nur erst an die Idee gewöhnen, dieser Frau meine Gefühle zu gestehen, bevor ich irgendjemandem verrate, wer sie ist."

„Ich verstehe", erwiderte sie, doch an ihrem Ton und an der Art, wie sie seinem Blick auswich, erkannte er, dass sie es überhaupt nicht verstand. Sie war schließlich nicht irgendjemand.

Verflixt, es gefiel ihm gar nicht, Alyssa gegenüber so geheimnisvoll zu tun, aber es war nötig. In einigen Tagen würde sie auf diese Unterhaltung zurückblicken, die Gründe für seine Verschwiegenheit verstehen und – so hoffte er – ihm verzeihen, dass er über die betreffende Frau nichts preisgegeben hatte.

„Jetzt, da ich mich entschlossen habe, einen Angriff zu starten, um es salopp auszudrücken", fuhr er fort und bemühte sich, die angespannte Atmosphäre mit ein wenig

Humor wieder aufzulockern, „brauche ich deine Hilfe."

„Sicher. Immer gern, das weißt du doch." Das Lächeln, das auf ihren Lippen erschien, hatte nichts von dem Strahlen, mit dem sie ihn sonst beglückte.

„Diese Frau kommt auch zu Drews und Cynthias Silvesterparty, und ich möchte einen guten Eindruck auf sie machen, da ich vorhabe, ihr dort von meinen Gefühlen zu erzählen." Wieder wich Alyssa seinem Blick aus, indem sie sich auf das Gebäck auf ihrem Schoß konzentrierte. Jedenfalls kam es Shane so vor. „Ich hatte gehofft, dass du mir hilfst, mein Image ein wenig aufzupolieren. Du weißt schon, damit ich ein bisschen mehr so aussehe wie diese schneidigen, trendigen Typen, mit denen du immer ausgehst."

Damit hatte er offenbar ihre Aufmerksamkeit geweckt, denn sie schaute überrascht auf.

„Steht sie darauf?"

„Scheint so." Er breitete die Arme aus und deutete auf seine saloppe Alltagskleidung. „Außerdem kann es nicht schaden, meine Garderobe mal einer Generalüberholung zu unterziehen, damit ich auf der Party präsentabel aussehe. Ich dachte zum Beispiel daran, meine Jeans gegen eine ordentliche Stoffhose und meine T-Shirts gegen ein Oberhemd samt Krawatte einzutauschen. Und einen neuen Haarschnitt könnte ich definitiv auch gebrauchen."

Als sie nicht antwortete, legte er einen Arm auf die Rückenlehne des Sofas und strich das Haar, das ihr über die Schulter gefallen war, ein wenig zurück. Er liebte die Art, wie sich die weichen Locken um seine Finger wickelten. Mit den Fingerknöcheln strich er sanft über Alyssas Hals und spürte, dass sie unter seiner Berührung leicht erschauerte.

Irgendetwas stimmte nicht. Er wusste nicht, was es war, merkte aber, dass Alyssa sich von ihm entfernte – mehr als er je erlebt hatte. Er hatte das ungute Gefühl, dass ihr emotionaler Rückzug nicht nur etwas damit zu tun hatte, dass er ihr bis heute nichts von der „anderen Frau" erzählt hatte. Noch etwas ging in ihrem hübschen Kopf vor, da war er sich sicher.

Voller Zuneigung drückte er ihre Schulter. „Alles okay, Alyssa?"

Als würde sie erst jetzt erkennen, wie schweigsam und nachdenklich sie gewesen war, versuchte sie, ihre düstere Stimmung zu überspielen. „Natürlich. Mir geht es gut. Super." Ihre Stimme klang übertrieben fröhlich und überzeugte ihn nicht. „Das kommt nur alles so plötzlich, aber natürlich helfe ich dir. Wir können sogar heute einkaufen gehen. Jetzt, nach den Feiertagen, finden wir bestimmt ein paar gute Sonderangebote. Ich rufe auch meinen Friseur an, vielleicht können sie dir für morgen noch einen Termin geben."

„Das wäre klasse." Er lächelte erleichtert, weil sie bereit war, ihm zu helfen, denn einen Moment hatte es so ausgesehen, als würde sein Plan scheitern. „Ich stehe dir während der nächsten beiden Tage voll zur Verfügung."

Sie schob sich den letzten Bissen des Kopenhageners in den Mund, wobei ein großer Krümel auf ihr Pyjamaoberteil fiel und direkt auf ihrer Brust liegen blieb. Anscheinend merkte sie es gar nicht, bis er hinüberlangte und sich den Krümel schnappte. Absichtlich ließ er seine Hand ein klein wenig länger als nötig auf ihrer weichen, vollen Brust ruhen und strich mit den Fingern leicht über die Brustwarze, die sich bei dieser verbotenen Berührung instinktiv aufrichtete.

Bei der intimen Berührung riss Alyssa die Augen auf, während sie gleichzeitig ihre süßen, feuchten Lippen öffnete und nach Luft schnappte.

Erfreut, dass er solch eine vielversprechende Reaktion aus ihr hervorgelockt hatte, steckte Shane sich den Kuchenkrümel in den Mund und zwinkerte ihr zu. „Hm, echt gut", murmelte er mit heiserer Stimme und spielte damit nicht nur auf den Kuchen, sondern auch auf ihre weiche Brust an. Die sich himmlisch angefühlt hatte.

Dieses Knistern, das gerade zwischen ihnen herrschte, konnte man als unschuldigen Spaß abtun. Er hatte Alyssa schon häufig in unterschiedlichen Situationen spielerisch berührt, aber zu seiner Verblüffung errötete sie, und in ihrem Blick blitzte Verlangen auf. Sein Körper reagierte instinktiv, sein Puls begann zu rasen, und ihm wurde heiß. Die Zeit schien stillzustehen, während er langsam seinen Blick auf ihre vollen Lippen senkte, die wie geschaffen waren zum Küssen. Sehnsüchtig dachte er an all die erotischen Freuden, die dieser verführerische Mund zu bieten hatte.

Alyssa beendete diesen intimen Moment, indem sie abrupt aufstand. Prompt fragte Shane sich, ob er sich ihren hitzigen Blick und ihr Verlangen nur eingebildet hatte.

Doch dann drehte Alyssa sich wieder zu ihm um. Erstaunt stellte er fest, dass sie ihn noch immer begehrlich anschaute. Der schnelle Pulsschlag an ihrem Hals verriet ihm, dass das, was er gesehen und gefühlt hatte, durchaus real gewesen war.

Allerdings war es auch mehr als offensichtlich, dass Alyssa so tun wollte, als wäre nichts geschehen.

Verlegen zupfte sie am Saum ihres Pyjamaoberteils, was

jedoch nur dazu führte, dass sich der Stoff noch fester über ihre aufgerichteten Brustwarzen spannte, und das – davon war Shane überzeugt – hatte sie gewiss nicht geplant. Unruhig trat sie von einem Fuß auf den anderen und schaute überallhin, nur nicht zu ihm.

„Ich ... ich gehe mal schnell duschen und mich anziehen. Und dann können wir einkaufen gehen." Sie eilte aus dem Zimmer, als wäre der Teufel höchstpersönlich hinter ihr her.

Shane legte den Kopf zurück, schloss die Augen und atmete tief ein und aus. Wer hätte gedacht, dass es zwischen ihm und Alyssa so knistern könnte? Er wagte sich kaum vorzustellen, was passieren würde, wenn sie beide richtig Feuer fingen – wahrscheinlich würde es zu einer wahren Feuersbrunst kommen.

Mit einer Berührung und einem Blick hatte er bewiesen, dass zwischen ihnen tatsächlich etwas vor sich ging. Etwas, was sie sich bis heute Morgen nicht hatten eingestehen wollen. Und so wie es schien, wollte Alyssa noch immer nicht wahrhaben, dass sich hinter ihrer Freundschaft tiefere Gefühle verbargen.

Das würde sich ändern, und zwar bald.

Er hatte eben eine unsichtbare Grenze überschritten und war mit einem flüchtigen Blick auf das, was möglich war, belohnt worden. Der Gedanke, zusammen mit Alyssa noch weiterzugehen, bevor das Jahr zu Ende war, führte dazu, dass sich ein Lächeln auf Shanes Gesicht ausbreitete.

Alyssa zog den Pyjama aus und trat mit der Hoffnung unter die Dusche, das heiße Wasser würde dieses verrückte, wilde Flattern in ihrem Magen und das Kribbeln in ihren

Brüsten vertreiben. Schmetterlinge im Bauch, so fühlte es sich an. Dieses leichte, herrlich aufregende Gefühl, das sie immer dann verspürte, wenn sie sich auf sexuelle Weise zu einem Mann hingezogen fühlte.

Und heute war dieser Mann Shane gewesen.

Sie stöhnte verärgert auf und legte den Kopf in den Nacken, um sich die Haare zu waschen. Was war bloß eben im Wohnzimmer passiert? Erst hatten sie sich neckend über ihre üble Morgenlaune unterhalten, dann hatten sie eine ernsthafte Diskussion über Shanes Wunsch geführt, seine Aufmachung für eine Frau zu verbessern, an der er interessiert war. Und dann berührte er zufällig ihre Brust, und sie stand in Flammen! Dieser Augenblick war so erotisch aufgeladen gewesen, dass sie völlig überrumpelt war.

Innerlich zitterte sie noch immer, während die Gedanken in ihrem Kopf herumwirbelten. Vergeblich versuchte sie zu begreifen, was geschehen war. Das Ganze verwirrte und entsetzte sie. Wenn sie ehrlich war, beunruhigte sie auch die Tatsache, dass Shane Interesse an einer anderen Frau hatte, aber nicht mit der Sprache herausrückte, um wen es sich handelte.

Sie schnaubte leise, während sie das Shampoo in ihrem Haar verteilte, und schalt sich, weil sie zweierlei Maß anlegte. Sie hatte ihm schließlich auch nichts von ihrem heimlichen Verehrer erzählt. Also hatte sie kein Recht, sich so über ihn aufzuregen.

Ach, verflixt! Es ärgerte sie. Ganz davon abgesehen, dass sie neidisch und auch eifersüchtig war. Und das waren Gefühle, an die sie nicht gewohnt war und mit denen sie nicht umgehen konnte.

Der Gedanke, dass sie Shane, ihren besten Freund, an

eine andere Frau verlieren könnte, versetzte sie in Panik. Wenn das geschähe, wäre er vielleicht nicht mehr für sie da, falls sie ihn brauchte. Oder die andere Frau verstand vielleicht ihre enge Freundschaft nicht oder war nicht gewillt, sie zu tolerieren. Eine schreckliche Vorstellung.

Vielleicht war die Angst, Shane zu verlieren, der Grund, weshalb ihre tieferen, verborgenen Gefühle für ihn an die Oberfläche gelangt waren – weshalb das Verlangen, das sie so sorgsam hütete, plötzlich so übermächtig geworden war. Ihr Unterbewusstsein hatte ihr einen Streich gespielt und dieses heimliche Sehnen jetzt zutage gefördert. Was auch immer es gewesen war, es durfte nicht noch einmal geschehen!

Sie stellte die Dusche ab, und als sie schließlich ihre Haare geföhnt und eine Jeans und eine Bluse angezogen hatte, war sie bereit, Shane und dem Tag, der vor ihnen lag, mit neuer Entschlossenheit gegenüberzutreten. Selbst wenn es bedeutete, dass sie ihrem besten Freund dabei half, eine andere Frau zu beeindrucken.

3. KAPITEL

Shane kam aus der Umkleidekabine in den kleinen Vorraum, wo Alyssa darauf wartete, dass er ihr eins der Outfits vorführte, die sie für ihn ausgesucht hatte. „Na, was meinst du?", fragte er.

„Wow, nicht schlecht, Mr Witmer." Sie trat hinter ihn und strich über seine breiten Schultern. Dann drehte sie ihn zum dreiteiligen Spiegel um, damit er sich von allen Seiten anschauen konnte. „Aber die eigentliche Frage ist doch, was denkst du?" Erwartungsvoll biss sie sich auf die Unterlippe.

Shane schaute in den Spiegel und war sofort angetan von dem neuen weltmännischen Image, das er ausstrahlte. Das langärmlige dunkelrote Wildlederhemd und die schwarze Bundfaltenhose, die Alyssa ausgewählt hatte, waren Kleidungsstücke, die er selbst niemals vom Bügel genommen hätte. Er musste zugeben, dass er in den Sachen schick und sehr viel gepflegter aussah als in Jeans und T-Shirt. Sie hatte die Kombination mit einem schmalen Ledergürtel vervollkommnet sowie mit gemütlichen, sehr teuren italienischen Halbschuhen, die fantastisch aussahen.

Ihre Blicke trafen sich im Spiegel, und er nickte anerkennend. „Es gefällt mir gut. Sehr gut sogar."

„Das freut mich." Sie kam um ihn herum und zupfte die schwarze Krawatte mit dem dunkelroten Muster zurecht, wobei sie abwesend über seinen Oberkörper strich, als sie die Seide glatt zog. „Dieses Outfit ist genau das Richtige für die Silvesterfeier."

Shane gefiel es, wenn Alyssa, so wie jetzt, ein wenig Aufhebens um ihn machte. Noch besser gefiel es ihm, ihre

Hände auf seinem Körper zu spüren. „Meinst du?"

Sie trat einen Schritt zurück und musterte ihn noch einmal kritisch, bevor sie lächelte. „Auf jeden Fall. Du kannst das Hemd auch am Kragen offen und ohne Krawatte tragen, wenn du lieber einen lässigen Eindruck vermitteln willst. Also hast du verschiedene Möglichkeiten."

Er legte eine Hand auf die Hüften und warf ihr einen neugierigen Blick zu. „Könnte ein Mann in dieser Aufmachung dir den Kopf verdrehen?"

Ihr Blick glitt von seiner Brust langsam hinunter zu seinen Schuhen und wieder aufwärts. „Ja, ich würde ganz bestimmt einen zweiten Blick riskieren", gab sie lächelnd zu. „Du siehst heiß aus."

Mehr brauchte Shane nicht zu wissen, denn es waren ja ihre Blicke, die er auf sich lenken wollte. „Wenn das so ist, dann nehme ich alles, was ich anhabe."

Sie lachte und trat schnell einige Schritte zurück. Es war nicht das erste Mal, dass er bemerkte, wie sie versuchte, Distanz zu schaffen. Daran war sicherlich der sinnliche Moment am Morgen in ihrem Wohnzimmer schuld. Er ließ sie gewähren, da er nicht wollte, dass sie sich von den neuen Gefühlen, die zwischen ihnen aufkeimten, bedroht fühlte.

„Das ist erst der Anfang", sagte sie, während sie sich die anderen Sachen ansah, die sie für ihn ausgewählt hatte. „Du brauchst noch ein paar Hosen und Hemden, die zusammenpassen und die du bei anderen Gelegenheiten tragen kannst. Zum Beispiel, wenn du mit Freunden ausgehst oder eine Verabredung mit … na ja, mit der Frau hast, an der du interessiert bist."

Beim letzten Teil des Satzes kam sie ins Stottern, fing

sich aber schnell wieder, worüber Shane froh war. Alyssa nahm ein beigefarbenes Hemd mit einem abstrakten Muster vom Kleiderständer, auf den sie all die Sachen gehängt hatte, die sie für ihn herausgesucht hatte, und zeigte es ihm. "Was hältst du hiervon?"

Wieder war es ein Kleidungsstück, das er selbst sich niemals ausgesucht hätte, aber ihm gefielen die Farben und der Stil. "Das kann ich erst sagen, wenn ich es anprobiert habe. Hast du auch eine Hose, die zu dem Hemd passt?"

"Hey, ich bin beeindruckt", neckte sie ihn, während sie ihm eine farblich passende Baumwollhose zu dem kurzärmligen Hemd heraussuchte. "Du scheinst tatsächlich zu begreifen, dass man Kleidung kauft, die zusammenpasst. Wer hätte gedacht, dass du überhaupt jemals auf solch eine Idee kommen würdest?"

"Wunder gibt es immer wieder", meinte er trocken. "Erlaubst du mir wenigstens, dass ich mir heute auch noch eine Jeans kaufe, damit ich mich nicht ganz wie ein Fisch auf dem Trockenen fühle?"

"Sicher." Sie überlegte kurz und lachte dann. "Aber nur, wenn sie weder Risse noch Löcher hat und auch keine ausgeblichenen Stellen. Eine dunkelblaue Diesel-Jeans ist lässig, passt aber auch bei halboffiziellen Anlässen, wenn man sie mit dem richtigen Hemd trägt."

"Diesel-Jeans?" Von der Marke hatte er noch nie gehört. Vermutlich war sie sündhaft teuer. "Wieso bekomme ich gerade das Gefühl, dass das der einzige Kompromiss ist, zu dem du bereit sein wirst?"

"Weil du ein kluger Mann bist, Shane." Sie tätschelte seine Wange. "Du warst derjenige, der um diesen Imagewandel gebeten hat, nicht ich."

„Ja, ja, du hast recht", gab er zu und verschwand in der Umkleidekabine, um, wie sich herausstellte, das zweite von einem Dutzend verschiedener Hemden und Hosen zu probieren.

Als sie schließlich fertig waren, verließen sie das Einkaufszentrum beladen mit Tüten voller Kleidungsstücke und Accessoires, für die Shane ein kleines Vermögen ausgegeben hatte. Nicht nur, dass er eine neue Garderobe besaß, die einem erfolgreichen Geschäftsmann alle Ehre gemacht hätte, nein, Alyssa hatte ihn auch noch in eine Parfümerie geschleppt und ihm einen brandneuen Männerduft gekauft, von dem sie behauptete, dass er die Frauen verrückt machte.

Die Einzige, die er verrückt machen wollte, war sie, doch das Duftwasser schien auch bei ihr zu wirken. Sie hatte etwas davon auf sein Handgelenk gespritzt, tief eingeatmet und dann die Augen geschlossen und aufgestöhnt wie eine Frau, die sich auf dem Höhepunkt der Lust befand.

Das hatte genügt, um ihn seine Kreditkarte zücken zu lassen und eine große Flasche von dem Zeug zu kaufen.

Sie gingen zu seinem Geländewagen, warfen die Tüten auf den Rücksitz, und nachdem er sich hinter das Steuer gesetzt und Alyssa auf dem Beifahrersitz Platz genommen hatte, lenkte Shane den Wagen vom Parkplatz auf die Hauptstraße.

Das Zusammensein mit Alyssa hatte ihm so viel Spaß gemacht, dass er gern noch mehr Zeit mit ihr verbringen wollte. „Möchtest du noch mit mir in die Pizzeria kommen und etwas essen?"

Sie schüttelte den Kopf. „Ich kann leider nicht. Ich

muss noch vor fünf für einen Kunden ein paar Partygeschenke abholen und ausliefern."

Er nahm die Abzweigung, die zu ihrer Wohnung führte. „Okay. Falls du deine Meinung ändern solltest und in der Pizzeria vorbeikommen möchtest, ich bin dort."

„Ich denke, heute nicht." Sie milderte ihre Ablehnung mit einem ehrlichen Lächeln. „Es war aber ein wirklich schöner Tag. Es hat Spaß gemacht, dich aufzupeppen. Und morgen bekommst du eine neue Frisur." Sie streckte die Hand aus und brachte sein ohnehin leicht zerzaustes Haar noch ein wenig mehr in Unordnung.

Er musste zugeben, dass er einige Bedenken hatte bei der Vorstellung, dass ihr Modefriseur sich an seinen Haaren zu schaffen machte. Normalerweise ging er zu einem Herrenfriseur und wusste daher nicht, was ihn erwartete. „Ja, aber um eins klarzustellen, ich will keinen Radikalschnitt, okay?"

„Nein, das wäre ja eine Schande. Du hast herrliches Haar." Sie strich noch einmal mit den Fingern durch sein dichtes Haar und maß offensichtlich die Länge an verschiedenen Stellen. „Ein leichter Stufenschnitt, an den Ohren und am Hals ein wenig kürzen, und du siehst aus wie neu. Es tut auch nicht weh, das kann ich dir versprechen."

Shane musste lachen, während er den Wagen vor ihrem Apartmentkomplex anhielt. „Bleibt es bei unserer Verabredung morgen Abend?"

Sie sah ihn verwirrt an. „Verabredung?"

„Der jährliche Twilight-Zone-Marathon im Fernsehen. Schon vergessen?"

Alyssa stöhnte. „Ich weiß immer noch nicht, wieso ich mich hab überreden lassen, jedes Jahr all die gruseligen

Wiederholungen dieser Fernsehserie mit dir zu gucken. Du weißt, wie sehr ich solche unheimlichen Filme hasse."

Er dagegen liebte es, wenn Alyssa sich an ihn kuschelte, was sie unweigerlich tat, wann immer ihr eine Szene zu spannend wurde und sie Angst bekam. „Hey, es ist Tradition. Du kannst mich doch jetzt nicht im Stich lassen!"

Sie stieß einen langen, wehleidigen Seufzer aus. „Na gut, ich komme. Können wir uns zum Essen etwas vom Chinesen holen?"

Ihr Wunsch war ihm Befehl. „Natürlich."

Sie beugte sich hinüber und küsste ihn flüchtig auf die Wange. „Dann steht unsere Verabredung", sagte sie, stieg aus und ging den Weg hinauf zum Haus.

Shane wartete noch, um sich davon zu überzeugen, dass sie sicher ins Haus gelangte – und genoss dabei den Anblick ihrer kurvigen Hüften, die bei jedem Schritt verführerisch hin und her schwangen.

Am Abend saß Alyssa am Computer und suchte im Internet nach dem besten Angebot für ein Blumenarrangement, das sie für eine goldene Hochzeit zusammenstellen sollte. Die Kundin wünschte sich Sträuße aus Orchideen und weißen Rosen auf jedem Tisch, und die waren nicht gerade billig.

Sie ging ihre üblichen Quellen durch und stellte das günstigste Angebot für die Frau zusammen. Nachdem sie eine Weile per Instant Messenger mit einer Floristin gefeilscht hatte, einigten sie sich schließlich auf einen Preis, mit dem Alyssa zufrieden war.

Anschließend tippte sie noch einen Kostenvoranschlag für ihre Kundin und sandte ihn ihr per E-Mail. Dann lehnte sie sich auf ihrem Stuhl zurück und streckte die Arme weit aus, um die verspannten Muskeln in den Schultern zu lockern. Es war ein langer Tag gewesen – erst Shanes überraschender frühmorgendlicher Besuch, der gemeinsame Einkaufsbummel und dann noch die letzten Stunden, die sie arbeitend am Computer verbracht hatte.

In Gedanken durchlebte sie noch einmal den Nachmittag mit Shane und dachte an die drastischen Veränderungen, die er einer Frau zuliebe an sich vornehmen wollte. Das tat er das erste Mal. Während der vergangenen Jahre hatte er sich häufig mit Frauen verabredet und lockere Beziehungen gepflegt, aber bisher hatte sie noch nie erlebt, dass er sich für eine Frau so ins Zeug legte. Die Tatsache, dass er so ohne Weiteres bereit war, sein Image zu verändern, um die Aufmerksamkeit dieser Frau zu erregen, legte die Vermutung nahe, dass er es ernst meinte.

Eifersucht machte sich in ihr breit, und das war nur eins von vielen Gefühlen, von denen sie wünschte, sie hätte sie besser unter Kontrolle. Die anderen waren eher sexueller Natur. Obwohl sie sich bemüht hatte, so zu tun, als wäre alles wie immer, konnte sie ihre immer stärker werdende Zuneigung zu Shane nicht länger leugnen. Der sinnliche Augenblick am Morgen, den er mit einer unbeabsichtigten Berührung ausgelöst hatte, war ein offensichtlicher Beweis dafür. Wenn sie mit ihm zusammen war, verstärkte sich ihr Verlangen noch, und es fiel ihr immer schwerer, dem nicht nachzugeben.

Sie stieß einen Seufzer aus und stand vom Schreibtisch auf, frustriert wegen ihrer Disziplinlosigkeit und der ganzen Situation. Sie durfte diese sexuellen Gefühle für Shane nicht zulassen – auch wenn sie sich noch so sehr zu ihm hingezogen fühlte – und sie tat gut daran, dies stets im Kopf zu behalten. Ihre jahrelange Freundschaft stand auf dem Spiel, ganz zu schweigen von dem Schock, den er vermutlich bekäme, wenn er herausfände, dass er das Objekt ihrer Begierde war.

Entschlossen marschierte sie in die Küche, um sich einen kleinen spätabendlichen Snack zu machen, von dem sie hoffte, dass er sie aus diesem Tief herausholte. Nachdem sie sich Cornflakes und Milch in eine Schale gefüllt hatte, ging sie zurück in ihr Büro. Sie hatte vor, ihren Snack bei einem kurzen Computerspiel zu genießen und dann ins Bett zu gehen. Aber als sie auf den Bildschirm sah, stellte sie fest, dass eine Nachricht auf sie wartete.

DerRichtige: *Hallo, du Schöne.*

Ihr heimlicher Verehrer. Sie war so mit der Suche nach den Blumen und mit ihren besorgniserregenden Gedanken an Shane beschäftigt gewesen, dass sie ganz vergessen hatte, dass sie sich zum Chatten verabredet hatten. Seine flirtende Anrede ließ sie lächeln, und da sie sich über die Ablenkung freute, stellte sie ihre Schüssel beiseite und schrieb eine Antwort.

AlyssaShopping: *Hallo. Wie geht's?*

DerRichtige: *Wunderbar, jetzt, da ich mit dir chatten kann. Wie war dein Tag?*

AlyssaShopping: *Nett. Die meiste Zeit habe ich mit einem Freund beim Einkaufen verbracht. Er hat* *sich ganz neu eingekleidet, was eine Seltenheit bei ihm ist.*

DerRichtige: *Ein Freund, so, so.*

Alyssa hob angesichts seiner Aussage die Augenbrauen, während sie sich einen Löffel Cornflakes in den Mund schob. War er eifersüchtig? Die Vorstellung fand sie amüsant.

AlyssaShopping: *Ja, ein Freund.*

DerRichtige: *Muss ich ihn um die Ecke bringen lassen, weil er eine Konkurrenz für mich darstellt?*

Sie lachte laut auf und schüttelte den Kopf.

AlyssaShopping: *Nein, er ist schon seit Ewigkeiten mein bester Freund. Er ist ein toller Mann. Ich glaube nicht, dass du dir ernsthaft Sorgen machen brauchst.*

DerRichtige: *Bist du dir da sicher?*

AlyssaShopping: *Ja, das bin ich. Er ist an einer anderen Frau interessiert. Deshalb hat er heute ein Vermögen für neue Kleidung ausgegeben – damit er sie beeindrucken kann.*

DerRichtige: *Und glaubst du, dass es ihm gelingt? Ihr zu imponieren, meine ich?*

Darüber musste Alyssa einen Augenblick nachdenken. Dabei aß sie noch einen Löffel Cornflakes und erinnerte sich an die verschiedenen Hemden und Hosen, die Shane anprobiert und gekauft hatte.

Er hatte klasse und verdammt gut ausgesehen in der Designerkleidung. Plötzlich schien er ein anderer Typ Mann zu sein.

So konnte er jeder Frau den Kopf verdrehen. Allerdings hatte sie auch Bedenken, weil er sein gesamtes Image für eine Frau änderte und sich im Grunde als jemand ausgab, der er gar nicht war. Wenn sie die Wahl hätte, dann würde sie den Shane in Jeans und T-Shirt dem Shane in trendigen Hemden und Hosen vorziehen.

AlyssaShopping: *Ich glaube, dass mein Freund diese Frau mit seiner Persönlichkeit für sich gewinnen wird, nicht mit dem, was er anhat. Er kann sehr charmant und charismatisch sein, wenn er will.*

DerRichtige: *Ich finde, wir haben genug über deinen Freund geredet. Erzähl mir lieber etwas von dir.*

AlyssaShopping: *Okay. Was möchtest du wissen?*

DerRichtige: *Was erwartest du von einem Mann?*

Sofort erschien das Bild von Shane vor ihren Augen. Er war der Inbegriff des perfekten Mannes – sowohl charakterlich als auch äußerlich.

AlyssaShopping: *Ganz wichtig: Er muss ehrlich*

sein. Außerdem sollte er interessant und unterhaltsam sein, und es ist immer gut, wenn er Spaß versteht und man mit ihm eine nette Zeit verbringen kann. Wenn er dann auch noch spontan ist, umso besser.

Aus einem Impuls heraus fügte sie noch eine weitere Bedingung hinzu, die sie für wichtig hielt, wenn ein Mann sie erobern wollte.

AlyssaShopping: *Außerdem sollte er gut küssen können.*

DerRichtige: *So, so. Das ist gut zu wissen. Was verstehst du unter einem guten Kuss?*

Alyssa kaute nachdenklich auf ihrer Unterlippe und überlegte, wie weit sie sich auf diese Unterhaltung einlassen sollte. Es wurde gerade ziemlich persönlich, was immer gewisse Risiken barg – aber nur, wenn sie es zuließ. Andererseits war es eine harmlose Frage, und sie fand, es konnte nicht schaden, wenn ihr Verehrer wusste, was sie gern mochte.

AlyssaShopping: *Ich mag warme, weiche Lippen und ausgiebige, sinnliche Küsse. Wobei natürlich leidenschaftliche Küsse zum geeigneten Zeitpunkt auch nicht schlecht sind. Ich finde, jedes erotische Rendezvous sollte mit solchen sanften Küssen beginnen und sich langsam steigern.*

DerRichtige: *Da stimme ich dir zu. Küssen ist der schönste Teil des Vorspiels. Außerdem mag ich es* *nicht, wenn man das Küssen nur auf den Mund beschränkt. Es gibt so viele andere köstliche, erotische Stellen, die man mit Lippen, Zunge und Zähnen erkunden kann.*

AlyssaShopping: *Welche denn?*

Verflixt, hatten ihre Finger das tatsächlich getippt? Seine prompte Antwort bestätigte, dass sie ihre Gedanken tatsächlich eingegeben hatte!

DerRichtige: *Den Hals einer Frau küsse und liebkose ich am liebsten. Genauso wie ihre Brüste und den Bauch direkt unterhalb des Bauchnabels. Und dann gibt es da ja noch die weiche, zarte Haut der Innenschenkel.*

Alyssa rutschte unruhig auf ihrem Stuhl hin und her, während sie diese erregenden Sätze las. Wow, dachte sie. Der Mann kann mit Worten umgehen. Nicht nur, dass er ihr damit den Kopf verdrehte, jetzt verführte er sie auch noch. Wohlige Wärme durchströmte ihren Körper, ihr Puls beschleunigte sich, und auf einmal wurde ihr heiß.

Es war schon lange her, dass ein Mann sich so viel Mühe gegeben hatte und sich während des Vorspiels oder während des Liebesaktes so viel Zeit gelassen hatte. Schön zu wissen, dass es einen Mann dort draußen gab, der genauso viel Wert auf verführerisches Streicheln und Küssen legte wie sie. Trotzdem rief sie sich zur Ordnung. Wenn sie jetzt nicht schleunigst aufhörte, über Sex zu sprechen, dann würde sie in dieser Nacht überhaupt keinen Schlaf finden.

Sie stöhnte laut auf. Himmel, wem wollte sie etwas vormachen? Sie würde sich dank der heißblütigen Worte ihres heimlichen Verehrers ohnehin unruhig von einer Seite auf die andere wälzen.

AlyssaShopping: *Ich glaube, wir sind ein wenig vom Thema abgekommen.*

DerRichtige: *Hat aber Spaß gemacht, oder findest du nicht?* ☺

Alyssa musste lächeln, weil er auf so durchschaubare Weise versuchte, ihr zu beweisen, wie amüsant er sein konnte.

AlyssaShopping: *Ja, es hat Spaß gemacht. Du hast ein paar Extra-Punkte gewonnen, indem du mir gezeigt hast, wie unterhaltsam du sein kannst.*

DerRichtige: *Und spontan.*

Sie musste erneut lachen.

AlyssaShopping: *Ja, das auch.*

DerRichtige: *Ich tue mein Bestes.*

Daran zweifelte sie inzwischen nicht mehr.

DerRichtige: *Also, um wieder zurück zum Thema zu kommen: Muss der Mann, mit dem du dich einlässt, gut aussehend sein?*

AlyssaShopping: *Nein, nicht unbedingt. Ich glaube, wenn man einen Mann attraktiv findet, beruht das auf dem, was in ihm steckt. Wenn ein Mann mich zum Lachen bringt, ist mir das wichtiger als sein Aussehen.*

Und diesem Fremden war das in den vergangenen Minuten ein paar Mal gelungen, was ihm weitere Bonuspunkte einbrachte.

DerRichtige: *Ich mag dein Lachen. Es ist heiser und so sexy.*

Die Tatsache, dass er ihr schon einmal nahe genug gekommen war, um sie lachen zu hören, erschreckte Alyssa. Auf einmal bekam sie Herzklopfen, und sie versuchte sich ein Bild von ihm zu machen, doch sie konnte beim besten Willen nicht erraten, wer ihr heimlicher Verehrer war.

AlyssaShopping: *Hast du mich schon zum Lachen gebracht?*

DerRichtige: *Vielleicht.*

Seine Antwort war frustrierend, und sie stöhnte erneut. Sie war allerdings nicht überrascht, dass er weiterhin so ausweichend und geheimnisvoll blieb, denn das war ja schließlich seine Masche.

AlyssaShopping: *Du bringst mich noch um vor Neugier, das weißt du, oder?*

DerRichtige: *Das nennt man Spannung aufbauen.*

Vor allem sexuelle Spannung. Und auch das war ihm an diesem Abend ausgezeichnet gelungen.

DerRichtige: *Wollen wir uns für morgen Abend zur gleichen Zeit am gleichen Ort wieder verabreden?*

Sie wollte gerade zustimmen, als ihr einfiel, dass sie bereits eine Verabredung hatte.

AlyssaShopping: *Tut mir leid, aber ich kann nicht. Ich habe etwas mit einem Freund vor, und es wird vermutlich spät werden.*

DerRichtige: *Der Freund, von dem wir vorhin schon sprachen?*

Sie war erstaunt, wie einfühlsam er war. Oder hatte er einfach nur gut geraten?

AlyssaShopping: *Ja. Ich habe versprochen, mit ihm den Twilight-Zone-Marathon im Fernsehen anzuschauen, und der läuft fast die ganze Nacht.*

DerRichtige: *Hört sich nach einem netten Abend an.*

Alyssa dachte daran, wie Shane sie immer neckte, weil sie so ein Angsthase war und sich die Augen zuhielt, wenn es zu gruselig oder spannend wurde. Unweigerlich versuchte er jedes Mal, ihr irgendwann im Laufe des Abends noch mehr Angst zu machen. Es bereitete diesem Schuft unheimliche Freude, sie so zu erschrecken, dass sie aufschrie oder aufsprang.

> **AlyssaShopping:** *Ja, wir haben unseren Spaß. Ich würde es nicht missen wollen, obwohl ich diese gruseligen Filme eigentlich schrecklich finde.*

> **DerRichtige:** *Dein Freund kann sich glücklich schätzen, die Nacht mit dir verbringen zu dürfen.*

Die sexuelle Anspielung nahm Alyssa durchaus wahr, entschied sich aber, sie zu ignorieren, um sich nicht noch einmal in eine sinnliche Diskussion verwickeln zu lassen. Auch wenn sie den Chat über das Küssen genossen hatte, fand sie, dass das intim genug gewesen war für ihr erstes Blind Date.

> **DerRichtige:** *Da du morgen Abend keine Zeit hast, versuche ich es übermorgen vielleicht noch einmal. Und dann ist ja auch schon Silvester.*

> **AlyssaShopping:** *Ich weiß. Ich freue mich schon darauf, dich zu treffen.*

Sie mochte ihn und hatte Spaß an dem Chat. Außerdem musste sie zugeben, dass sie schrecklich neugierig war und es kaum erwarten konnte herauszufinden, wer er war. Da Shane am Silvesterabend seine Unbekannte treffen wollte, war sie froh, dass sie sich auch auf jemanden freuen konnte.

DerRichtige: *Wenn ich jetzt bei dir wäre, würde ich dir einen Gutenachtkuss geben.*

Schon wieder war es ihm mit wenigen Worten gelungen, eine Hitzewelle durch ihren Körper zu jagen. Ihre Brüste fühlten sich schwer an, und die Brustwarzen richteten sich auf. Alyssa war überzeugt, dass sie, wenn er jetzt leibhaftig vor ihr gestanden hätte, der Versuchung nachgegeben und den Kuss seiner warmen Lippen erwidert hätte. Da sie aber nicht wollte, dass er sie für leicht zu erobern hielt, tat sie empört.

AlyssaShopping: *Es ist unsere erste Verabredung. Wie kommst du darauf, dass ich mich von dir küssen lassen würde?*

DerRichtige: *Weil du dir in diesem Moment wünschst, geküsst zu werden. Und da ich jetzt weiß, wie du es gern magst, kannst du darauf wetten, dass ich all meine Kenntnisse schamlos ausnutzen werde, um dir Freude zu bereiten, sobald sich die Gelegenheit bietet.*

So wie sich das anhörte, war er offenbar davon überzeugt, dass es nur eine Frage der Zeit war, wann sie seinem Charme erlag. Der Mann verfügte über eine gesunde Portion Selbstvertrauen, und wenn Alyssa ehrlich war, musste sie zugeben, dass sie das durchaus anziehend fand. Sie mochte starke, selbstsichere Männer, die sich nicht scheuten, ihre Ziele zu verfolgen.

Und ganz offensichtlich war sie sein nächstes Ziel.

DerRichtige: *Gute Nacht, Alyssa. Ich wünsche dir süße Träume.*

Er loggte sich aus, und sie seufzte, überzeugt, dass ihre Träume nach dieser erotischen Unterhaltung wohl weniger süß als heiß sein würden.

Kurz darauf, nachdem Alyssa es sich im Bett gemütlich gemacht hatte, dachte sie wieder an die sinnlichen Küsse, die er beschrieben hatte, und versuchte sich sein Gesicht vorzustellen. Während sie langsam einschlief, nahm ihr heimlicher Verehrer die Gestalt ihres besten Freundes Shane an.

4. KAPITEL

„Ich fühle mich nackt."

Mit verschränkten Armen lehnte Alyssa an der Tür zum Bad, das an Shanes Schlafzimmer grenzte, und schmunzelte über ihren Freund, der seinen neuen Haarschnitt im Spiegel betrachtete. Trotz seiner Klage war er mit einer neuen Hose und einem neuen Hemd vollständig bekleidet – leider. Alyssa frönte einen Augenblick lang der Vorstellung, wie sein schlanker, gut gebauter Körper wohl ohne die Sachen aussehen mochte.

Als sie sich dabei ertappte, meinte sie schnell: „Glaub mir, du siehst überhaupt nicht nackt aus."

Er warf ihr einen Blick zu, der besagte, dass er das Ganze gar nicht lustig fand. Dann fuhr er mit den Fingern durch sein Haar, das so gekürzt und durchgestuft worden war, dass alle Strähnen zu seinem Leidwesen wieder an ihren Platz zurückfielen.

„Du weißt, was ich meine", meinte er brummig. „Ich bin es gewohnt, Haare über meinen Ohren und an meinem Hals zu spüren, und jetzt ist da ... nichts."

„Da ist immer noch genug, und es ist ordentlich und gut geschnitten, so wie du es wolltest." Sie versuchte, sein Ego mit einem ruhigen, besänftigenden Tonfall wieder aufzubauen, denn es wurde immer offensichtlicher, dass es ihm schwerfiel, sein neues Aussehen zu akzeptieren. „Du wirst dich schon daran gewöhnen."

Er schaute ihr im Spiegel direkt in die Augen und fragte neugierig: „Was hältst du denn von der Frisur?"

Es war zugegebenermaßen eine deutliche Veränderung; er sah gut aus und hätte durchaus als Model für eine der angesagten Zeitschriften posieren können. Insgeheim vermisste sie aber sein längeres, stets zerzaustes Haar, das ihm das Aussehen eines Lausbuben verliehen hatte.

„Es ist sehr modisch." Ohne dass ihm das Haar ständig in die Stirn und über die Ohren fiel, kamen seine gut geschnittenen Gesichtszüge sehr viel besser zur Geltung. Sogar seine großen braunen Augen wirkten jetzt noch dunkler und funkelten noch sinnlicher und verführerischer.

„Modisch ist gut, oder?"

In seiner Stimme schwang ein klein wenig Unsicherheit mit, was bei Shane nicht häufig vorkam, da er sich seiner Männlichkeit eigentlich ziemlich sicher war. Jetzt bereute er offenbar, dass er sich die Locken hatte abschneiden lassen. Diese Verletzlichkeit fand Alyssa rührend.

„Modisch ist sehr gut, und diese Frisur passt zu deinem neuen Image", versicherte sie ihm. „Ich glaube sogar, dass du morgen auf der Silvesterparty der Hit wirst."

„Dank dir."

Sie gingen in die Küche. Nach dem Friseurbesuch hatten sie beim Chinesen angehalten und sich einige Gerichte mitgenommen, um sich vor dem Fernseh-Marathon zu stärken.

Am Küchentresen, wo sie immer ihre gemeinsamen Mahlzeiten einnahmen, setzten sie sich gegenüber und reihten die Schachteln mit ihren Lieblingsspeisen zwischen sich auf. Shane nahm eine der Schachteln, öffnete sie und füllte sich Huhn in Orangensoße auf den Teller, dann reichte er sie an Alyssa weiter.

„Und was willst du morgen Abend anziehen?", fragte er, während er sich weitere Köstlichkeiten auf den Teller lud.

Alyssa griff nach einem Paar hölzerner Essstäbchen und

rieb sie kurz aneinander, um eventuell vorhandene Splitter zu entfernen. „Darüber habe ich ehrlich gesagt noch gar nicht nachgedacht. Da ich jetzt aber ja mit dir fertig bin, habe ich morgen den ganzen Tag Zeit und gehe wahrscheinlich noch einmal einkaufen."

„Wonach willst du denn suchen? Nach einem verführerischen Kleid oder nach etwas Praktischem, das langweilig und züchtig aussieht?" Er zog vielsagend die Augenbrauen hoch, während er sich einen Bissen in den Mund schob. Offensichtlich hoffte er, sie würde sich für die verführerische Variante entscheiden, was Alyssa amüsant fand.

„Du weißt doch, dass etwas Praktisches eher meinem Stil entspricht." Schließlich hatte sie keine dieser Mannequin-Figuren, die sie in ein schmal geschnittenes Kleid mit tiefem Dekolleté stecken konnte. Nein, ihr stand praktische und nicht ganz so eng anliegende Kleidung sehr viel besser.

Shane ging nicht weiter darauf ein, sondern meinte auf einmal: „Wie wäre es, wenn wir zusammen zur Party fahren?"

Das Huhn, das sie gerade hinunterschlucken wollte, blieb Alyssa fast im Hals stecken. Wie sollte sie Shane erklären, dass sie sich auf der Party auch mit jemandem treffen wollte? Dass es deshalb vielleicht keine so gute Idee wäre, mit einem Wagen zu fahren, da keiner von ihnen wusste, wie der Abend enden würde?

„Weißt du, ich möchte nicht, dass du dich verpflichtet fühlst, mich nach Hause zu bringen, wenn du mit deiner neuen Flamme vielleicht etwas anderes vorhast", sagte sie deshalb. Sie konnte es kaum erwarten, endlich zu erfahren, um wen es sich handelte.

Offenbar teilte Shane ihre Sorgen nicht. „Wenn etwas daraus wird, dann finden wir schon eine Lösung, und wenn sich nichts daraus entwickelt, dann kann ich dich gut als Entschuldigung benutzen, um zu verschwinden."

Sie seufzte und wickelte geistesabwesend Nudeln um ihre Stäbchen. Es wurde Zeit, dass sie ihm von ihrem heimlichen Verehrer beichtete. „Shane, es gibt da noch etwas, was ich dir erzählen muss."

„Okay." Er trank einen Schluck Wasser und spießte ein Stück Huhn auf. „Was denn?"

Bevor sie den Mut verlor, platzte sie heraus: „Ich treffe mich morgen Abend auch mit jemandem."

„Tatsächlich?", fragte er überrascht. „Warum wusste ich bis jetzt nichts davon?"

Das war eine Frage, die sie noch ohne Probleme beantworten konnte. „Aus dem gleichen Grund, aus dem du mir nicht sagen willst, wer deine geheimnisvolle Frau ist – weil ich keine Ahnung habe, ob aus der Sache etwas wird."

Einen Moment herrschte Schweigen, während Shane ruhig weiteraß. Dann wollte er wissen: „Und wer ist es?"

Alyssa lächelte verlegen. „Das Verrückte ist, dass ich es nicht weiß."

„Du weißt nicht, mit wem du verabredet bist?", wiederholte er ungläubig. „Wie kann das angehen?"

Sie merkte, wie albern das klang, und zuckte zusammen. „Was ich meinte, ist, dass ich den Mann noch nicht von Angesicht zu Angesicht getroffen habe. Na ja, er sagt, er kennt mich – aber er hat mir nicht verraten, wer er ist. Wir haben ein paar Mal miteinander gechattet, und er klang sehr nett. Dabei hat er mir erzählt, dass er auch zu

Drews und Cynthias Party kommt. Wir wollen uns dort treffen."

Sie wartete auf irgendeine Reaktion von Shane und hoffte, dass sein Beschützerinstinkt oder vielleicht sogar ein klein wenig Eifersucht zutage treten würde. Zu ihrer Enttäuschung blieb er ruhig und völlig gelassen.

„Wir können doch trotzdem zusammen hinfahren", sagte er und füllte sich den Teller erneut voll. „Wenn es mit unseren Dates nicht klappen sollte, dann können wir uns gegenseitig als Entschuldigung benutzen, um von der Party wegzukommen."

Die Idee war nicht schlecht, und Alyssa gestand sich ein, dass sie es beruhigend fand, Shane in ihrer Nähe zu haben, falls sie ihn brauchen sollte. Schließlich hatte sie keine Vorstellung davon, was sie von ihrer Verabredung erwarten sollte. „Okay", stimmte sie also zu. „Ich bin gegen sechs Uhr fertig."

Sie aß auf und sah Shane zu, wie der die Reste vertilgte. Der Mann hatte einen gesegneten Appetit. Als er noch jünger war, hatte seine Mutter üppige Mahlzeiten für Shane und seinen Vater gekocht. Alyssa war immer erstaunt gewesen, wenn die beiden die riesigen Essensberge mühelos verputzt hatten.

Bei diesen Erinnerungen musste sie lächeln. Sie hatte viel Zeit im Haus der Witmers verbracht. Sie war noch sehr jung gewesen, als ihr Vater gestorben war, und da ihre Mutter nie wieder geheiratet hatte, waren die Witmers zu einer Art Ersatzfamilie geworden, in der sie sich stets geborgen gefühlt hatte. Zumal Shanes Mutter nach Shanes Geburt keine weiteren Kinder hatte bekommen können und sie deshalb immer wie die Tochter behandelte, die sie nie gehabt hatte.

Jetzt legte Alyssa die Stäbchen auf den Teller und verschränkte die Arme auf dem Tresen. „Hast du eigentlich von deinen Eltern gehört, seit sie in Cancún sind?", fragte sie. Die beiden waren im Ruhestand und gönnten sich jedes Jahr einige Wochen Urlaub in einer mexikanischen Ferienanlage, an der sie Timesharing-Anteile besaßen.

„Nur einmal", erwiderte Shane, und Alyssa hörte die Erleichterung in seiner Stimme. „Mom hört langsam auf, sich ständig nach mir zu erkundigen."

„Sie meint es doch nur gut." Alyssa stellte die Teller zusammen und stapelte die leeren Schachteln ineinander. „Unabhängig davon, wie alt du bist, du bist und bleibst ihr Baby."

Shane stöhnte. „Glaubst du, es liegt daran, dass ich Einzelkind bin? Sind die Mütter dann besonders anhänglich und fürsorglich?"

Alyssa tat den Müll in den Abfalleimer unter der Spüle und lachte. „Nein, das ist nur bei deiner Mutter so extrem."

Im Grunde hatte Alyssa schon vor langer Zeit aufgehört, sich zu wünschen, dass ihre Mutter ihr die Art von bedingungsloser Aufmerksamkeit schenkte, nach der sie sich schon als junges Mädchen gesehnt hatte, auch wenn sie sogar als Erwachsene jetzt noch manchmal darauf hoffte. Leider hatte ihre Mutter den Tod ihres Mannes nie verwinden können. Die Trauer schien alle anderen Emotionen aufgezehrt zu haben, sodass für ihre Tochter nicht viel übrig geblieben war.

Nachdem sie jahrelang hatte zusehen müssen, wie ihre Mutter um ihren verstorbenen Mann trauerte, war Alyssa zu dem Schluss gelangt, dass sie sich selbst niemals solch einem lang anhaltenden Schmerz aussetzen wollte. Folglich hatte sie sich nie auf eine ernsthafte Beziehung eingelassen. Ihre Ängste verhinderten ohnehin, dass sie sich einem Mann so weit öffnete, dass etwas Ernstes daraus werden konnte.

Im kommenden Jahr wollte sie versuchen, all das zu ändern. Sie wollte den Teufelskreis endlich durchbrechen und die Befürchtungen ablegen, die sie seit ihrer ersten Verabredung mit sechzehn beherrschten.

„Hast du Weihnachten mit deiner Mutter gesprochen?", fragte Shane.

„Ja, aber nur, weil ich sie angerufen habe."

„Wieder einmal?", meinte er ungläubig und mitfühlend. Allerdings wusste er genau, dass ihre Mutter sich vom Leben und den meisten Menschen zurückgezogen hatte, aber er wollte sie wissen lassen, dass er es nicht in Ordnung fand.

„Ich fahre am Neujahrstag zu ihr, damit wir uns zusammen die Rosenparade im Fernsehen anschauen können. Das machen wir ja jedes Jahr. Leider bin immer ich diejenige, die es anregt, nicht sie."

„Ach, Alyssa." Er schlang von hinten die Arme um ihre Taille und überraschte sie mit einer tröstenden und unerwarteten Umarmung. „So sollte es nicht sein."

Alyssa schloss die Augen und genoss die sanfte Art, wie Shane sie festhielt, die Art, wie er sein Gesicht an ihre Wange drückte und wie er seine Hände auf ihren Bauch legte – in dem Schmetterlinge für ein köstliches Kribbeln sorgten.

Sie schluckte und versuchte, die erregenden Gefühle zu

ignorieren, die Shanes Nähe auslösten. „So ist es doch immer gewesen. Ich habe mich inzwischen daran gewöhnt." Auch wenn sie die Situation akzeptiert hatte, war sie traurig über diese Gleichgültigkeit, mit der ihre Mutter sie behandelte.

Sie löste sich von Shane und griff nach der großen Schüssel mit Lakritz, die sie als Snack für ihren Fernsehabend schon bereitgestellt hatten. Dann drehte sie sich mit einem strahlenden Lächeln zu Shane um, weil sie nicht wollte, dass dieses ernste Thema ihnen den gemeinsamen Abend verdarb. „Komm, wir haben noch einiges vor uns."

Fünf Stunden und mehr als acht Twilight-Zone-Episoden später saßen Shane und Alyssa gemütlich nebeneinander auf der Couch. Ihre Schultern und Hüften berührten sich, und wenn eine Szene ihr zu spannend wurde, drehte Alyssa sich zu ihm und legte ihren Kopf an seine Brust. Sehr zu Shanes Freude geschah das ziemlich häufig.

Er hatte schon vor einiger Zeit alle Lampen ausgeschaltet, sodass das Zimmer dunkel und unheimlich wirkte. Die Schatten, die die Fernsehbilder auf die Wohnzimmerwände warfen, verstärkten die unheilvolle Atmosphäre noch zusätzlich. Er schaute zu Alyssa und sah, dass sie gebannt auf den Fernseher starrte. Die Episode, die gerade lief, nahm sie völlig gefangen. „Albtraum in 7.000 Meter Höhe" war eine seiner Lieblingsfolgen, da Alyssa dabei regelmäßig in Angst und Schrecken versetzt wurde.

Ihre Augen waren weit aufgerissen, ihr Körper vor Aufregung angespannt. Mit gebannter Miene verfolgte sie die Geschichte über einen Flugzeugpassagier, der glaubte, während eines heftigen Gewitters ein haariges Monster auf dem Flügel des Jets zu sehen. Und weil er das Gefühl hatte, ihre Anspannung etwas auflockern zu müssen, beugte er sich zu Alyssa und kitzelte sie, während er dicht an ihrem Ohr knurrte wie ein bösartiges Ungeheuer. Natürlich bekam sie prompt einen gehörigen Schrecken.

Sie schrie auf und zuckte zurück, dann funkelte sie ihn böse an und boxte ihn auf den Arm. „Verdammt, Shane, du weißt, wie sehr ich mich bei dieser Folge immer grusele."

„Ja, und genau deshalb macht es ja so viel Spaß, dir einen Schreck einzujagen", erwiderte er lachend. „Achtung, jetzt kommt deine Lieblingsstelle."

Genau genommen war es eine der Szenen, vor denen sie am meisten Angst hatte. Der leicht verstörte Passagier öffnet die Gardine vor dem Flugzeugfenster und sieht, wie das Monster seine hässliche Fratze gegen die Scheibe presst.

Erneut entschlüpfte Alyssa ein kleiner Schrei. Sie drehte sich zu Shane und schmiegte ihr Gesicht an seinen Hals, weil sie die gespenstische Szene nicht länger ertragen konnte. „Himmel, ich hasse dieses grausige Monster!", sagte sie erschaudernd. „Ich schaue mir diese Episode nicht länger an. Sie ist einfach zu schrecklich. Sag Bescheid, wenn sie vorbei ist."

Shane legte einen Arm um ihre Schultern und zog sie an sich. „Du Angsthase."

Für diese Beleidigung bekam er einen Klaps auf den Bauch. „Ich erdulde diese Tortur nur deinetwegen jedes Jahr, du undankbarer Klotz."

„Ich weiß dein Opfer zu schätzen", meinte er ernst. Noch mehr zu schätzen wusste er die Hand, die sie auf seinen Bauch gelegt hatte. „Und jetzt sei still, damit ich mir den Rest der Folge ansehen kann, ohne dass du mir die Ohren volljammerst."

Diese nicht ganz ernst gemeinte Zurechtweisung veranlasste Alyssa, eingeschnappt zu schnauben. Ihr warmer, feuchter Atem strich über seinen Hals und fühlte sich an wie ein Streicheln. Sein Körper schien plötzlich in Flammen zu stehen. Shane unterdrückte ein Stöhnen. Es kostete ihn fast übermenschliche Kraft, sich auf den Film zu konzentrieren statt darauf, wie perfekt es sich anfühlte, wenn Alyssa sich an ihn schmiegte.

Das Monster auf der Mattscheibe richtete derweil heftigen Schaden an Propeller und Motor des Flugzeugs an, und der Passagier wurde vor Angst fast wahnsinnig. In einem Anfall von Panik gelang es dem Mann, sich eine Waffe zu beschaffen, einen Notausgang zu öffnen und das Monster zu erschießen, obwohl er dabei fast aus dem Flugzeug gesogen wurde. Nach diesem bizarren Erlebnis erlitt er einen Nervenzusammenbruch, und die Zuschauer fragten sich, ob all das wirklich geschehen oder ob es wieder nur ein verrückter Ausflug in die Twilight-Zone gewesen war.

Als die Episode endete, richtete Shane seine Aufmerksamkeit wieder auf Alyssa, die noch immer an ihn gekuschelt dalag. Ihr Körper war völlig entspannt, und sie atmete tief und gleichmäßig, also war sie offenbar eingeschlafen. Mit einem leichten Lächeln schob er die Finger in ihre weichen, seidigen Locken. Der blumige Duft ihres Shampoos stieg ihm in die Nase und benebelte seine Sinne. Er überlegte, ob er sie aufwecken sollte, entschied dann aber, ihr noch ein wenig Ruhe zu gönnen. Das gab ihm die Gelegenheit, weiter mit ihrem Haar zu spielen und die Berührung ihrer weichen, vollen Brüste zu genießen, die sich verführerisch gegen seinen Oberkörper pressten.

Die nächste Folge war bereits halb vorüber, als Alyssa im Schlaf etwas murmelte und sich noch fester an Shane schmiegte. Dabei schob sie ein Bein zwischen seine Schenkel und lag schon fast auf ihm. Als sie dann auch noch begann, mit den Lippen seinen Hals zu liebkosen, schoss eine Hitzewelle durch seinen Körper, und er stöhnte leise auf.

Er wurde hart, sein Puls beschleunigte sich, und er wagte nicht, sich zu bewegen, aus Angst, diesen erotischen Augenblick damit zu beenden. Als ihre Hand sich über seinen Bauch in Richtung seines Schoßes bewegte, hielt er erwartungsvoll den Atem an. Seine Erregung verstärkte sich, und seine Hose kam ihm auf einmal eindeutig zu eng vor.

Doch bevor sie über die Wölbung streichen konnte, die sich mehr als deutlich unter dem Reißverschluss abzeichnete, änderte sie die Richtung. Ihre Finger fanden den Saum seines Hemdes, glitten darunter und liebkosten seinen Bauch, seinen Oberkörper und schließlich auch die kleinen, harten Brustwarzen.

Nun konnte auch Shane nicht länger an sich halten. Er wollte Alyssa berühren, wollte sie fühlen. Vorsichtig legte er eine Hand auf ihre Hüfte und wagte es dann, sie langsam höher gleiten zu lassen, bis er ihre volle Brust umschließen und mit dem Daumen über die aufgerichtete Brustwarze reiben konnte. Alyssa stöhnte leise auf und bog sich ihm entgegen. Shane war überzeugt, dass sie noch immer schlief. Sie war in einem äußerst erotischen Traum gefangen und war sich nicht bewusst, dass der sich tatsächlich mit etwas sehr viel Greifbarerem vermischte.

Eigentlich müsste er sie wecken, bevor die Situation außer Kontrolle geriet, aber der Gedanke verpuffte, als sie ihren Mund auf seinen presste und ihn in Versuchung führte. Eine Versuchung, der er nicht widerstehen konnte. Ohne nachzudenken, ließ er seine Zunge über die Konturen ihrer Lippen gleiten, und als sie sich für ihn öffnete, drang er tief in die Höhle ihres Mundes vor und gab ihr einen dieser ausgiebigen, sanften Küsse, von denen er schon seit Jahren träumte.

Die Realität war um so viel besser als seine Träume. So viel köstlicher. Alyssa schmeckte nach Honig und Hitze, und er hatte das Gefühl, dass sein sehnlichster Wunsch in Erfüllung gegangen war. Er konnte einfach nicht genug von ihr bekommen.

Behutsam streckte er sich mit ihr auf der Couch aus, sodass Alyssa unter ihm lag und er seine Erektion auf ihren Unterleib pressen konnte. Während er mit einer Hand ihren Kopf umfasste, fuhr er fort, sie zu küssen – immer stürmischer, immer leidenschaftlicher. Er war trunken vor Erregung. Sie unter sich zu spüren und sie zu küssen war der Himmel auf Erden. Ihre hemmungslose Reaktion wirkte wie eine Droge auf ihn, die ihn alles vergessen ließ und ein Verlangen in ihm schürte, das kaum noch zu kontrollieren war.

Ein letzter Rest von Vernunft war ihm noch geblieben, und so erkannte er, dass es eine Grenze gab, die er nicht überschreiten durfte. Jedenfalls nicht, ohne dass Alyssa wusste, mit wem sie sich der Leidenschaft hingab.

Langsam, wenn auch widerstrebend, beendete er den

heißen Kuss. Sein Atem ging keuchend, und er zitterte vor Verlangen. Die Sehnsucht, sich mit ihr zu vereinigen, war fast unerträglich. Trotzdem ignorierte er die Bedürfnisse seines Körpers und strich sanft mit den Lippen über ihre Wange, über ihr Kinn und über die zarte Haut ihres Halses.

Alyssa stieß ein wohliges Stöhnen aus und gleichzeitig entschlüpfte ihr sein Name. Shane war völlig überrascht. Entweder schlief sie doch nicht mehr, wie er eigentlich angenommen hatte, oder sie hatte gerade ihre wahren und intimsten Gefühle für ihn preisgegeben.

Sie bewegte sich unter ihm, und er hob gerade rechtzeitig den Kopf, um zu sehen, wie sie langsam die Lider öffnete. Selbst im schwachen Licht, das der Fernseher ausstrahlte, konnte er sehen, dass ihre Lippen von seinen Küssen geschwollen waren. Ihre Augen funkelten vor Verlangen.

Ein paar Sekunden sah sie ihn verwirrt an, bis sie erkannte, dass das, was sie getan hatten, nicht nur ein Traum gewesen war. Sie geriet in Panik, und das Entsetzen, das sich auf ihrer Miene abzeichnete, versetzte Shane einen Stich ins Herz.

„O nein!", flüsterte sie heiser und bestürzt, während sie ihn von sich stieß.

Sofort rückte er zur Seite, und kaum war sie frei, sprang sie von der Couch auf, um Distanz zwischen ihnen zu schaffen. Erschüttert starrte sie ihn an.

„Was haben wir getan?"

Er setzte sich auf und stützte die Unterarme auf den Schenkeln ab, während er sich bemühte, den pochenden Schmerz in seinem Unterleib zu ignorieren. Es war eine dumme Frage. Natürlich wusste sie ganz genau, was gerade zwischen ihnen geschehen war. Für den Fall, dass sie trotzdem bestätigt haben musste, was vorgefallen war, sagte er geradeheraus: „Ich glaube, man nennt es küssen."

Sie stöhnte erneut. Es war ein Stöhnen, das deutlich verriet, wie verstört sie darüber war, dass er ihre Befürchtungen bestätigte.

„Es ist doch nichts Schlimmes, Alyssa", versuchte er sie zu beruhigen.

„Ist es wohl!", jammerte sie und fuchtelte wild mit den Armen in der Luft herum, weil sie so aufgeregt war. „Du bist mein bester Freund!"

Er legte den Kopf zur Seite und betrachtete sie ruhig. „Na und?"

Alyssa sah ihn an, als wäre er verrückt geworden. „Und beste Freunde küssen sich nicht so. Solche Küsse können alles verändern."

Genau, hätte er gern geantwortet, schwieg aber, weil es offensichtlich war, dass sie ein großes Problem damit hatte, irgendwelche Veränderungen in ihrer Freundschaft zu akzeptieren. Unabhängig davon, dass sie ihm noch vor wenigen Minuten gezeigt hatte, wie sehr sie ihn begehrte. Alyssa war noch nicht bereit zuzugeben, dass sich die Dinge zwischen ihnen bereits verändert hatten.

„Pass auf", sagte sie und klang jetzt wieder sehr viel pragmatischer und ruhiger. „Wir haben offenbar beide geschlafen und waren nicht ganz bei Sinnen, also verbuchen wir das Ganze einfach als einen Ausrutscher und vergessen es. Ich verschwinde mal kurz, und dann schauen wir uns den Rest der Filme an."

Shane sah ihr hinterher, als sie aus dem Zimmer ging,

und fluchte dann leise. Er konnte nur hoffen, dass jetzt nicht alles ruiniert war, nachdem er in den letzten Tagen so gute Vorarbeit geleistet hatte.

Wie auch immer, am Silvesterabend würde er es herausfinden.

5. KAPITEL

Alyssa hatte eine Mission – sie wollte das perfekte Kleid für die Silvesterfeier finden und den heißen, atemberaubenden Kuss vergessen, mit dem Shane sie in der Nacht zuvor fast um den Verstand gebracht hatte.

Mit einem Berg Kleider auf dem Arm machte sie sich auf den Weg zur Umkleidekabine der Boutique. Noch immer war sie erschrocken darüber, wie weit sie und Shane gegangen waren. Da sie jetzt wusste, wie schwach sie war, wenn es darum ging, ihm zu widerstehen, war sie mehr denn je entschlossen, sich mit anderen Männern zu treffen und sich zu zwingen, die wollüstigen Gefühle für ihren Freund zu verdrängen.

Wie sie Shane nach dem Vorfall gesagt hatte, war sie der Meinung, dass sich alles zwischen ihnen ändern würde, wenn sie dieser körperlichen Anziehung nachgäben. Was ihr am meisten Angst machte, war der Gedanke, dass sie vielleicht nicht seinen Erwartungen entsprach. Außerdem fürchtete sie, dass sie nicht in der Lage sein könnte, ihm das zu geben, was er sich von einer ernsthaften Beziehung erhoffte. Schließlich war es ihr bisher noch nie gelungen, eine längerfristige Beziehung zu einem Mann aufrechtzuerhalten. Das Risiko, Shane für immer zu verlieren, weil sie sich emotional nicht öffnen konnte, war ihr einfach zu groß.

Gleichzeitig versuchte sie sich zu beruhigen, denn ihre Sorgen waren vermutlich völlig unbegründet, da er ohnehin an einer anderen Frau interessiert war. Der Kuss war vermutlich nichts weiter als ein glücklicher Umstand gewesen. Eine spontane, leidenschaftliche Umarmung, die außer Kontrolle geraten war, aber niemals hätte passieren dürfen. Worauf sie sich jetzt konzentrieren sollte, war ihr eigener heimlicher Verehrer und wie sie seine Aufmerksamkeit an diesem Abend auf sich lenken konnte.

Mit diesem Gedanken im Hinterkopf entschied sie sich, nicht nach etwas Praktischem und Züchtigem zu suchen. Einmal würde sie nicht auf ihre Vernunft hören und etwas Sinnliches, Aufregendes tragen. Ein Kleid, mit dem sie Aufmerksamkeit erregen würde.

Schon eine halbe Stunde später verließ Alyssa die Boutique mit einem funkelnd weißen Abendkleid, das aufreizender und figurbetonter war als alles, was sie je besessen hatte. Außerdem hatte sie hauchdünne Spitzenunterwäsche gekauft, die sie darunter tragen wollte, sowie ein Paar Riemchenschuhe mit hohen Absätzen, in denen ihre Beine schlank und endlos lang aussahen.

Sie schob noch einen Besuch im Schönheitssalon ein, wo sie sich ausnahmsweise nicht nur eine Maniküre, sondern auch eine Pediküre und eine Gesichtsbehandlung gönnte. Als sie schließlich wieder zu Hause war und sich in einem Schaumbad entspannte, fühlte sie sich zuversichtlich und optimistisch, was die anstehende Party betraf.

Da sie noch Zeit hatte, bis Shane sie um sechs Uhr abholte, wickelte sie ein Handtuch um ihr nasses Haar und schlüpfte in ihren gemütlichen Bademantel. Für die Party musste sie sich erst später fertig machen, also ging sie in ihr Büro, fuhr den Computer hoch und arbeitete ein wenig, indem sie im Internet nach einigen Dingen für noch offene Aufträge suchte. Da sie am vergangenen Tag nichts von ihrem heimlichen Verehrer gehört hatte, weil sie unterwegs gewesen war, hoffte sie, dass er sie noch einmal kontaktierte, bevor sie sich am Abend bei Drew und Cynthia begegneten.

Er enttäuschte sie nicht. Seine Instant Message erschien auf dem Bildschirm und blinkte mit einer Begrüßung.

> **DerRichtige:** *Ich kann es nicht erwarten, dich heute Abend zu treffen.*

Alyssa biss sich auf die Unterlippe und wünschte, die Aussicht, ihn zu treffen, würde sie ebenfalls in Aufregung versetzen.

Natürlich war sie neugierig und wollte wissen, wer er war. Sie hatte während der vergangenen Tage auch ihren Spaß an den Chats gehabt, aber es fehlte dieses Kribbeln und die hoffnungsvolle Erwartung, die sie normalerweise verspürte, wenn sie jemanden Neues kennenlernte. Und sie hatte das dumme Gefühl, dass der leidenschaftliche Kuss von Shane daran schuld war.

Trotzdem war sie entschlossen, diesem Mann eine Chance zu geben.

> **AlyssaShopping:** *Erzählst du mir, wer du bist, bevor wir uns heute Abend treffen? Sagst du mir zumindest deinen Namen?*

> **DerRichtige:** *Meinen Namen brauchst du nicht. Ich verspreche dir, dass du mich erkennst, wenn du mich siehst. Da wird keine Vorstellung nötig sein.*

Sie runzelte die Stirn, als sie seine ausweichende Antwort las, und fragte sich, warum er sich so geheimnisvoll gab.

AlyssaShopping: *Du machst es gern spannend, oder?*

DerRichtige: *Ja, da hast du recht.* ☺ *Sei um Mitternacht in Drews und Cynthias Rosengarten, dann erfährst du alles, was du wissen musst.*

Nach dieser kurzen Nachricht loggte er sich sofort aus, bevor Alyssa eine Antwort tippen konnte.

Sie blinzelte und starrte leicht frustriert und verwirrt auf den Bildschirm. Das war's? Sie sollte ihn erst um Mitternacht treffen? Nach alldem Geplänkel, das sie ausgetauscht hatten, musste sie bis zum Ende des Abends warten, um endlich herauszufinden, wer ihr heimlicher Verehrer war?

Unglaublich, dachte sie und schüttelte den Kopf.

Sie hatte jedoch keine andere Wahl. Bis die Uhr Mitternacht schlug, musste sie sich gedulden. Erst dann würde ihre Neugier gestillt werden, denn sie hatte nicht die geringste Ahnung, wer der geheimnisvolle Mann sein könnte. Da sie auf jeden Fall seine Identität herausfinden wollte, wusste sie, dass sie seinen Wunsch befolgen und um zwölf im Rosengarten sein würde.

Als Shane Alyssa zur Silvesterparty abholen kam und sie ihm die Tür öffnete, fielen ihm fast die Augen aus dem Kopf. Noch nie hatte er sie in solch einer sexy Aufmachung gesehen. Sie raubte ihm im wahrsten Sinne des Wortes den Atem.

„Gefällt dir mein neues Kleid?", fragte sie und drehte sich langsam im Kreis, damit er sie von allen Seiten begutachten konnte.

Ob es mir gefällt? Himmel, die Art, wie der schimmernde weiße Stoff sich an ihre vollen Brüste, ihre Taille und die Hüften schmiegte und ihre herrlich üppige Figur zur Geltung brachte, flößte ihm regelrecht Ehrfurcht ein. Der tiefe Ausschnitt enthüllte mehr von ihrem Dekolleté, als er es je bei Alyssa erlebt hatte, und der Saum des Kleides reichte gerade einmal bis zur Mitte ihrer Oberschenkel, sodass er ihre langen, glatten Beine bewundern konnte.

Dann war da noch ihr Haar, die wilde Mähne, die sie heute hochgesteckt hatte. Nur ein paar winzige Locken fielen ihr in den Nacken und streichelten ihre Wangen. Ihr Make-up war dezent, doch das sanfte Pink und Beige, das sie aufgetragen hatte, brachten das tiefe Blau ihrer Augen besonders gut zur Geltung. Ihre glänzenden Lippen sahen so süß und reif wie ein saftiger Pfirsich aus.

Shane schluckte. „Wow!" Es war das einzige Wort, das ihm einfiel, um zu beschreiben, wie unglaublich ihre Verwandlung war. „Ich fürchte, ich werde die Männer heute Abend mit einem großen Stock aus deiner Nähe vertreiben müssen."

Sie lachte, und der rauchige, sinnliche Klang ließ sein Herz höher schlagen.

„Ich fühle mich gut und habe vor, mich heute Abend zu amüsieren." Sie trat auf ihn zu und zog den Kragen seines burgunderfarbenen Hemdes gerade. „Du siehst übrigens auch ziemlich ‚wow' aus. Deine Freundin erkennt dich vielleicht gar nicht, jetzt, wo du so herausgeputzt bist", neckte sie ihn.

Shane hätte fast aufgestöhnt, als Alyssa mit den Händen kurz über seinen Oberkörper strich. Wieder einmal musste er dem drängenden Verlangen widerstehen, sie in die Arme zu schließen, sie an sich zu ziehen und sie zu küssen. Dabei wünschte er sich nichts sehnlicher.

Mit Mühe gelang es ihm, der Versuchung zu widerstehen. Sie hatten beide einen ereignisreichen Abend vor sich, und da er sich noch allzu gut daran erinnerte, wie sehr Alyssa in der letzten Nacht in Panik geraten war, nachdem sie sich so leidenschaftlich umarmt hatten, wollte er ihre gute Stimmung jetzt nicht durch einen spontanen Kuss verderben.

Also trat er einen Schritt zurück und lächelte. „Bist du bereit?"

„So bereit, wie ich jemals sein werde." Sie griff nach ihrer kleinen Handtasche und einem Tuch, schob den Arm durch seinen und strahlte ihn an. „Schauen wir mal, was der Abend so bringt."

Gegen neun Uhr war die Party voll im Gang. Der Sekt und andere Drinks flossen in Strömen, ein üppiges Buffet stand für die Gäste bereit, und Musik drang aus den Lautsprechern, die um die große Terrasse herum aufgebaut waren, damit dort getanzt werden konnte. Das herrliche Wetter war einer der Vorteile, wenn man in Südkalifornien lebte – selbst am letzten Abend im Dezember war der Himmel wolkenlos, die Sterne funkelten, und es herrschten angenehme Temperaturen.

Drew und Cynthia hatten so viele Freunde und Bekannte eingeladen, dass das Haus voll war. Alle Türen standen offen, und man konnte jederzeit hinaus in den Garten gehen, wo eine leichte Brise für Abkühlung sorgte. Auch Alyssa schlenderte hin und her, unterhielt sich mit Freunden, die sie eine Weile nicht gesehen hatte, und musterte die anwesenden Singles, in der Hoffnung, ihren heimlichen Verehrer ausfindig zu machen.

Bisher hatte sie bei den Männern, die Interesse an ihr gezeigt hatten, noch kein Knistern verspürt, und sie wurde immer ungeduldiger. Sie musste sich noch drei Stunden gedulden, bis sie die Identität ihres Verehrers erfahren würde.

Gleichzeitig hielt sie im Laufe des Abends stets ein wachsames Auge auf Shane. Jede Frau im Zimmer, die ihm nahe kam oder mit der er sich unterhielt, wurde von ihr unter die Lupe genommen, und jedes Mal fragte sie sich, ob es diejenige war, auf die er es abgesehen hatte. Ihre Gefühle schwankten zwischen Eifersucht, wenn er einer bestimmten Frau zu viel Aufmerksamkeit schenkte, und unglaublicher Erleichterung, wenn er sich einer anderen Gruppe von Freunden zuwandte und die Frau stehen ließ. Alyssa kam sich vor wie in einer Achterbahn der Gefühle, bei der die Fahrt kein Ende nehmen wollte.

Im Augenblick stand Shane mit Drew und Cynthia zusammen. Alyssa bahnte sich einen Weg zu ihnen und stellte wieder einmal fest, dass Shane in seiner neuen Kleidung und mit den kürzeren Haaren unglaublich gut aussah. Er wirkte fast, als wäre er den Seiten eines Modemagazins entstiegen. Unabhängig davon, wie sehr er sein Äußeres verändert hatte, um seine potenzielle Freundin zu beeindrucken, hoffte Alyssa, dass die Frau den wahren Mann, der sich unter dieser schicken Kleidung verbarg, mehr zu schätzen wusste. Shane war einzigartig, und er verdiente eine Frau, die erkannte, was er war: ein richtig guter Fang.

Als würde er spüren, dass sie über ihn nachdachte,

blickte er zu ihr, während sie auf ihn zuging. Dabei glitt sein Blick aufreizend langsam über ihr Kleid. Das sinnliche, entwaffnende Lächeln, das auf seinem Gesicht erschien, und die Glut in seinem Blick führten dazu, dass Alyssas Puls ins Stolpern geriet. Bisher hatte er noch keine andere Frau auf dieser Party so angesehen. Sie fand es erregend, dass sie seine Aufmerksamkeit mit dem Kleid, das sie trug, auf sich zog.

Alyssa trat neben Shane und hob ihr Sektglas dem glücklich verheirateten Paar entgegen. „Eine wunderbare Silvesterparty. Vielen Dank für die Einladung."

„Schön, dass du dich amüsierst." Cynthias Augen funkelten vor Aufregung, und auch ihr Gesicht strahlte auf eine Art, wie Alyssa es noch nie bei ihr gesehen hatte. „Du siehst unglaublich aus in diesem Kleid", ergänzte Cynthia.

Das Kompliment ließ Alyssa erröten. „Danke", sagte sie und dachte: Vielleicht sollte ich mich doch öfter einmal stylen.

Cynthia berührte den Arm ihres Ehemannes und sah ihn zärtlich an. „Gut, dass du gerade kommst, Alyssa. Drew und ich wollten euch nämlich eine Neuigkeit erzählen."

Was auch immer es war, Alyssa konnte die Aufregung ihrer Freundin spüren.

„Was gibt es Neues, ihr beiden?"

„Wir bekommen ein Baby", verkündete Drew stolz.

Alyssa schnappte überrascht nach Luft, dann umarmte sie Cynthia, während Shane Drew die Hand schüttelte. „Wie wunderbar! Herzlichen Glückwunsch! Ich freue mich für euch", gratulierten sie den beiden.

„Wir sind auch überglücklich." Cynthia legte eine Hand

auf ihren noch flachen Bauch. „Wir werden es jetzt auch den anderen erzählen, aber wir wollten, dass ihr zu den Ersten gehört, die es erfahren."

Alyssa seufzte, als die beiden weitergingen. Sie war ein wenig neidisch. Okay, gestand sie sich ein. Eigentlich war sie sogar sehr neidisch, angesichts der engen, liebevollen Beziehung der beiden. Sie waren ein wunderbares Paar, und sie verspürte einen Anflug von Einsamkeit, als sie daran dachte, dass all ihre Freunde heirateten, Familien gründeten und die nächsten Seiten im Buch des Lebens aufschlugen. Sie selbst war noch immer ein hoffnungsloser Single und hatte solche Angst davor, sich ernsthaft mit jemandem einzulassen, dass sie vermutlich niemals eine feste Beziehung haben würde.

Um sich den Abend nicht von solch deprimierenden Gedanken verderben zu lassen, wandte sie sich an Shane. „Na, wo ist denn deine Angebetete?"

„Ich treffe mich erst später mit ihr", erwiderte er lässig. „Wo ist dein heimlicher Verehrer?"

Sie trank den Rest ihres Sektes und stellte das Glas auf ein in der Nähe stehendes Tablett. „Das Problem ist, er könnte schon hier sein, mitten unter den Gästen, und ich wüsste es nicht einmal." Diese Möglichkeit frustrierte sie ungemein.

Shane schob die Hände in die Hosentaschen und musterte sie mit amüsiertem Blick aus braunen Augen. „Also hast du ihn noch nicht gesehen?"

„Nein." Sie schüttelte den Kopf. „Ich treffe mich auch erst später mit ihm. Um Mitternacht im Rosengarten." Sie verzog das Gesicht und lächelte spitzbübisch. „Vielleicht treiben sich die beiden zusammen rum."

Shane lachte, und dieses tiefe, leise Lachen brachte sie völlig aus der Fassung. Sie senkte schnell den Blick, damit er es ihr nicht anmerkte.

„Wenn das so ist", sagte er, „warum machen wir dann nicht das Gleiche?" Er hielt ihr seine Hand hin. „Möchtest du tanzen?"

Das klang nach einer herrlichen Ablenkung. Sie legte die Finger in seine warme Handfläche – und alles war gut. „Nichts lieber als das."

Gemeinsam schlenderten sie hinaus auf die Terrasse, wo die Musik spielte und eine festliche Stimmung herrschte. Die nächsten Stunden vergingen wie im Flug, während sie tanzten, sich am Buffet stärkten, Sekt tranken und immer wieder tanzten.

Als ein langsames Lied aus den Lautsprechern erklang, wollte Alyssa die Tanzfläche verlassen, doch ehe sie flüchten konnte, griff Shane nach ihrer Hand und wirbelte sie sanft herum, sodass sie ihn wieder ansah. Bevor sie protestieren konnte, legte er einen Arm um ihre Taille und zog sie an sich.

Neckend hob er eine Augenbraue. „Du hast gedacht, du kannst mir entkommen, was?"

Aus Furcht vor zu engem Körperkontakt hatte sie genau das vorgehabt, aber das konnte sie natürlich nicht zugeben. Sein harter, warmer Körper, der sich auf so intime Weise an ihren schmiegte, war eindeutig zu gefährlich für ihre Hormone.

„Was ist, wenn uns die beiden, mit denen wir verabredet sind, sehen?", fragte sie und wollte das als Entschuldigung benutzen, um ins Haus zu gehen.

„Na und?", meinte er und zuckte mit seinen breiten

Schultern. „Ich lasse dich erst wieder los, wenn das Lied zu Ende ist, also entspann dich und genieße es."

Wie zum Teufel sollte sie sich entspannen, wenn ihr gesamter Körper vor sexueller Erwartung zu kribbeln schien? Alyssa atmete tief ein und aus, doch auch das half nicht gegen die erotische Spannung, die von ihr Besitz ergriffen hatte.

Während sie sich langsam zur Musik bewegten und Alyssa sich im Geiste noch wehrte, entwickelten ihre Körper ein Eigenleben, das sich ihrer Kontrolle entzog. Sie fanden auf eine Art zusammen, die sehr verführerisch und erregend war – und die sinnliche, rhythmische Art und Weise, in der Shane seine Hüfte gegen ihre presste, bewirkte, dass Alyssa schwindelig wurde. Sanft strich er mit einer Hand über ihren Rücken und ließ die warme Handfläche dann direkt über ihrem Po ruhen. Ein fester männlicher Schenkel schob sich zwischen ihre Beine, und diese Berührung löste eine Kettenreaktion aus. Ihre Brüste schienen schwerer zu werden, die sensiblen Brustwarzen richteten sich auf und drückten gegen die zarte Spitze ihres BHs, während ein bittersüßes Ziehen durch ihren Unterleib ging.

Ihr Puls beschleunigte sich, und sie musste sich auf die Lippen beißen, um ein lustvolles Stöhnen zu unterdrücken.

Shane schien von ihren Problemen nichts zu merken, denn er schmiegte eine Wange an ihre, und sie spürte seinen heißen Atem über ihre Haut streichen. Zu allem Überfluss stieg ihr auch noch der köstliche Duft seines Aftershaves in die Nase. Die Knie wurden ihr weich, und ihr Entschluss, die Beziehung zu Shane auf rein platonischer

Ebene zu belassen, geriet ins Wanken.

Als sie dann auch noch spürte, dass seine Lippen sanft über ihr Kinn und ihren Hals strichen, schloss sie die Augen. Sie konnte ein leichtes Zittern nicht unterdrücken. Das Verlangen nach diesem Mann, der ihr bester Freund war, war so stark, dass all ihre Abwehrmechanismen langsam, aber sicher versagten.

„Du siehst heute Abend absolut fantastisch aus, Alyssa", murmelte Shane mit heiserer Stimme. „Dein heimlicher Verehrer ist zu beneiden."

Sie wusste nicht, was sie darauf antworten sollte, denn im Augenblick war ihr der heimliche Verehrer und was er von ihrem Aussehen hielt, völlig gleichgültig. Wenn sie mit Shane zusammen war, fühlte sie sich schön und sexy, und sie begehrte ihn, wie sie noch nie einen Mann begehrt hatte. Wenn sie nicht inmitten von vielen Menschen auf einer Party gewesen wären, dann, so fürchtete sie, hätte sie diesem Verlangen hier und jetzt nachgegeben.

Dieser erschreckende Gedanke genügte, um Alyssa wieder zur Vernunft zu bringen. Sie bemühte sich, dem langsamen, verführerischen Tanz ein Ende zu bereiten, noch ehe das Lied vorüber war, indem sie sich aus der Umarmung zu lösen versuchte, doch Shane hielt sie fest.

Sie vermied es, seinen fragenden Blick zu erwidern, weil sie nicht wollte, dass er erfuhr, wie sehr sie sich zu ihm hingezogen fühlte und wie durcheinander sie war. „Ich ... ich muss gehen."

„Wohin?", fragte er mit einer Stimme, die verflixt anziehend klang.

„Ich muss zu meiner Verabredung." Sie traute sich endlich, ihn wieder anzuschauen, und bemerkte, dass er sie mit einer Intensität betrachtete, die sie nervös machte. „Es ist fast Mitternacht."

Als sie sich jetzt von ihm befreien wollte, ließ er sie zu ihrer großen Erleichterung gehen. Sie brauchte die körperliche Distanz dringend. Erleichtert eilte sie ins Haus, um ihr Tuch zu holen, sah, dass es nicht einmal mehr zehn Minuten bis zum neuen Jahr waren, und ging dann hinaus in den Rosengarten. Ein Augenblick Alleinsein half ihr vielleicht, ihr Gleichgewicht wiederzufinden und den Kopf frei zu bekommen, bevor ihr heimlicher Verehrer erschien.

Der Garten war groß und wunderhübsch angelegt. Auch wenn Alyssa die Gäste auf der Terrasse noch hören konnte, war es hier draußen herrlich ruhig, und nur der helle Mondschein wies ihr den Weg. Sie atmete langsam tief ein und aus und ging unruhig den schmalen Weg entlang. Die kühle Abendluft tat ihrem überhitzten Körper gut.

Kurz darauf hörte sie Schritte. Mit klopfendem Herzen drehte sie sich um, überzeugt davon, dass ihr heimlicher Verehrer vor ihr stehen würde. Stattdessen sah sie Shane auf sich zukommen. Es überraschte sie, dass er ihr in den Rosengarten gefolgt war, allerdings bezweifelte sie, dass der Mann, mit dem sie verabredet war, begeistert davon wäre, Shane hier zu treffen. Vorausgesetzt, er kam überhaupt.

„Was machst du denn hier draußen?", fragte sie vorsichtig.

Er trat zu ihr und strich zärtlich eine Locke aus ihrem Gesicht. „Ich wollte nur sichergehen, dass du okay bist."

„Mir geht es gut", antwortete sie und bekam schon wieder Schmetterlinge im Bauch, als sie ihn so nah bei sich spürte. „Allerdings habe ich das Gefühl, dass wir beide heute Abend wohl versetzt worden sind."

Er lächelte sie an. „Kein Mann, der noch bei Sinnen ist, würde dich versetzen, Alyssa."

Sie erschauerte und war sich nicht sicher, ob die kühle Luft dafür verantwortlich war. Viel wahrscheinlicher lag es an Shanes tiefer, ernst klingender Stimme.

„So langsam bezweifle ich das." Sie zog ihr Tuch noch enger um die Schultern und benutzte es nicht nur, um sich zu wärmen, sondern auch als eine Art Schutzschild gegen die Gefühle, die Shanes Nähe in ihr auslösten. „Ich habe gerade gehört, wie jemand gerufen hat, dass es nur noch zwei Minuten bis Mitternacht sind, und ich stehe hier mit dir im Rosengarten, nicht mit dem Mann, mit dem ich verabredet war, und zudem habe ich noch immer keine Ahnung, wer er ist."

Er schob die Hände in die Hosentaschen. Seine lässige Haltung stand in krassem Gegensatz zu dem entschlossenen Blick, mit dem er sie betrachtete. „Meinst du nicht, dass du ihn erkennen wirst, wenn du ihn siehst?"

Seine Worte überraschten sie, und sie musterte ihn mit zusammengekniffenen Augen. „Was meinst du damit?"

„Der Mann, auf den du wartest, könnte direkt vor dir stehen."

Alyssa dachte kurz nach. Da wird keine Vorstellung nötig sein, hatte ihr heimlicher Verehrer geschrieben. „Tut er das?", flüsterte sie.

Shanes Gesichtsausdruck veränderte sich nicht. „Was glaubst du?"

Die Gedanken wirbelten in ihrem Kopf herum, während ihr Einzelheiten ihres Online-Chats wieder einfielen. *Ich finde, du solltest wissen, dass ich dich sehr anziehend finde – und zwar schon seit geraumer Zeit ... Du hast wunderhübsche blaue Augen ... Ich mag dein Lachen. Es ist heiser und so sexy ... Dein Freund kann sich glücklich schätzen, die Nacht mit dir verbringen zu dürfen.*

Bei der Vorstellung, dass Shane die ganze Zeit ihr heimlicher Verehrer gewesen sein könnte, wurde ihr schwindelig.

„Himmel", hauchte sie geschockt. „Du bist ..."

„... der Richtige", antwortete er, bevor sie es tun konnte, und spielte dabei auf den Namen an, den er sich während der letzten Tage beim Chatten gegeben hatte.

Langsam verstand sie die tiefere, intimere Bedeutung.

Völlig verwirrt und überwältigt schüttelte sie den Kopf. „Ich verstehe das alles nicht. Was ist mit der Frau, die du beeindrucken wolltest?"

Ein kleines, hoffnungsvolles Lächeln erschien auf seinen Lippen. „Diese Frau bist du, Alyssa."

„Du hast all die Veränderungen an dir nur mir zuliebe vorgenommen?", fragte sie ungläubig. „Deine Kleidung, deine Frisur, dieses ganze neue Image ..."

Er nickte. „Weil ich hoffte, dass diese Veränderungen dir zeigen würden, dass ich all das sein kann, was du dir von einem Mann erträumst, charakterlich genauso wie äußerlich."

Ihr Herz begann heftig zu pochen, und Tränen brannten in ihren Augen, weil sie sich so sehr wünschte, dass er der richtige Mann für sie war. Sie wusste jedoch nicht, ob sie die Frau sein konnte, die er in seinem Leben brauchte. Außerdem interessierte seine trendige Kleidung und seine ordentliche Frisur sie nicht im Geringsten. Sie liebte ihn so, wie er war – egal, wie er aussah.

Himmel, sie liebte ihn! Mehr als einen Bruder, den sie nie hatte. Mehr als den besten Freund, der er war. Sie liebte alles an Shane.

Vom Haus her konnte sie hören, wie die Gäste im Chor den Countdown anstimmten. In zehn Sekunden würde ein neues Jahr beginnen.

Sie starrte Shane an, der geduldig vor ihr stand und darauf wartete, dass sie eine Entscheidung traf, dass sie etwas sagte oder tat, das ihn wissen ließ, wie es jetzt zwischen ihnen weitergehen sollte. Alyssa brachte kein Wort heraus. Shane, ihr bester Freund, hatte sich in ihren heimlichen Verehrer verwandelt. Er hatte sein Äußeres total umgekrempelt, nur um ihr zu gefallen. Er hatte ihr seine wahren Gefühle offenbart und musste jetzt mit der Möglichkeit rechnen, dass sie ihn abwies.

So schockierend die Erkenntnis auch war, sie hatte nicht die Absicht, das zu tun.

Schließlich war sie auch nur eine Frau, die sich nach Liebe und Zärtlichkeit sehnte. Sie wollte in dieser Nacht nicht allein sein. Wollte nicht allein in ihr leeres Bett zurückkehren, um dann von Shane zu träumen. Sie sehnte sich nach ihm, und dieses Verlangen ließ sich einfach nicht länger unterdrücken.

Die Gäste auf der Party jubelten und begannen das traditionelle „Auld Lang Syne" zu singen. Es war Mitternacht, das alte Jahr war zu Ende.

„Ich wünsche dir ein glückliches neues Jahr, Alyssa", sagte Shane, aber er machte keine Anstalten, sie zu umarmen, wie er es normalerweise getan hätte.

Nein, er wartete darauf, dass sie den ersten Schritt tat, in welcher Form auch immer.

Ihre Vernunft riet ihr, schnell zu verschwinden, bevor sie etwas tat, was sie später bereuen könnte, aber ihr Herz riet ihr, das zu tun, was sie sich schon seit Langem wünschte.

Bevor Alyssa es sich anders überlegen oder wieder zur Vernunft kommen konnte, stürmte sie auf Shane zu, schlang eine Hand um seinen Nacken und zog seinen Kopf zu sich herab. Der Kuss, den sie auf seine Lippen presste, war heiß, innig und leidenschaftlich. In diesem Moment war nichts weiter wichtig, als diesen Mann zu küssen – diesen Mann, der ihr alles bedeutete.

Ohne zu zögern, erwiderte Shane den Kuss. Er umschloss ihr Gesicht mit seinen warmen Handflächen und drehte ihren Kopf ein wenig, damit er den Kuss noch vertiefen konnte. Ihre Zungen trafen sich zu einem erotischen Tanz, und Alyssa schmiegte sich noch fester an Shane, berauscht von der Hitze seines Körpers. Ihre Becken waren aneinandergepresst, und sie konnte spüren, wie erregt und hart er war. Er verspürte das gleiche Verlangen, das sie zu verzehren drohte.

Außer Atem löste Shane sich schließlich von ihr und schaute ihr in die Augen. Der Ausdruck auf seinem Gesicht ließ keinen Zweifel an der Intensität seiner Gefühle für sie. „Ich begehre dich, Alyssa."

„Ich weiß." Die Worte kamen leise und zögernd, und es kostete Alyssa Mühe, die Angst zurückzuhalten. „Vielleicht ist es ein Fehler, aber ich begehre dich auch."

„Dann komm heute Nacht mit mir."

Es war eine schlichte Bitte, die keinen Zweifel daran ließ, worum er sie bat.

Ihre Antwort war genauso bedeutungsvoll. „Ja."

6. KAPITEL

Alyssa war schon häufig in Shanes Schlafzimmer gewesen, doch noch nie unter solch intimen Umständen. Sie standen vor dem Bett, und Shane hielt ihre Hände in seinen. Noch waren sie beide vollständig bekleidet, aber Alyssa konnte sich nicht erinnern, sich je so entblößt und so verletzlich gefühlt zu haben.

„Bist du dir sicher, Liebling?", fragte er, während er sanft mit den Daumen über ihre Fingerknöchel strich.

Liebling. Das war ein Kosewort, das er noch nie benutzt hatte. Schon jetzt gab es winzige Veränderungen in ihrer Beziehung, und dabei hatten sie noch nicht einmal miteinander geschlafen. Alyssa wollte gar nicht über die viel schwerwiegenderen Konsequenzen nachdenken, die der nächste Morgen mit sich bringen würde.

Sie entzog Shane ihre Hände und begann, die Nadeln aus ihrem Haar zu nehmen. Schließlich fielen die dichten Locken wie eine wilde Mähne auf ihre Schultern. „Diese Frage solltest du mir jetzt lieber nicht stellen, Shane", erwiderte sie. Wenn er ihr zu viel Zeit ließe, über eine Antwort nachzudenken, dann würde er vermutlich eine bekommen, die ihm nicht gefiel. Sie war sich im Moment nur sicher, dass sie diese Nacht mit ihm verbringen wollte. Mit allem anderen würde sie sich später beschäftigen.

„Ich möchte jetzt an nichts anderes als an dich und mich denken." Aufreizend langsam strich sie mit den Händen über seinen Oberkörper und fing an, die Knöpfe an seinem Hemd zu öffnen. Sein Jackett und die Krawatte hatte er schon abgelegt, kaum dass sie in seinem Haus angekommen waren, was die Aufgabe, ihn auszuziehen, natürlich sehr erleichterte.

„Heute Nacht möchte ich nicht denken, sondern nur fühlen."

Er belohnte sie mit einem wahnsinnig sexy Lächeln.

„Oh, das lässt sich einrichten."

Weil Alyssa wollte, dass es Shane genauso ging, öffnete sie den Kragen seines Hemds und presste ihr Gesicht an seinen Hals, um seinen warmen, markanten Duft einzuatmen. Nachdem alle Knöpfe geöffnet waren, schob sie das Hemd über seine breiten Schultern, wobei sie kleine, sanfte Küsse auf seinem muskulösen Oberkörper verteilte.

Shane stöhnte lustvoll und zuckte zusammen, als ihre Zunge erst über eine harte Brustwarze, dann über die andere schnellte. Anschließend richtete Alyssa sich wieder auf und eroberte seinen Mund noch einmal mit einem tiefen, sinnlichen Kuss. Gleichzeitig öffnete sie den dünnen Ledergürtel an seiner Hose. Auch Shane blieb nicht untätig. Entschlossen zog er den Reißverschluss ihres Kleides auf, sodass es langsam an ihrem Körper entlang zu Boden rutschte. Wenige Sekunden später lag auch seine Hose dort. Abgesehen von den Boxershorts, die das letzte Geheimnis hüteten, war er nackt. Alyssa konnte seinen herrlich athletischen Körper bewundern, während sie in ihrem hauchdünnen BH aus feinster Spitze und einem seidenen Slip vor ihm stand.

Schwer atmend löste Shane sich ein wenig von ihr, dabei schien er sie mit seinen Blicken zu verschlingen. Seine Augen schimmerten, während er lustvoll mit einer Fingerspitze über die Oberseite ihrer Brüste strich, bis hinunter zum Frontverschluss ihres BHs, den er ohne zu zögern öffnete. Die Körbchen fielen auseinander und gaben ihre schweren, empfindlichen Brüste seinem Blick preis.

Fast ehrfurchtsvoll schob er die Träger über ihre Schultern. „Ich habe mein Leben lang darauf gewartet, deine Brüste zu sehen ... sie zu berühren", murmelte er, während er sanft die aufgerichteten Brustwarzen liebkoste, dann schloss er beide Hände um die prallen Rundungen.

Jetzt entschlüpfte Alyssa ein lustvolles Stöhnen, weil sich seine warmen Hände auf ihren Brüsten so gut anfühlten, genauso wie die leicht rauen Daumen, mit denen er die Brustwarzen streichelte. Mit fahrigen Bewegungen ließ sie ihre Hände über seinen Rücken gleiten, schob ihre Finger unter das Bündchen seiner Boxershorts und legte ihre Hände auf seinen festen Po. Sein Atem ging schneller, und sie schmiegte sich an ihn, sodass ihre Brüste gegen seinen Oberkörper gepresst wurden. Langsam sank sie auf die Knie, wobei sie eine Spur kleiner Küsse über seine Brust und seinen Bauch zog. Schließlich kniete sie vor Shane und war auf Augenhöhe mit der beeindruckenden Wölbung, die sich unter seiner Boxershorts abzeichnete. Spielerisch biss sie ihn durch den Baumwollstoff, hörte, wie er ein kehliges Stöhnen von sich gab, und zog endlich die letzte Barriere hinunter, um ihn wirklich berühren zu können.

Er schob eine Hand in ihr Haar und zog sanft ihren Kopf zurück, damit sie ihn anschaute. „Alyssa", flüsterte er atemlos, „das musst du nicht tun."

Sie strich langsam und aufreizend mit der Zunge über ihre Lippen. „Ich möchte es aber."

Im nächsten Augenblick glitten die Boxershorts zu Boden, und sie konnte den Anblick seines herrlich nackten Körpers genießen, der heiß und erregt war. Sie umfasste seine Erektion und berührte sanft die feuchte Spitze. Instinktiv drängte Shane ihr das Becken entgegen, und sie lächelte, während sie ihn langsam in den Mund nahm. Er war weich und hart zugleich, und sie brauchte nicht lange, um zu entdecken, welcher Rhythmus und welcher Druck nötig waren, um ihn so weit zu treiben, dass er fast die Beherrschung verlor.

Shane zitterte und verstärkte den Griff in ihr Haar, um sie wieder hochzuziehen. Weil sie ihn in sich spüren wollte, wenn er kam, befolgte sie seine stumme Bitte.

„Himmel, was hast du für einen unglaublichen Mund!", sagte er rau und strich mit dem Daumen über ihre noch feuchte Unterlippe. „Jetzt bin ich an der Reihe. Komm."

Alyssa, die noch immer mit ihrem Slip bekleidet war, legte sich aufs Bett. Shane folgte ihr. Seine Knie umfingen ihre Schenkel, und mit den Händen stützte er sich neben ihrem Kopf ab. Seine Augen waren dunkel, und er betrachtete sie mit glutvollem Blick. „Erinnerst du dich, was ich dir während unseres Chats gesagt habe? Dass das Küssen das Beste am Vorspiel ist und dass ich all diese sensiblen, erotischen Stellen so gerne küsse?"

Ihr Hals, ihre Brüste, ihr Bauch, die Schenkel, all diese Körperteile begannen vor Erwartung zu kribbeln. „Ja."

„Gut, denn ich habe vor, jede einzelne Stelle zu küssen."

Unverzüglich machte er sich daran, sein Versprechen einzulösen. Er begann mit ihrem Mund und strich mit seinen Lippen zärtlich über ihre. Ein Kuss folgte dem anderen, bis Alyssa nicht nur außer Atem war, sondern das Gefühl hatte, ihr Körper wäre schwerelos, so federleicht fühlte sie sich. Begierig drängte sie sich ihm entgegen und konnte es kaum erwarten, seine heißen Lippen auf ihrem Körper zu spüren.

Shane ließ sich jedoch Zeit und kostete jede Berührung aus. Dann liebkoste er ihren Hals mit seinen Lippen und der Zunge und strich über ihre Kehle hinunter bis zu ihren Brüsten, die er verspielt mit kleinen zarten Bissen reizte. Sie krallte ihre Finger in das Laken und wand sich ungeduldig unter ihm. Als er endlich die Lippen um eine ihrer harten Brustwarzen schloss, seufzte Alyssa erleichtert auf. Seinen warmen, feuchten Mund auf ihrer Brust zu spüren, seine Zunge, die um die empfindliche Brustwarze kreiste, war ein unglaublich köstliches Gefühl.

Er folgte der Rundung ihrer Brust mit den Lippen, biss hin und wieder spielerisch zu, drückte kleine Küsse auf jede ihrer Rippen und erkundete mit seiner Zunge ihren Bauchnabel. Als er am Bündchen ihres Slips angekommen war, hatte Alyssa das Gefühl, gleich zu vergehen. Sie glaubte, es keinen Moment länger aushalten zu können.

Shane lächelte sie wissend an und befreite sie von ihrem letzten Kleidungsstück. Als Alyssa nackt vor ihm lag, schob er sich zwischen ihre Schenkel und bat sie mit sanftem Druck seiner Hände, sich für ihn zu öffnen. Sie spreizte die Beine, und er strich mit den offenen Handflächen über ihre Oberschenkel, während er gleichzeitig eine Spur heißer Küsse über ihren Bauch zog, bis sich Mund und Finger im Dreieck ihrer Schenkel trafen. Seine Daumen öffneten sie für ihn. Erst spürte sie seinen heißen Atem, dann den langsamen, trägen Schlag seiner Zunge. Gleichzeitig drang er mit zwei Fingern in sie ein. Er gab ihr den tiefsten, feuchtesten und heißesten Kuss, den sie je bekommen hatte.

Das Stöhnen, das ihr entfuhr, zeugte von ihrer Zufriedenheit. Alyssa genoss Shanes selbstlose Liebkosungen, krallte ihre Finger in sein kurzes Haar und hob das Becken, um ihm noch näher zu sein. Der Höhepunkt überrollte sie mit einer Heftigkeit, die sie nicht für möglich gehalten hätte, und sie gab sich dieser unfassbaren Erlösung mit einem heiseren Schrei hin.

Sie keuchte und rang heftig nach Atem, weil der Höhepunkt sie völlig erschöpft und ausgelaugt hatte. Als sie langsam wieder klar denken konnte, bemerkte sie, dass Shane sich ein Kondom überstreifte. Dann schob er sich auf sie, verschränkte seine Finger mit ihren und stützte sich mit den Unterarmen neben ihrem Kopf ab. Instinktiv schlang Alyssa die Beine um seine Hüfte und schloss die Augen, als sie seine Erektion zwischen ihren Beinen spürte.

„Mach die Augen auf, und schau mich an, Alyssa", bat er mit tiefer, heiserer Stimme.

Weil sie ihm nichts abschlagen konnte, gehorchte sie, und ihre Blicke trafen sich. Alyssa sah, wie aufgewühlt er war und wie tief seine Gefühle für sie waren, und bekam Herzklopfen.

„Ich liebe dich", sagte er, senkte den Kopf und küsste sie zärtlich, während er in sie eindrang und ihren Körper genauso eroberte, wie er ihr Herz erobert hatte.

Während er sie im wahrsten Sinne des Wortes liebte und sie erneut in seinen Armen auf dem Höhepunkt erschauerte, erkannte Alyssa, dass sie nie mehr dieselbe sein würde.

Genauso wie ihre Freundschaft sich vollkommen verändern würde.

Shane schlief mit Alyssa in den Armen ein. Sie hatte sich an seine Seite geschmiegt, einen Arm über seinen Oberkörper gelegt, und ihre Beine waren miteinander verschlungen. In den frühen Morgenstunden wachte er auf, als sie leise und vorsichtig aus dem Bett zu schlüpfen versuchte, um ihn nicht zu stören.

Als sie sich noch einmal umdrehte, um ihn anzuschauen, schloss er schnell die Augen, weil er ohne Zweifel wusste, dass sie vorhatte, ihn zu verlassen, und zwar ohne dass er aufwachte. Sie wollte einer vermeintlich unangenehmen Situation am Morgen danach aus dem Weg gehen, und er hielt es für besser, ihre Pläne nicht zu durchkreuzen. Würde er jetzt eine Konfrontation heraufbeschwören, verschloss sich Alyssa ihm gegenüber womöglich völlig. Er kannte sie gut genug, um zu wissen, dass sie so reagierte, und er war nicht so dumm zu glauben, dass seine Liebeserklärung in der Nacht daran etwas änderte.

Er lauschte auf ihre Bewegungen, als sie im Zimmer umherging und ihre Sachen zusammensuchte. Ihr heimliches Verschwinden enttäuschte ihn, kam jedoch nicht überraschend. Er hörte sie den Flur entlang zum Wohnzimmer gehen und leise ein Taxi bestellen. Dann kam sie noch einmal ins Schlafzimmer.

Er spürte, dass sie neben dem Bett stand, und es kostete ihn die größte Selbstbeherrschung, nicht die Augen zu öffnen und sie zum Bleiben zu bewegen.

Ein leises Geräusch, das wie ein unterdrücktes Schluchzen klang, versetzte ihm einen Stich. Dann flüsterte Alyssa mit sanfter, schmerzerfüllter Stimme: „Ich liebe dich, Shane. So sehr, dass es wehtut."

Offensichtlich wusste sie nicht, was sie mit diesen Gefühlen anfangen sollte. Sie hatte Angst davor, jemanden zu lieben. Angst, dass diese Emotionen unerträglich werden könnten, dass sie sich niemals erholen würde, wenn der Person, die sie liebte, etwas zustoßen sollte.

Shane hatte Alyssa in der vergangenen Nacht alles gegeben, hatte sich ihr mit Leib und Seele hingegeben und ihr sein Herz geschenkt. Jetzt gab es nichts mehr, was er noch tun konnte, um sie davon zu überzeugen, dass sie eine gemeinsame Zukunft haben konnten. Es lag an ihr, an sich selbst zu glauben und an ihn. Sie musste aus freien Stücken zu ihm kommen, beziehungsweise bereit sein, ihn auf halbem Wege zu treffen. Vor allem musste sie willig sein, ihm zu vertrauen, ihm und den Gefühlen, die sie miteinander teilten.

Bis es so weit war, konnte er nichts anderes tun, als der Freund zu sein, der er immer für sie gewesen war – auch wenn ihm das längst nicht mehr genügte.

Alyssa kehrte nach ihrer gemeinsamen Nacht mit Shane nach Hause zurück und hatte ein schlechtes Gewissen, weil sie sich heimlich davongeschlichen hatte. Es war ein Gefühl der Panik gewesen, das sie angetrieben hatte. Sie brauchte Zeit und Distanz, um mit der Tatsache fertig zu werden, dass sie mit ihrem besten Freund geschlafen hatte – und mit der Erkenntnis, wie sehr sie ihn tatsächlich liebte.

Was bedeutet das alles für unsere Freundschaft und für die Zukunft? fragte sie sich.

Natürlich wusste sie, dass sie einem Gespräch darüber mit Shane nicht ewig aus dem Weg gehen konnte. Genauso, wie sie nicht so tun konnte, als hätte es die vergangene Nacht nicht gegeben. Das hatte sie auch nicht vor. Sie hatte ganz bewusst die Entscheidung getroffen, mit Shane zu schlafen, und für diese Entscheidung und für ihr Handeln übernahm sie auch die volle Verantwortung, unabhängig davon, was letztendlich dabei herauskam.

Sie duschte und zog sich an. Dann fuhr sie zu ihrer Mutter, um sich zusammen mit ihr die Neujahrsparade im Fernsehen anzuschauen – eine jährliche Tradition, die Alyssa vor Jahren ins Leben gerufen hatte, um zumindest ein wenig Zeit mit ihrer Mutter zu verbringen. Von sich aus initiierte ihre Mutter nichts, also musste sie sich darum kümmern.

Zwanzig Minuten später marschierte sie ins Haus von Beth Harte. Mit einer Schachtel Muffins zum Frühstück in der Hand ging sie in die Küche, wo sie ihre Mutter herumwerkeln hörte. Die stellte gerade zwei Becher auf den Tresen neben der Kaffeemaschine. Als Alyssa hereinkam, drehte sie sich um und lächelte sie an.

Alyssa trat zu ihrer Mutter und gab ihr einen Kuss auf die Wange. Selbst mit Mitte fünfzig war Beth Harte noch eine schöne Frau, und wieder einmal dachte Alyssa, dass es eine Schande war, dass sie nie wieder geheiratet hatte. „Hallo, Mom. Frohes neues Jahr."

„Das wünsche ich dir auch, Liebes." Ihre Mutter lächelte noch immer, schenkte ihnen beiden Kaffee ein und tat Milch und Zucker dazu. „Es ist immer schön, dich zu sehen, aber du weißt, du musst nicht den ganzen Tag mit mir verbringen."

Alyssa verdrehte die Augen und stellte die Schachtel mit den Muffins auf den Tresen. „Und was ist, wenn ich es gern möchte?"

Ihre Mutter zuckte mit den Schultern. „Ich dachte nur,

dass du am Neujahrstag sicherlich etwas Besseres zu tun hast, als den Babysitter für deine Mutter zu spielen."

„Ich betrachte meine Besuche bei dir nicht als Babysitten." Alyssa holte zwei kleine Teller aus dem Küchenschrank und legte jeweils einen der Blaubeermuffins mit Streuseln darauf. „Ist es für dich so abwegig, dass ich den Tag vielleicht gern mit dir verbringe?"

Der Blick, den ihre Mutter ihr zuwarf, war voller Wärme. „Ich freue mich darüber, das weißt du sicherlich."

Nein, das hatte Alyssa nicht gewusst. Ihre Stimmung hob sich bei dem Gedanken, dass ihre Besuche ihrer Mutter zumindest eine kleine Freude bereiteten.

Sie nahmen ihr Frühstück mit ins Wohnzimmer, wo der Fernseher bereits lief, und setzten sich nebeneinander auf die Couch. Gemeinsam schauten sie sich die Rosenparade an, während sie die Muffins genossen und ihren Kaffee tranken. Gelegentlich kommentierten sie die hübschen und einzigartigen Wagen, die in diesem Jahr vorüberzogen. Wie immer blieb ihre Unterhaltung locker und oberflächlich – eher wie ein Gespräch zwischen flüchtigen Bekannten als zwischen Mutter und Tochter.

Alyssa seufzte innerlich und sah sich im Wohnzimmer um. Es erinnerte sie an das einsame Leben, das ihre Mutter seit dem Tod ihres Vaters führte. Sie wohnte noch immer in dem Haus, das sie und ihr Mann nach ihrer Hochzeit gekauft hatten, im selben Haus, in dem sie ihre Tochter allein großgezogen hatte. In all den Jahren hatte sich kaum etwas verändert.

Selbst die Möbel hatten die beiden noch zusammen gekauft, und auch die Fotos von ihrem Vater und von ihr waren dieselben wie damals. Es war, als wäre die Zeit an dem Tag stehen geblieben, als ihr Mann starb. Wie immer waren die Vorhänge vor dem Fenster zugezogen, als hätte ihre Mutter Angst, der helle, heitere Sonnenschein könnte die kostbaren Erinnerungen vertreiben.

Beth Harte war so sehr in der Vergangenheit gefangen, dass sie die Gegenwart nicht sehen konnte. In dem Moment, als Alyssa das erkannte, wurde ihr klar, dass sie selbst auch die Ängste und Unsicherheiten, die sie in der Vergangenheit geprägt hatten, loslassen musste. Wenn sie es nicht tat, würde sie so enden wie ihre Mutter – einsam und entfremdet von allen Freunden. Schmerz und Angst würden ihr Leben bestimmen.

Es war eine unglaubliche Erkenntnis, die auf die wunderbare und bedeutsame Nacht mit Shane folgte, und Alyssa versuchte, diese überwältigende Erleuchtung zu verarbeiten. Jetzt war es an der Zeit, Antworten auf all die Fragen zu verlangen, die sie niemals den Mut gehabt hatte, ihrer Muter zu stellen. Die Erklärungen, die ihre Mutter ihr hoffentlich geben würde, verhalfen ihr vielleicht zu mehr Einsicht, was ihre eigenen Unsicherheiten und Ängste betraf.

Sie blickte von der Parade im Fernseher zu ihrer Mutter, die die Feierlichkeiten zum Neujahr zu genießen schien.

„Mom, warum hast du dich nach Dads Tod eigentlich nie mit anderen Männern getroffen?"

Ihre Mutter sah einen Moment lang überrascht aus und schwieg dann so lange, dass Alyssa schon fürchtete, dass sie keine Antwort erhalten würde. Dann huschte ein dunkler Schatten über das Gesicht ihrer Mutter.

„Weil ich meine einzige große Liebe schon getroffen und geheiratet hatte. Und als dein Dad starb, habe ich mich von diesem Verlust niemals mehr erholt."

Alyssa hatte die Verzweiflung ihrer Mutter aus nächster Nähe miterlebt und stets ganz bewusst darauf geachtet, sich niemals selbst solch einem Schmerz auszusetzen. Das hatte jedoch dazu geführt, dass in ihrem Leben etwas fehlte. Jetzt wünschte sie, sie würde ein an Gefühlen reicheres Leben führen. Deshalb interessierten sie noch ein paar andere Dinge.

„Hast du dir jemals gewünscht, du wärest von solchem Schmerz verschont geblieben? Wenn du Dad nicht so sehr geliebt hättest, wäre der Schmerz nicht so heftig gewesen und du hättest dich vielleicht noch einmal verlieben können, oder?"

Ein kleines, wehmütiges Lächeln ließ die Gesichtszüge ihrer Mutter weich werden. „Ich bereue es nicht, deinen Vater so geliebt zu haben, wie ich ihn geliebt habe. Wie ich ihn noch immer liebe. Diese Art von Liebe, selbst wenn man sie nur einmal findet, war all den Schmerz wert. Das, was wir miteinander geteilt haben, war wunderbar, auch wenn uns nur eine kurze Zeit miteinander vergönnt blieb."

Alyssa wollte in ihrem Leben nichts bereuen müssen. Wenn sie Shane und sich jedoch keine Chance gab, dann, davon war sie felsenfest überzeugt, wäre das etwas, das sie ihr Leben lang bereuen und sich vermutlich niemals verzeihen würde.

„Ich weiß, dass du dir ständig Sorgen um mich machst, weil ich immer allein bin", fuhr ihre Mutter fort, „aber für mich ist dieses Leben okay. Ich will es nicht anders."

Wenn ihrer Mutter dieses einsame Leben nichts ausmachte, warum sollte sie, ihre Tochter, sich dann deswegen Sorgen machen oder versuchen, etwas daran zu ändern?

Endlich verstand sie, dass ihre Mutter sich bewusst dieses Leben ausgesucht hatte und niemanden an sich heranlassen wollte – nicht einmal ihre eigene Tochter.

Ihre Mutter war völlig zufrieden damit, allein zu sein, aber sie wollte nicht allein bleiben. Das war der Unterschied zwischen ihnen. Und jetzt musste sie die notwendigen Schritte unternehmen, um das zerstörerische Verhaltensmuster zu durchbrechen, das ihr Leben schon viel zu lange bestimmte.

„Ich weiß auch, dass ich nicht unbedingt eine gute Mutter gewesen bin", sagte Beth und unterbrach Alyssas Gedanken, „aber ich wollte immer, dass du glücklich wirst. Und ich möchte, dass du dich verliebst, denn es ist das wunderbarste Geschenk für einen Mann und eine Frau. Wenn es die wahre Liebe ist, dann gibt es auf Erden nichts Schöneres."

Das war es, was sie sich immer von ihrer Mutter gewünscht hatte – Zuneigung, Rat, Fürsorge. Sie hatte nie wirklich an der Liebe ihrer Mutter gezweifelt, aber jetzt konnte sie sie endlich einmal spüren – allerdings machte sie sich nichts vor – diese Offenheit und diese Vertraulichkeit bildeten eine Ausnahme.

Weil es der richtige Augenblick zu sein schien und ihre Unterhaltung eine tiefere und emotionalere Wendung genommen hatte, als Alyssa sich je hätte vorstellen können, sagte sie ihrer Mutter die Wahrheit: „Ich bin verliebt."

„Oh?" Ihre Mutter musterte sie fragend. „In wen?"

Alyssa spürte, dass sie rot wurde. Sie dachte an den wunderbaren Mann, der vorgegeben hatte, ihr heimlicher Verehrer zu sein, und der sein Äußeres drastisch verändert hatte, nur um ihr zu gefallen. All das wäre gar nicht nötig gewesen, aber das Ganze hatte seinen Zweck erfüllt, denn damit hatte er ihre Aufmerksamkeit erregt.

„In Shane."

Ein kleines Lächeln erschien auf den Lippen ihrer Mutter, obwohl sie von diesem Geständnis nicht sonderlich überrascht schien. „Weiß er es schon?"

Alyssa schüttelte den Kopf. „Nein. Noch nicht."

„Weißt du, was ich denke?", fragte ihre Mutter sanft.

„Was?"

„Ich denke, du solltest deinem Herzen folgen, auf deinen Instinkt vertrauen und zu Shane gehen und ihm sagen, was du für ihn empfindest."

Alyssa musste zugeben, dass ihre Mutter, auch wenn sie schon lange allein lebte und sich einer zweiten Liebe verschlossen hatte, in Herzensangelegenheiten eine gute Ratgeberin war.

Erleichtert strahlte sie sie an. „Das ist eine gute Idee."

Betend, dass sie ihre Chancen bei Shane nicht vollkommen zunichtegemacht hatte, klopfte Alyssa an seine Haustür. Sie hoffte inständig, er nahm es ihr nicht übel, dass sie sich am Morgen davongeschlichen hatte.

Es dauerte eine Weile, und als Shane öffnete, bemerkte Alyssa den überraschten Ausdruck auf seinem Gesicht, bevor er schnell eine gleichgültige Miene aufsetzte. Nur spärlich bekleidet mit einer Jeans stand er vor ihr. Sie musste zugeben, dass er ihr so noch besser gefiel als so herausgeputzt, wie er für die Silvesterparty gewesen war, zumal sein Haar noch zerzaust war von der Nacht, die sie gemeinsam verbracht hatten.

„Hallo", sagte er so lässig, dass sie keine Rückschlüsse

auf seine Gefühle ziehen konnte. „Wolltest du nicht eigentlich bei deiner Mom sein und dir mit ihr die Rosenparade anschauen?"

Alyssa trat nervös von einem Bein auf das andere. „Ich war schon bei ihr, aber du und ich, wir müssen noch ein paar Dinge klären."

„Okay", meinte er nur und hielt ihr die Tür auf. „Komm rein."

Sie ging an ihm vorbei und spürte, dass er auf der Hut war, weil er nicht wusste, was er von ihr halten sollte. Da hatten sie das gleiche Problem, denn ihr ging es ähnlich.

Shane ließ sich auf dem Sofa nieder und breitete die Arme auf der Rückenlehne aus. Alyssa dagegen lief im Zimmer auf und ab und versuchte, all die überschüssige Energie loszuwerden, die sich in ihr angestaut hatte. Gleichzeitig bemühte sie sich, das schnelle Klopfen ihres Herzens zu besänftigen und die Unsicherheit, die sie zu überwältigen drohte, zu bekämpfen.

„Also, was gibt's?", fragte Shane mit ruhiger, schwer zu deutender Stimme.

Alyssa fand es geradezu paradox, dass er so tat, als wäre in der vergangenen Nacht nichts passiert. Wäre sie nicht so nervös, weil sie nicht wusste, wohin diese Unterhaltung führen würde, hätte sie gelacht.

„Es gibt da ein paar Dinge, die ich dir sagen muss."

„In Ordnung." Er schaute sie offen an. „Ich höre."

Er wollte es ihr anscheinend nicht leicht machen, und das konnte sie ihm nicht einmal verdenken. Sie musste einiges erklären und sich entschuldigen. Das war das Mindeste, was sie tun konnte.

„Du bist der Mensch in meinem Leben, der immer da

war und auf den ich mich immer verlassen konnte", begann sie, weil sie ihn wissen lassen wollte, wie viel er ihr bedeutete. „Du bist mein bester Freund, und ich möchte dich niemals verlieren."

Shane hörte sich gespannt Alyssas kleine Rede an. Als sie vor seiner Tür aufgetaucht war, hatte er vorsichtig Hoffnung geschöpft, doch ihre Worte über Freundschaft verhießen nichts Gutes. Die Richtung, die die Unterhaltung nahm, gefiel ihm nicht unbedingt, und wenn sie es wagen sollte, ihm zu erklären, dass das, was sie in der vergangenen Nacht getan hatten, ein Fehler war, dann würde er sie zu sich auf die Couch ziehen und ihr beweisen, wie gut sich ein Fehler anfühlen konnte.

„Als ich heute Morgen bei meiner Mutter war, habe ich einige Dinge erkannt", sagte sie und ging weiter vor dem Fernseher hin und her. „Ich sah, wie sie ihr Leben seit dem Tod meines Vaters gelebt hat, und wusste auf einmal, dass ich nicht allein alt werden möchte, ohne jemals eine enge, liebevolle Beziehung gehabt zu haben. Selbst wenn es bedeutet, dass ich vielleicht irgendwann einmal verletzt werde oder einen schmerzhaften Verlust verkraften muss. Es war die Entscheidung meiner Mutter, ihr Leben allein zu verbringen, und ich möchte mich nicht länger davon beeinflussen lassen."

Allein wegen dieser Aussage war Shane stolz auf sie. Sie stand für sich selbst ein und war die starke und mutige Frau, die er immer in ihr gesehen hatte.

„Und was ist es, was du möchtest, Alyssa?"

Das sehnsuchtsvolle Lächeln, das auf ihrem Gesicht erschien, versetzte ihm einen Stich. „Ich wünsche mir einen

Ehemann. Ich möchte Kinder haben. Und ich wünsche mir eine Familie, wie ich sie nie gehabt habe."

Das Bild, das sie zeichnete, war nett, doch leider, stellte Shane fest, war von ihm noch keine Rede gewesen.

„Und was ist mit deinem Vorsatz für das neue Jahr?", fragte er, weil er wissen wollte, worauf sie aus war – und welche Rolle er in ihren Zukunftsplänen spielte.

„Oh, ich habe vor, mich daran zu halten", erklärte sie und kam selbstbewusst mit schwingenden Hüften auf ihn zu. Sie kniete sich vor ihn, legte die Hände auf seine gespreizten Knie und schaute ihm in die Augen. „Ich bin noch immer wild entschlossen, mich einer innigen Beziehung zu öffnen. Mich *dir* zu öffnen, Shane. Meinem besten Freund. Meinem Kameraden. Und jetzt meinem Geliebten."

Er wollte etwas sagen, doch sie hielt ihn auf, indem sie einen Finger auf seine Lippen legte.

„Ich dachte daran, dass du mein heimlicher Verehrer warst, was ich anfangs, das muss ich zugeben, äußerst aufregend fand", fuhr sie fort und streichelte sanft und voller Hingabe sein Kinn. „Ich dachte daran, was du alles für Veränderungen an dir vorgenommen hast. Nur für mich. Deine Kleidung. Deine Frisur. Und weißt du was? Auch wenn ich dir dankbar bin, dass du dir so viel Mühe gegeben hast, um mir zu zeigen, was ich dir bedeute, ist mir das alles nicht wichtig. Das Einzige, was zählt, ist, dass du der Mann bist, der mein Herz kennt, meine Seele, meine Geheimnisse, und dass du mich liebst, so wie ich bin. Mit all meinen Marotten, meinen Komplexen und mit meiner Unsicherheit."

Sanft nahm er ihre Hände und legte ihre Handflächen

direkt auf sein klopfendes Herz. „Ja, das tue ich."

„Du verkörperst alles, was ich mir vom Leben erhoffe, alles, was ich brauche", wisperte sie. „Ich glaube, dass ich das schon immer wusste. Ich war nur zu ängstlich, um dir und uns eine Chance zu geben."

„Und jetzt?"

Sie schaute ihn mit ihren großen blauen Augen an, und in diesem Blick entdeckte er eine Vielzahl von Emotionen.

„Jetzt möchte ich wissen, ob du bereit bist, mir eine Chance zu geben, denn ich bin diejenige, die die meisten Komplexe von uns beiden hat."

Darüber musste er lachen. „Ich habe dir schon vor langer Zeit eine Chance gegeben, Alyssa, trotz all deiner Komplexe. Und ich habe nicht die Absicht, jetzt meine Meinung zu ändern." Er schob seine Hände unter ihre Arme, damit er Alyssa auf seinen Schoß ziehen konnte. Willig schmiegte sie sich an ihn und schlang die Arme um seinen Nacken. „Und wenn du bereit bist, dann heiraten wir."

Sie biss sich auf ihre zitternde Unterlippe, und in ihren Augen schimmerten Tränen. „Ich liebe dich, Shane", flüsterte sie.

„Ich weiß", erwiderte er selbstsicher.

„Du weißt es?" Sie hob eine ihrer fein gezeichneten Brauen. „Woher?"

Jetzt musste er beichten. „Ich habe dich heute Morgen gehört, bevor du weggegangen bist. Als du gedacht hast, ich schlafe noch. Da hast du mir gesagt, dass du mich liebst und wie sehr es dich schmerzt." Er streichelte ihre Hüfte und strich über ihre Oberschenkel, während er sich wünschte, er könnte ihre nackte Haut liebkosen statt des weichen Jeansstoffes. „Liebe sollte nicht wehtun, Alyssa.

Und ich werde alles daransetzen, damit du die Liebe mit all den guten Zeiten verbindest, die wir zusammen verbracht haben, mit dem Lachen und diesem hier." Er eroberte ihren Mund und gab ihr einen innigen Kuss, in den er all seine Gefühle für sie einfließen ließ, bis sie außer Atem gegen seine Brust sank.

Shane hob den Kopf und sah, dass Alyssa ihn mit einem verträumten Lächeln anschaute.

„Dieser Teil gefällt mir ausgesprochen gut", murmelte sie.

Ihm gefiel er auch. Das neue Jahr war voller Verheißungen und versprach ein ganz besonderes Jahr für sie beide zu werden.

„Da ist noch viel mehr zu holen, wo das herkam", versprach er und drückte liebevoll ihren Po. „Was hältst du davon, wenn wir den Tag im Bett verbringen, damit ich dir zeigen kann, wie sehr ich dich liebe?"

Alyssa seufzte glücklich. „Worauf warten wir noch?", fragte sie mit einem verführerischen Lächeln.

– ENDE –

Jacquie D'Alessandro

Küss mich, Weihnachtsmann!

Roman

Aus dem Amerikanischen von
Christian Trautmann

1. KAPITEL

Merrie Langston zog hastig den Reißverschluss ihres Weihnachtskostüms aus hellrotem Samt hoch, setzte sich die dazu passende Mütze mit dem weißen Fellbesatz auf und lief aus dem Lagerraum nach vorn in ihren Laden. Sie wagte einen kurzen Blick auf die Uhr an der Wand und zuckte zusammen. Sie würde zu spät kommen – wieder einmal.

Sie schnappte sich ihre Handtasche, eine Tupperdose und ein Tablett mit Plätzchen, über die sie Zellophan gewickelt hatte, und eilte zur Tür hinaus. Die kleinen Glöckchen an ihren Schuhen, die perfekt zu dem Elfenkostüm passten, bimmelten leise, als sie auf den Gehsteig hinaustrat. Während sie die Tür abschloss, balancierte sie das Tablett und die Dose in einer Hand. Ihre rote Strumpfhose bot wenig Schutz gegen den kalten Wind, der ihren kurzen Rock hochwehte. Obwohl sie fröstelte, lächelte sie, denn vielleicht würde Lansfare, Georgia, nach zwei Jahrzehnten endlich wieder eine weiße Weihnacht beschert werden.

Nachdem sie den Kampf mit dem Türschloss gewonnen hatte, musste sie einfach einen Moment stehen bleiben und ihre bescheidene Ladenfront bewundern. Der Name ihres Geschäfts, Perfect Parties, stand mit leuchtender, festlich roter Farbe auf der Glastür. Der Schriftzug wurde flankiert von Weihnachtssternen und Stechpalmen, die sie selbst gemalt hatte. Zweige mit glänzenden roten Beeren und funkelnden Lichtern sowie ein halbes Dutzend goldener Schleifen schmückten das Schaufenster. Der fröhlich bunte Weihnachtsbaum im Verkaufsraum hieß jeden Besucher willkommen.

Merrie war stolz, denn ihr Laden sah großartig aus. Dafür hatte sie hart und mit Hingabe gearbeitet.

Nun aber genug getrödelt, sagte sie sich, nachdem sie ausgiebig alles bewundert hatte. Sie war ohnehin schon viel zu spät dran. Zum Glück hatte sie es nicht weit bis zu ihrer Verabredung.

Mit bimmelnden Schuhen eilte sie den Gehweg entlang und grüßte freundlich die Weihnachtseinkäufer, die der beißenden Kälte trotzten. Sie kannte nur Mr Atkens, dem sie fröhlich zuwinkte, alle anderen waren Fremde, was an einem Freitag vor Weihnachten nichts Ungewöhnliches war. Auf der Hauptstraße herrschte dichter Verkehr. Dank geschickter Werbung und Mundpropaganda zog die idyllische Innenstadt von Lansfare mit ihren ausgefallenen Geschäften immer mehr Leute aus den Nachbargemeinden und dem nahe gelegenen Atlanta an.

Ein erneuter eisiger Windstoß traf Merrie, sodass sie ihre Mütze mit der tennisballgroßen Bommel festhalten musste, damit sie nicht davonflog. Sie beschleunigte ihre Schritte, und Sekunden später erreichte sie die letzte Ladenfront dieses Häuserblocks in der Main Street. Auf der Tür standen in düsteren schwarzen Druckbuchstaben die Worte: Tom Farrell, staatlich geprüfter Steuer- und Finanzberater.

Noch während sie mit dem Messingtürknopf kämpfte, öffnete sich die Tür nach innen, und Merrie wurde von einer kalten Windbö praktisch in das warme Büro geweht.

Mit einem Auge – da ihre Mütze inzwischen schief saß – betrachtete sie Tom, der die Tür zumachte. Beim Anblick seiner breiten Schultern musste sie sich ein schwärmerisches Seufzen verkneifen. Für einen Steuerberater, der den ganzen Tag hinter dem Schreibtisch saß, war der Mann ausgesprochen gut gebaut. Jedenfalls füllte er die schwarze Hose und das weiße Hemd sehr ansehnlich aus.

Da er ihr Kostüm musterte, hatte sie Gelegenheit, ihn ihrerseits in Ruhe zu betrachten. Sein volles dunkles Haar, normalerweise sorgfältig frisiert, sah aus, als wäre er aufgebracht mit beiden Händen hindurchgefahren. Sie fragte sich, ob es etwas damit zu tun hatte, dass sie zehn Minuten zu spät aufgetaucht war. Vermutlich. Sie kannte Tom seit zwei Jahren, seit sie ihr Geschäft eröffnet und ihn als Steuerberater engagiert hatte, deshalb wusste sie, wie genau er es mit der Pünktlichkeit nahm. Dabei war ihr Pünktlichkeit genauso wichtig. Sie hasste es, zu spät zu kommen – leider passierte es ihr trotzdem dauernd.

Falls er verärgert war, sah man es seinen haselnussbraunen Augen zumindest nicht an. Diese Augen hatten ihr bei ihrer ersten Begegnung am besten gefallen, obwohl sein kräftiges Kinn, die gerade Nase und die hohen Wangenknochen ein insgesamt sehr attraktives Gesicht ergaben. Seine Augen blickten freundlich und intelligent, ein geduldiger Ausdruck lag in ihnen. Besonders faszinierend fand Merrie, dass sie die Farbe zu wechseln schienen, je nachdem, was er gerade anhatte. Manchmal wirkten sie hell, fast bernsteinfarben, dann wieder, so wie heute, fast schwarz. Schon öfter hatte sie sich dabei ertappt, wie sie ihn deshalb anstarrte. Diesmal riss sie sich zusammen.

Aus Gründen, die sie sich selbst nicht genau erklären konnte, gefiel es ihr, wenn er seine Brille mit dem schwarzen Gestell aufsetzte. Die Brille verlieh ihm einen ernsten, gelehrten Ausdruck, was sie reizte, den Clown zu spielen, um ihn zum Lachen zu bringen.

Natürlich war auch sein Lächeln äußerst charmant. Bedauerlicherweise bekam sie es nur selten zu sehen. Wenn sie sich wegen ihrer Finanzen trafen, hatte er auch nicht viel Grund zum Lachen. Schon mehrmals hatte sie sich gefragt, ob er privat auch so ernsthaft war, aber da sie ihm noch nie in einem der Restaurants oder einer der Bars in Lansfare begegnet war – und davon gab es nicht viele –, wusste sie es nicht.

Obwohl sie Tom attraktiv fand und jedes Mal Herzklopfen bekam, wenn sie sein Büro betrat, hatte sie der Anziehung bisher nie nachgegeben. Sie war seine Klientin und wollte keine Unruhe in dieses Verhältnis bringen, da es nur sehr wenige Finanzberater in der Stadt gab. Es liefen zwar viele Männer herum, aber nur wenige konnten Ordnung in ihre Sammlung an Quittungen bringen und ihre Steuererklärung pünktlich fertigstellen, obwohl sie immer in der letzten Minute damit ankam.

Abgesehen davon entsprach Tom überhaupt nicht dem Typ Mann, für den sie sich normalerweise interessierte, auch wenn er unbestreitbar gut aussah. Er gehörte zu diesen Männern, für die es nur Arbeit und kein Vergnügen gab. Ständig schüttelte er den Kopf über ihre Buchführung – als wäre sie der einzige Mensch auf der Welt, der seine Quittungen nicht sortierte, sondern sie in Einkaufstüten aufbewahrte. Außerdem ermahnte er sie dauernd zu sparen. Das war leicht gesagt, doch sie musste ihr ganzes Geld und ihre Energie in ihr Geschäft investieren.

Während sie mit den Füßen stampfte, um wieder Gefühl in ihre kalten Gliedmaßen zu bekommen, schob sie die Mütze gerade und schenkte Tom ein Lächeln. „Danke, dass du die Tür aufgemacht hast, sonst wäre ich glatt in die nächste Straße geweht worden. Es ist ziemlich kalt draußen."

„Eiskalt", pflichtete er ihr bei. „Warte, ich helfe dir ..." Er wollte ihr die Tupperdose abnehmen, doch stattdessen gab sie ihm das hübsch verpackte Tablett mit den Plätzchen.

„Für dich", erklärte sie. „Frohe Weihnachten. Es ist außerdem ein Friedensangebot, weil ich mal wieder zu spät gekommen bin. Entschuldige."

Er nahm das Geschenk überrascht entgegen. „Danke. Was ist das?"

„Na, Weihnachtsplätzchen, Dummkopf", sagte sie lachend. „Nächste Woche ist Weihnachten. Schon vergessen?" Sie schaute sich skeptisch in seinem Büro um. „Es sieht ein bisschen trostlos aus hier drinnen. Wie bei Scrooge aus der Weihnachtsgeschichte von Charles Dickens." Nicht einmal ein Tannenzweig schmückte seinen Schreibtisch.

„Scrooge war auch Buchhalter, nicht wahr?", erwiderte Tom, und die Andeutung eines Lächelns erschien auf seinem Gesicht.

Bevor Merrie darauf etwas sagen konnte, zeigte er auf ihr Kostüm und meinte: „Außerdem bist du dermaßen weihnachtlich gekleidet, dass es für uns beide reicht. Richtest du heute Abend eine Party aus, oder bist du einfach nur in Weihnachtsstimmung?"

„Die Baxter-Zwillinge feiern ihren sechsten Geburtstag, und ich sorge für die Stimmung. Es geht in einer Stunde los, ich habe also nicht viel Zeit."

„Dann lass uns anfangen." Er winkte sie zu sich.

Merrie warf einen prüfenden Blick auf ihre Schuhe, bevor sie über den dunkelgrauen Teppichboden zu seinem Schreibtisch aus Kirschholz ging und in dem burgunderroten Sessel davor Platz nahm.

„Hast du deine Quittungen und Belege mitgebracht?"

„Ja." Lächelnd fügte sie hinzu: „Und diesmal nicht in einer Tüte."

„Ausgezeichnet. Du hast also einen Ordner dafür angelegt, wie ich es dir empfohlen habe?"

Sie hielt die Tupperdose hoch. „Nicht direkt." Als er die quadratische Dose nur schweigend ansah, fügte Merrie hinzu: „Du musst zugeben, dass das ein Fortschritt ist im Vergleich zu einer Einkaufstüte." Sie schüttelte die Dose. „Sieh nur, sie hat einen Deckel und alles."

Tom widerstand dem Impuls, sich die Haare zu raufen. Stattdessen presste er nur die Lippen zusammen und rieb sich den Nasenrücken. Natürlich war er nicht erstaunt, dass Merrie ihre Belege jetzt in einer Dose aufbewahrte. Vielmehr erstaunte ihn, dass der beige Deckel nicht mit Zuckerstangen verziert war. Außerdem verblüffte ihn, dass er amüsiert war, zumal die Quittungen und Belege vermutlich ungeordnet in die Dose gestopft worden waren, aber das war nun einmal absolut typisch für Merrie.

Wie bei jedem Treffen seufzte er und wiederholte die Worte, die schon zu einem Mantra zwischen ihnen geworden waren: „Du brauchst keinen Finanzberater, sondern einen Finanzretter."

„Deshalb habe ich dich ja engagiert", konterte sie völlig unbekümmert und mit einem Lächeln, das er nur als süß beschreiben konnte. Genau genommen war eigentlich alles an Merrie Langston süß, ihr Elfenkostüm eingeschlossen.

Genauso wenig wie ihn überraschte, wie sie ihre Quittungen aufbewahrte, hatte es ihn erstaunt, sie in diesem Kostüm die Hauptstraße entlanggehen zu sehen. In den vergangenen zwei Jahren hatte sie sein Büro als Osterhase, als Kobold und als Freiheitsstatue verkleidet betreten und es jedes Mal fertiggebracht, dabei wundervoll auszusehen. Und sie war temperamentvoll. Ihre goldbraunen Augen leuchteten stets fröhlich, und ihre wilde Mähne aus kinnlangen, honigfarbenen Locken hüpfte bei jeder ihrer energiegeladenen Bewegungen auf und ab. Sie hatte ständig dieses ansteckende Lächeln im Gesicht, das ihre Wangengrübchen zum Vorschein brachte. Ihm war noch niemand begegnet, der so viel lachte wie sie, weshalb er schon oft gedacht hatte, dass ihre Eltern hellseherische Fähigkeiten gehabt haben mussten, um ihrer Tochter diesen Namen zu geben – Merry war das englische Wort für vergnügt, fröhlich.

Er öffnete die Tupperdose und schaffte es, nicht das Gesicht zu verziehen, als ihm ein Bündel Quittungen entgegenquoll wie ein Springteufel.

„Das sind alles Betriebsausgaben, richtig?", fragte er und nahm eine Handvoll heraus.

„Genau." Sie biss sich auf die Unterlippe. „Wie schätzt du die Chancen für meinen Unternehmenskredit ein?"

„Ich werde mehr wissen, wenn ich diese Belege durchgegangen bin und deinen Jahresabschluss fertig habe. Je solider die Bank deine Finanzen findet, desto größer ist deine Chance, einen Kredit zu bekommen."

„Mit anderen Worten: Da ich nächste Woche einen Termin in der Kreditabteilung habe, wäre dies ein guter Zeitpunkt, um im Lotto zu gewinnen."

„Es ist nie verkehrt, im Lotto zu gewinnen, aber falls das deine Finanzstrategie sein sollte, müssen wir uns dringend noch einmal über Verbindlichkeiten und die entsprechende Vorbereitung auf das Gespräch unterhalten."

Sie machte ein entsetztes Gesicht. „Oh nein, nicht schon wieder einen Vortrag über Verbindlichkeiten und Gesprächsvorbereitung."

Er hatte Mühe, nicht über ihr komisches Gesicht zu lachen und, dem Thema angemessen, ernst zu bleiben. „Ich werde diese Unterhaltung auf eine CD brennen, damit du sie dir jeden Tag anhören kannst, und zwar mehrmals. Und jetzt lass uns mal einen Blick auf diese Belege werfen."

Er sah sich den ersten an, der von einem Kaufhaus in Atlanta stammte. „Könntest du mir bitte erklären, inwiefern ein ‚Küss-mich-Lippenstift' eine Betriebsausgabe ist?"

„Den brauchte ich zu meinem Kostüm", sagte sie. „Es ist sehr schwierig, genau den richtigen roten Lippenstift zu finden. Ich trage ihn gerade. Passt er nicht perfekt?" Sie machte einen Kussmund und gab Kussgeräusche von sich, wobei ihre Augen übermütig funkelten.

Er starrte ihre sinnlichen roten Lippen an, und ihn durchfuhr der Gedanke, dass ihr Mund tatsächlich ein Küss-mich-Mund war.

Er räusperte sich. „Trägst du diesen Lippenstift noch zu anderen Sachen, außer zusammen mit diesem Kostüm?"

„Bisher nicht – ich habe ihn ja heute erst ausprobiert, aber wahrscheinlich schon. Er gefällt mir, und ab nächster Woche werde ich bis zum neuen Jahr keine Gelegenheit mehr haben, mein Weihnachtselfenkostüm zu tragen." Ihr Kussmund zuckte. „Es wäre außerdem finanziell geradezu unverantwortlich von mir, einen Zwanzig-Dollar-Lippenstift zu vergeuden, findest du nicht?"

„Wahrscheinlich." Da das helle Rot ihre sinnlichen Lippen so wundervoll betonte, wäre es wirklich ein Verbrechen. „Weil es Bestandteil deines Kostüms ist, wird der Beleg wohl akzeptiert werden." Er legte das Stück Papier beiseite und sah das nächste Dutzend Quittungen durch. Sie stammten von einem Geschäft für Partyzubehör, einem Kostümladen, einem Kunstgewerbeladen und einer Großhandelskette, bei der sie große Mengen Backzutaten kaufte. So weit, so gut. Dann veranlasste ein weiterer Beleg ihn zu einem Stirnrunzeln.

„Intime Kleidung von Victoria's Secret?", fragte er skeptisch. „Was für eine Party war das denn? Eine Pyjamaparty?"

„Das war keine Ausgabe für einen Pyjama, sondern für dieses fantastische Set aus rotem Spitzen-BH und Slip."

Sofort entstand vor seinem geistigen Auge ein Bild von Merrie, deren sexy Kurven von einem fantastischen Set aus roter Spitze in Szene gesetzt wurden, während ein verführerisches Lächeln auf ihren roten Küss-mich-Lippen lag. Siedende Hitze durchströmte ihn, und er verspürte das plötzliche Bedürfnis, seine Krawatte zu lockern – obwohl er überhaupt keine umgebunden hatte.

Er blinzelte, um dieses unerwünschte Bild zu verdrängen, und sagte im nüchternsten Geschäftston, der ihm möglich war: „Und inwiefern ist das eine Betriebsausgabe?"

„Na ja, ich muss schließlich etwas unter diesem Kostüm tragen."

Erneut wurde ihm heiß. Es war, als hätte er plötzlich einen Röntgenblick, mit dessen Hilfe er Merries Unterwäsche unter dem Elfenkostüm sehen konnte.

Für einen Moment schloss er die Augen, um sich zu sammeln. Was war nur los mit ihm? Sich derartigen Fantasien über eine Klientin in seinem Büro hinzugeben war völlig untypisch für ihn. Anscheinend hatte er in letzter Zeit zu viele Überstunden gemacht, denn er hatte oft bis spät in die Nacht gearbeitet. Dabei war sein Liebesleben wohl entschieden zu kurz gekommen. Allerdings war mit seiner Libido alles in bester Ordnung gewesen, bis Merrie sein Büro betreten hatte, ausstaffiert wie ein Wesen aus einer anderen Dimension und mit einem Tablett Weihnachtsplätzchen in der Hand. Und dann diese Grübchen, wenn sie lächelte. Zu allem Überfluss redete sie auch noch ständig von Küssmich-roten-Lippen und sexy Unterwäsche.

„Bei einigen deiner Ausgaben haben wir einen Spielraum", erklärte er, „aber ich fürchte, den Kauf deiner Unterwäsche können wir steuerlich nicht begründen."

„Kann ich sie nicht als Teil des Kostüms absetzen?"

„Das würde wohl zu weit gehen. Und du möchtest so etwas sicher nicht vor dem Finanzamt rechtfertigen, falls es zu einer Prüfung kommt."

„Na gut." Keck fügte sie hinzu: „Aber du kannst es einer Elfe nicht verübeln, wenn sie es versucht."

Die Melodie des Weihnachtslieds „Jingle Bells" erklang. „Mein Handy", erklärte sie, nahm ihr Mobiltelefon aus ihrer Handtasche und schaute aufs Display. „Ich muss diesen Anruf annehmen – es ist Louis, mein Weihnachtsmann."

„Kein Problem."

Tom prüfte den nächsten Beleg aus dem Stapel, doch sein Blick suchte unwillkürlich wieder Merrie, die aufstand und mit dem Handy am Ohr zur Tür ging, wobei die

Küss mich, Weihnachtsmann!

Glöckchen an ihren nach oben gebogenen Schuhspitzen leise klingelten. Ihm entging keineswegs, wie das Samtkostüm ihre verführerischen Rundungen umschmiegte, wie der Rock mit der weißen Fellborte bei jedem Schritt mehrere Zentimeter über ihre Knie hinaufrutschte und wie gut ihre rote Strumpfhose ihre wohlgeformten Beine zur Geltung brachte. Außerdem sah er sie im Geiste in der roten Spitzenunterwäsche, die sie laut eigener Aussage unter dem Kostüm trug.

Er atmete tief durch. Diese sinnlichen Gedanken über Merrie Langston waren völlig unangebracht und höchst unwillkommen. Sie war eine nette Frau, aber absolut nicht sein Typ. Er bevorzugte ruhige, ernsthafte Frauen, und Merrie war so ziemlich das Gegenteil davon. Diese sündigen Fantasien von ihr waren lediglich darauf zurückzuführen, dass er in letzter Zeit zu selten mit ruhigen, ernsthaften Frauen zusammen gewesen war. Es half auch nicht gerade, dass er jetzt ein lebensgroßes Bild von Merrie in rotem BH und Slip vor sich hatte. Das Bild einer ruhigen und ernsthaften Frau war das nicht. In diesem Moment drehte sie sich zu ihm um, und Tom bemerkte ihre entsetzte Miene.

„Vegas?", rief sie.

Offenbar handelte es sich um irgendeine Krise, was ihn jedoch wenig überraschte. Merrie war eine von diesen Frauen, die Probleme förmlich anzogen.

„Erst nach Neujahr?", sagte sie, und ihre Augen weiteten sich. „Aber ... aber ... na gut, bis dann. Ist schon in Ordnung. Herzlichen Glückwunsch. Mach's gut."

Sie beendete das Gespräch und sah ihn an. Sie wirkte plötzlich blass und entmutigt, deshalb ging er besorgt zu ihr.

„Was ist denn los?"

„Louis, mein Weihnachtsmann, hat mich aus Las Vegas angerufen. Aus Vegas", wiederholte sie geschockt. „Er hat mir mitgeteilt, dass er mit seiner Freundin durchgebrannt ist. Er hätte sich schon früher gemeldet, nur hat er völlig den Zeitunterschied vergessen, weil er damit beschäftigt war, in die Flitterwochen zu starten. Was auch der Grund dafür ist, dass er erst nach Neujahr zurückkommt."

Sie sah ihn so verzweifelt an, wie er das bei ihr noch nie gesehen hatte.

„Bis Weihnachten sind bei mir noch ein halbes Dutzend Partys gebucht, ganz zu schweigen von der Wohltätigkeitsveranstaltung Heiligabend im Frauenhaus, die ich privat organisiere. Und ich darf gar nicht an die Party der Baxter-Zwillinge denken, die in ...", sie schaute auf ihre Armbanduhr. „Gütiger Himmel, sie beginnt schon in einer halben Stunde! Ich kann doch keine Weihnachtsparty ohne Weihnachtsmann veranstalten, schon gar nicht für Kinder. Ich brauche einen, und zwar sofort."

„Warum verkleidest du dich nicht als Weihnachtsmann?", schlug Tom vor.

„Das wird nicht funktionieren, weil ich nicht gleichzeitig Veranstalterin und Unterhalterin sein kann. Ich muss für die Erfrischungen sorgen, mich um die Spiele kümmern und Fotos von den Kids machen, wenn sie beim Weihnachtsmann auf dem Schoß sitzen. Nein, das ist ein Job für zwei Leute."

Mit sorgenvollem Gesicht marschierte sie vor ihm auf und ab. Dabei bimmelten ihre Schuhe leise.

„Wen kann ich denn bloß so kurzfristig ..." Sie blieb unvermittelt stehen und bedachte ihn mit einem durchdringenden Blick. „Du!", verkündete sie und zeigte mit dem Finger auf ihn, als wäre außer ihm noch jemand im Zimmer.

Tom drehte sich tatsächlich um. Leider war niemand sonst da, den sie gemeint haben könnte.

„Du kannst mein Weihnachtsmann sein."

Sein Magen zog sich krampfartig zusammen. „Nein, kann ich nicht."

„Warum nicht?"

Selbst wenn er geneigt gewesen wäre, was nicht der Fall war, ihr zu erklären, weshalb ihm die Vorstellung ganz und gar nicht behagte, blieb dazu keine Zeit. „Ich bin einfach nicht der Weihnachtsmanntyp."

„Ich stimme dir zu, dass du nicht der fröhlichste Kerl bist ..."

„Vielen Dank."

„... aber du atmest, und da ich mich in einer verzweifelten Lage befinde, ist das im Moment die einzige Anforderung an den Job."

Sie ergriff seine Hand, und er fühlte sich wie elektrisiert.

„Bitte, Tom. Der Erfolg meines Geschäfts beruht auf Mundpropaganda, und wenn der Weihnachtsmann auf dieser Geburtstagsparty nicht auftaucht, wird mich das zukünftig Aufträge kosten, was besonders schlecht ist, weil ich doch den Kredit zur Erweiterung meines Unternehmens brauche. Für die anderen fünf Partys werde ich mir etwas einfallen lassen und jemand anderen suchen, aber für die Baxter-Zwillinge schaffe ich das nicht mehr."

Er strich sich durchs Haar. „Merrie, sieh mal ..."

„Ich bezahle dir das Doppelte von dem, was ich Louis zahle."

„Es geht nicht ums Geld."

„Dann werde ich dir einen Weihnachtswunsch erfüllen", sagte sie und drückte flehentlich seine Hand. „Ich wachse deinen Wagen, putze dein Haus, hänge deine Wäsche auf. Egal was."

Du liebe Zeit, wie sollte ein Mann diesen braunen, bittenden Augen widerstehen? „Glaub ja nicht, ich würde dieses Versprechen nicht einfordern", sagte er. „Zum Beispiel, indem ich von dir verlange, deine Ausgaben zu kürzen und dir einen Ordner für deine Quittungen anzuschaffen."

„Was immer du willst."

„Ich habe nicht die leiseste Ahnung, wie man den Weihnachtsmann spielt", warnte er sie.

Ein strahlendes Lächeln breitete sich auf ihrem Gesicht aus. „Keine Sorge, das ist nicht schwer. Du musst nur dauernd ho, ho, ho sagen, und wenn ein Kind sich auf deinen Schoß setzt, fragst du es, was es sich zu Weihnachten wünscht."

Sie hüpfte vor Freude tatsächlich mehrmals in die Luft und küsste ihn begeistert auf die Wange.

„Danke, Tom. Ich kann dir gar nicht sagen, wie dankbar ich dir bin. Ich laufe nur schnell zu meinem Van und hole das Weihnachtsmannkostüm. Bin gleich wieder da."

Ehe er etwas erwidern konnte, war sie zur Tür hinaus. Er spürte die Berührung ihrer Lippen auf seiner Wange, als hätte sie ihn mit einem glühenden Eisen berührt, und hatte den unangenehmen Verdacht, sich auf etwas eingelassen zu haben, dem er nicht gewachsen war.

2. KAPITEL

Merrie hatte das Esszimmer der Baxters mit roten und grünen Ballons und Schleifen geschmückt. Tom setzte sich vorsichtig auf einen der Stühle. Er befürchtete, eine zu hastige Bewegung könnte zur Folge haben, dass das Kissen unter seinem Weihnachtsmannmantel verrutschte oder die Mütze mit der weißen Perücke oder sein Bart könnte abfallen. Die Haut unter dem weißen Wallebart juckte, und das verdammte Ding kitzelte ihn in der Nase und löste einen Niesreiz aus. Er legte seinen in einem weißen Handschuh steckenden Zeigefinger unter die Nase, um nicht niesen zu müssen, weil vermutlich sonst der falsche Bart in seinem Schoß landen würde.

Warum nur hatte er sich zu diesem Auftritt überreden lassen? Dieser ganze Weihnachtszirkus rief doch nur schmerzliche Erinnerungen wach, die er lieber nicht geweckt hätte. Bis jetzt hatte er Weihnachten immer gearbeitet, das hatte ihn vor unliebsamen Gefühlen bewahrt. Sich als Weihnachtsmann zu verkleiden half allerdings wenig gegen Gedanken an die Vergangenheit.

Abgesehen davon kam er sich albern vor in diesem Kostüm, und er war nervös, was ihm nur selten passierte. Was, fragte er sich, wenn ich es vermassle? Die Kinder wären enttäuscht, ganz zu schweigen von Merrie. Vor allem ihre Enttäuschung würde er nicht ertragen können, doch er war alles andere als in seinem Element. Seit seiner Ankunft rechnete er ständig damit, dass eines der Kinder ihn genauer ansah und laut verkündete: Du bist nicht der Weihnachtsmann. Zum Glück war das bisher noch nicht passiert.

Im Gegenteil, sie waren begeistert und machten verblüffte Gesichter, als sie ihn hereinkommen sahen. Er war erstaunt, wie sehr er sich darüber freute. So war es auch ihm als Kind ergangen – bevor ihm alles genommen wurde.

Er warf Merrie einen Blick zu, die den aufgeregten Kindern half, eine ordentliche Schlange vor dem Weihnachtsmann zu bilden. Immerhin musste er zugeben, dass die Party bei den Baxters ihm die Chance bot, eine ihm völlig unbekannte Seite dieser Frau zu erleben. Ihre Buchführung mochte ein Desaster sein, aber bei der Gestaltung des Kinderfestes bewies sie enormes Geschick. Sie hatte die zwölf Kinder wie ein Profi im Griff und veranstaltete Spiele anscheinend ebenso mühelos, wie sie Geschenke öffnete und Snacks servierte. Ihr entging nichts. Geduldig wischte sie verschütteten Saft auf, hob heruntergefallene Kuchenstücke vom Fußboden auf und trocknete hier und dort ein paar Tränen. Sie war ein Naturtalent im Umgang sowohl mit den Kindern als auch mit den Eltern, und dafür bewunderte er sie.

Merrie, die Elfe, trat vor ihn. „Wie geht es dir, Weihnachtsmann?", erkundigte sie sich mit amüsiertem Unterton.

„Willst du die Wahrheit hören? Mir ist heiß, mein Gesicht juckt, und ich bin nervös. Außerdem muss ich so dringend niesen, dass wahrscheinlich anschließend das ganze Kostüm schief sitzt und ich der einzige glatt rasierte, dünne und dunkelhaarige Weihnachtsmann weit und breit sein werde."

„Entspann dich. Du siehst großartig aus, und glaub mir, ich habe diesen Bart so gut befestigt, dass nicht einmal ein Tornado ihn wegpusten könnte. Du musst einfach nur

Küss mich, Weihnachtsmann!

tun, was ich dir sage. Hier ist die Liste mit den Wünschen der Kinder." Sie gab ihm ein Blatt Papier. „Der Name jedes Kindes steht darauf, zusammen mit dem Geschenkwunsch, den es seiner Mutter verraten hat. Die Kinder bilden eine Schlange in der Reihenfolge ihrer Namen auf dem Blatt. Sobald ein Kind auf deinem Schoß sitzt, fragst du es, was es sich zu Weihnachten wünscht. Schau auf deine Liste, und wenn es nicht das aufgelistete Spielzeug nennt, sag einfach etwas wie: Hast du deiner Mom nicht gesagt, dass du dir auch eine Prinzessin-Emily-Puppe wünschst?" Sie deutete auf den riesigen Sack auf dem Sessel neben ihm. „Die Geschenke befinden sich alle in der richtigen Reihenfolge in dem Sack. Du brauchst nur hineinzugreifen und das jeweils oberste herauszunehmen, und dann schieße ich ein Polaroidfoto von dir und dem Kind. Alles verstanden?"

Seinem Ordnungssinn kam dieser einfache und verständliche Plan sehr entgegen. „Klar." Aber hatte er wirklich alles verstanden? Seine Hände schwitzten in den Handschuhen. Dies war ihm so wenig geheuer, dass er verrückt gewesen sein musste, als er sich darauf einließ. Doch jetzt gab es keinen Weg mehr zurück, denn schon führte Merrie ein kleines Mädchen mit dunklen Locken und großen Augen zu ihm. Das Kind trug ein dunkelgrünes Samtkleid und im Haar eine silberne Schleife. Tom sah schnell auf seine Liste und fand heraus, dass das kleine Mädchen Natalie hieß und sich eine Prinzessin-Emily-Puppe wünschte. Er bot ihr die Hand, und sie legte ihre kleine Hand in seine. Dann kletterte sie auf seinen Schoß und sah ihn so ehrfurchtsvoll an, dass es ihm glatt die Sprache verschlug.

„He, Weihnachtsmann", sagte Merrie mit einem aufmunternden Lächeln. „Was sind deine drei Lieblingsworte?"

Ich will heim? Bitte hilf mir? Offenbar waren ihm seine Ratlosigkeit oder die Panik oder beides deutlich anzusehen, denn Merrie formte stumm mit den Lippen den typischen Weihnachtsmanngruß.

Natürlich. „Ho, ho, ho", brummte er mit seiner tiefsten Stimme und hoffte, dass er wenigstens ein bisschen wie der Weihnachtsmann klang. „Und, äh, wie geht es dir, Natalie?"

Das Mädchen starrte ihn verblüfft an. „Woher kennst du mich, Weihnachtsmann?"

„Ich … kenne alle Kinder auf meiner Liste. Warst du dieses Jahr auch ein braves Mädchen, Natalie?"

Das Mädchen nickte ernst. „Ja, Weihnachtsmann."

„Und was soll ich dir dieses Jahr bringen?"

Das Kind holte tief Luft und verkündete ein wenig lispelnd: „Eine Prinzessin-Emily-Puppe, eine Prinzessin-Emily-Burg, ein Prinzessin-Emily-Auto und ein Prinzessin-Emily-Boot."

Tom hatte keine Ahnung, wer Prinzessin Emily war, aber anscheinend handelte es sich um jemanden aus der oberen Steuerklasse. „Aha. Und du wirst, äh, auch gut aufpassen auf Prinzessin Emily?"

„Oh ja, Weihnachtsmann!"

„Natalie und Weihnachtsmann, bitte herschauen", rief Merrie, bevor ein Blitzlicht zuckte. Sie zwinkerte Tom zu und hob den Daumen. Tom griff in den Sack und nahm ein Geschenk heraus, das in buntes Papier eingewickelt war, mit Nussknackermotiven darauf und einem Anhänger, auf dem „Für Natalie, mit Liebe vom Weihnachtsmann" stand.

Küss mich, Weihnachtsmann!

„Bitte sehr, Natalie. Und vergiss nicht, ein braves Mädchen zu sein und deinen Eltern zu gehorchen."

Die Kleine hielt mit dem einen Arm das Geschenk umklammert und schlang den anderen um Toms Nacken. „Ich hab dich lieb, Weihnachtsmann", flüsterte sie ihm ins Ohr. „Ich stelle Milch und Kekse für dich hin." Dann gab sie ihm einen geräuschvollen feuchten Kuss auf die Wange und rannte schnell zu einer dunkelhaarigen Frau, die, der Ähnlichkeit nach zu urteilen, ihre Mutter sein musste.

Tom fühlte sich eigenartig, ohne den Grund dafür genauer benennen zu können. Bevor er weiter darüber nachdenken konnte, kam Merrie schon mit einem kleinen Jungen zu ihm. Er konsultierte erneut seine Liste. Der Junge hieß Tommy und wünschte sich einen Fußball. Danach war Joey an der Reihe, anschließend Alissa, gefolgt von den Baxter-Zwillingen Kevin und Kyle.

Ein Kind nach dem anderen kam an die Reihe, und während sie bei ihm auf dem Schoß saßen und ihm mit großen Augen von ihren Weihnachtswünschen erzählten, wich seine Anspannung echter Freude. Die Kinder waren süß und so aufgeregt. Wie hätte er sich da nicht gut fühlen sollen, bei all den kleinen Gesichtern, die erwartungsvoll zu ihm aufsahen?

Mit jedem Mal kam ihm der Weihnachtsmanngruß leichter über die Lippen, und die anschließende kurze Unterhaltung mit dem Kind fiel ihm auch nicht mehr schwer. Vielleicht gab er doch keinen so schlechten Weihnachtsmann ab. Als Merrie das letzte Kind zu ihm führte, einen ernst wirkenden Jungen namens Andy, fühlte Tom sich ganz wohl in seiner Rolle.

Sobald Andy auf seinem Schoß saß, sagte Tom: „Ho,

ho, ho, wie ich sehe, stehst du auf meiner Liste der braven Jungen, Andy. Was wünschst du dir denn in diesem Jahr vom Weihnachtsmann?"

„Meinen Daddy", antwortete der Junge mit ernstem Gesicht.

Tom erstarrte. Laut Liste sollte der Junge sich ein ferngesteuertes Auto wünschen.

„Mein Daddy ist weggezogen", sagte Andy so leise, dass Tom sich zu ihm hinunterbeugen musste, um ihn zu verstehen. „Ich will, dass er nach Hause kommt." Die Unterlippe des Jungen bebte. „Meine Mom will das nicht, aber ich schon."

Sofort waren die unglücklichen Erinnerungen wieder da, und Toms Herz floss über vor Mitgefühl. Verdammt, er wusste genau, wie dieser Junge sich fühlte, und er hätte seinen Wunsch gern erfüllt. Doch er wusste aus eigener Erfahrung, dass diese Art von Wünschen nicht in Erfüllung ging. Das war nichts, was man einfach aus dem Sack ziehen konnte.

Er verspürte das starke Bedürfnis, irgendetwas Tröstendes zu dem Jungen zu sagen. Nur was? Seine Kehle war wie zugeschnürt, und wenn die Unterlippe des Jungen erneut zu zittern anfangen sollte, würde es ihm das Herz brechen.

„Manchmal verstehen Moms und Dads sich nicht mehr so gut", erklärte er leise. „Aber das heißt nicht, dass sie dich nicht mehr alle beide lieb haben. Was auch passiert, deine Mom wird immer deine Mom bleiben, und dein Dad wird immer dein Dad sein."

Tatsächlich fing Andys Lippe wieder an zu beben. „Aber ich will, dass er mein Dad in unserem Haus ist."

„Ich weiß, Andy, ich weiß." Tom fühlte mit dem Jungen, und er verfluchte seine Unfähigkeit, etwas sagen oder tun zu können, was dem Jungen half. Er wünschte, er könnte ihn vor weiterem Schmerz, den er nur allzu gut selbst kannte, bewahren. Da er nicht wusste, was er sonst tun sollte, zog er das letzte Geschenk aus dem Sack und überreichte es Andy.

„Woher wirst du wissen, wo ich Heiligabend bin?", fragte der Junge und hielt das Geschenk an sich gepresst. „Ich weiß noch gar nicht, ob ich bei Mom oder bei Dad sein werde oder vielleicht bei Grandma …"

„Ich werde es wissen", sagte Tom und drückte die schmalen Schultern des Jungen beruhigend. „Ich finde dich schon, egal wo du bist."

„Versprochen?"

Der misstrauische Ton verriet, dass Andy oft genug hatte erleben müssen, dass Versprechen gebrochen wurden, deshalb legte Tom seine Hand aufs Herz. „Ich verspreche es dir. Was hältst du davon, wenn wir zwei Fotos von dir und mir machen, damit deine Mom und dein Dad beide eins bekommen? Das würde ihnen bestimmt gefallen. Weißt du auch, warum?"

Andy schüttelte den Kopf. „Warum?"

„Weil sie dich beide lieb haben, genauso wie du sie lieb hast."

Andy zögerte, dann nickte er. „Das ist gut, dann muss ich nicht entscheiden, wer das Foto bekommt." Ein trauriges Lächeln huschte über das Gesicht des Jungen, bevor er seine Arme um Toms Nacken schlang und ihn fest an sich drückte. „Danke, Weihnachtsmann."

„Fertig für euer Foto?", rief Merrie und sah zwischen

Tom und Andy, der das Gesicht an Toms Brust gepresst hatte, hin und her.

„Ja, fertig", erwiderte Tom, „und wir brauchen zwei Fotos." Er wuschelte dem Jungen durch die Haare. „He, mal sehen, wer meiner helfenden Elfe das breiteste Lächeln schenkt. Ich wette, du kannst breiter lächeln als ich, wenn du es nur versuchst. Aber leicht wird das nicht, denn ich bin ein geübter Lächler."

Andy hob den Kopf, schmiegte die Wange an den Bart des Weihnachtsmannes, dessen Nacken er weiter umklammert hielt, und grinste von einem Ohr zum anderen.

Das Blitzlicht zuckte. „Das ist toll!", rief Merrie und strahlte. „Eins noch. Sagt ‚Weihnachtsbaum'!"

Nach dem Blitz stellte Tom den Jungen auf die Füße und strich ihm über den Kopf. „Frohe Weihnachten, Andy. Vergiss nicht, was ich dir gesagt habe, ja?"

„Nein, das vergesse ich nicht. Ich werde Milch und Kekse für dich hinstellen. Die Schokoladenkekse, die ich letztes Jahr hingestellt habe, mochtest du."

Tom rieb sich den mit einem Kissen ausgestopften Bauch und zwinkerte dem Jungen zu. „Die waren köstlich."

Mit dem Geschenk im Arm rannte Andy zu einer attraktiven Rothaarigen. „Mom, sieh nur, was ich bekommen habe!"

Merrie nickte Tom anerkennend zu. „Ich habe euch beiden unbeabsichtigt zugehört. Du hast deine Sache hier sehr gut gemacht, aber ganz besonders das mit Andy. Armer Junge. Auseinandergebrochene Familien sind immer schwierig, vor allem um diese Jahreszeit."

Ihr trauriger Ton legte die Vermutung nahe, dass sie aus

Erfahrung sprach. Ehe er nachfragen konnte, fuhr sie fort: „Du bist sehr gut angekommen. Hast du so etwas wirklich noch nie gemacht?", fügte sie neckend hinzu.

„Ganz bestimmt nicht." Er schaute zu den sich verabschiedenden Kindern und Eltern und winkte ihnen zu. „Und was jetzt?"

„Jetzt kann ich aufräumen. Ich habe Mrs Baxter gebeten, mit den Zwillingen eine Weile hinauszugehen, damit wir dich aus dem Haus bringen können, ohne Verdacht zu erregen."

„Kann ich nicht einfach gehen?"

Sie machte ein entsetztes Gesicht. „Natürlich nicht." In verschwörerischem Ton erklärte sie: „Der Weihnachtsmann kann doch nicht einfach in einen Wagen steigen und davonfahren!"

„Ah, ich verstehe. Und da kein Schlitten und keine Rentiere auf dem Dach stehen ..."

„Genau. Bleib also schön sitzen. Sobald alle weg sind, kannst du dich umziehen und verschwinden. Habe ich dir eigentlich schon gesagt, wie dankbar ich dir für deine Hilfe bin?"

„Ja, allerdings nicht in den letzten zehn Sekunden."

Sie lachte. „Wink noch ein bisschen und ruf ho, ho, ho."

Merrie wandte sich ab und ging zu den aufbrechenden Kindern. Tom beobachtete, wie sie die Fotos von ihm und Andy der Mutter des Jungen gab. „Der Weihnachtsmann hat zwei Fotos machen lassen, damit Daddy auch eines bekommt", sagte Andy.

Seine Mom wirkte dankbar dafür, und als Tom ihr zuwinkte, winkte sie zurück. Einige Minuten später, nachdem die letzten Gäste gegangen waren, verschwand auch

Mrs Baxter mit den Zwillingen. Als sich die Tür hinter ihnen schloss, gab Merrie Tom einen schweren schwarzen Kleidersack.

„Deine Sachen befinden sich hier drin", erklärte sie. „Es wäre nett, wenn du das Weihnachtsmannkostüm auf den Bügel hängen könntest. Ein Stück den Flur entlang ist das Badezimmer, zweite Tür links."

„Jawohl, Ma'am." Tom salutierte im Scherz und rief: „Ho, ho, ho." Dann machte er sich auf den Weg ins Badezimmer, wo er sich im Spiegel betrachtete, verblüfft über den weißbärtigen Fremden, der ihn daraus ansah.

Nicht einmal seine eigene Familie würde ihn erkennen. Er erkannte sich ja selbst nicht wieder – nicht nur wegen des Kostüms. Nein, was er empfand, war sehr ungewohnt. Er vermochte es nicht richtig zu benennen, er wusste nur, dass es ihn erstaunte. Vor allem überraschte ihn, dass ihm etwas, wovor er sich regelrecht gefürchtet hatte, solchen Spaß gemacht hatte. Ebenso verblüffte ihn, wie gern er mit Merrie zusammen war. Bis heute Morgen hätte er es nicht für möglich gehalten, dass eine Frau und eine Aktivität, die so weit außerhalb seines Erfahrungsbereiches lagen, dieses angenehme Gefühl in ihm auslösen könnten. Es hatte ihm Spaß gemacht, für die Kinder da zu sein, ihre Ehrfurcht und ihre unschuldigen Gesichter zu sehen. Besonders Andy hatte ihn sehr gerührt, wahrscheinlich weil er sich selbst in dem Jungen wiedererkannt hatte.

Tom nahm die Weihnachtsmannmütze ab, die Perücke und den Bart und sah sich lange im Spiegel an, während er sich an weit in der Vergangenheit liegende Ereignisse erinnerte. Vielleicht war er jetzt bereit, seine Einstellung zu Weihnachten zu überdenken.

Küss mich, Weihnachtsmann!

Er zog seine Straßenkleidung an und ging zu Merrie in die Küche. Alle Spuren der Party waren bereits beseitigt, die Arbeitsflächen glänzten, und ihr gesamtes Zubehör war ordentlich in großen quadratischen Plastikkisten verpackt.

„Ich bin so weit", sagte sie und kam mit bimmelnden Elfenschuhen auf ihn zu. „Vielen Dank noch mal für deine Hilfe. Du warst ein wunderbarer Weihnachtsmann und hast mir wirklich aus der Klemme geholfen."

„Gern geschehen. Du hast hervorragende Arbeit bei der Durchführung der Party geleistet. Ganz egal, was passierte, du hattest in jeder Sekunde den Überblick."

„Na ja, du weißt ja, was man über Elfen sagt."

„Im Ernst, ich war schwer beeindruckt davon, wie gut du alles organisiert hattest."

„Du klingst geradezu geschockt", neckte sie ihn.

Er strich sich durch das Haar und lächelte verlegen. „Ich kann nicht bestreiten, dass ich überrascht bin. Wenn du bei deinen Quittungen nur genauso ordentlich wärst."

„Vergiss es. Ich kann nur in kreativen Bereichen Ordnung halten. Bei meinen Finanzen funktioniert das nicht."

„Wem sagst du das", erwiderte er.

Sie stemmte die Hände in die Hüften. „Sehr witzig. Du findest also, ich habe erhebliche Defizite, was Buchführung angeht, aber kannst du eine dreistöckige Schwarzwälderkirschtorte backen?"

„Um Himmels willen, nein. Ich kann mit knapper Not Wasser kochen."

„Na also." Sie nahm einen Umschlag aus einer Tasche in ihrem Kleid und hielt ihn Tom hin.

„Was ist das?", wollte er wissen.

„Dein Gehaltsscheck."

Tom rührte sich nicht. „Den kann ich nicht annehmen."

„Natürlich kannst du." Sie schob ihm den Umschlag in die Brusttasche seines weißen Hemdes.

Er nahm ihn wieder heraus und drückte ihn Merrie in die Hand. „Na schön, ich kann, aber ich werde ihn nicht annehmen."

Sie runzelte die Stirn. „Warum nicht?"

Wie konnte er ihr etwas erklären, was er selbst nicht genau verstand? „Weil es mir ... Spaß gemacht hat."

Sie strahlte. „Oh, mir auch. Ich habe bei jeder Party Spaß, die ich ausrichte. Trotzdem erwarte ich eine Bezahlung." Ihre Augen funkelten übermütig. „Im Übrigen ist die Bezahlung für den Weihnachtsmann eine einwandfreie Betriebsausgabe, im Gegensatz zu meiner roten Spitzenunterwäsche."

Das Bild von ihr, das er in den vergangenen vier Stunden verdrängt hatte, tauchte wieder in seiner Fantasie auf, so überdeutlich und lebendig, dass er sich zusammenreißen musste. Denk nicht an Merrie in roten Spitzendessous, ermahnte er sich im Stillen und schloss für einen Moment die Augen. Als er sie wieder aufmachte, blickte er direkt auf ihre roten Küss-mich-Lippen. „Ob einwandfreie Betriebsausgabe oder nicht, ich werde keine Bezahlung annehmen, weil ich es als Freundschaftsdienst betrachte."

Sie zog einen Schmollmund. „Sosehr ich das auch zu schätzen weiß, es bringt mich in Verlegenheit. Ich wollte dir nämlich einen Vorschlag machen."

Einen Vorschlag? Unwillkürlich dachte er an verlockende Dinge mit ihr, weshalb ihm beinah automatisch ein Ja entschlüpft wäre.

Küss mich, Weihnachtsmann!

„Da du deine Sache heute so großartig gemacht hast, habe ich mich gefragt, ob du dir vorstellen könntest, auch bei meinen übrigen Weihnachtspartys einzuspringen. Bis Heiligabend sind es noch sechs Veranstaltungen. Selbst wenn du mir deine Arbeit heute umsonst zur Verfügung gestellt hast, müsste ich dich für die anderen Tage bezahlen. Also, was meinst du dazu?"

Tom atmete tief durch und dachte nach – und allein die Tatsache, dass er es wirklich in Betracht zog, weiterhin den Weihnachtsmann zu spielen, verblüffte ihn. Warum lief er nicht schnellstens davon? Weil sie direkt vor dir steht und dich mit ihren großen Augen ansieht, sagte seine innere Stimme. Und dann noch diese unglaublichen Lippen …

Moment, die Frau brauchte Hilfe, und zwar dringend. Sie war seine Klientin, und schon allein deshalb wollte er, dass sie Erfolg hatte. Sie wohnten in derselben Gemeinde und kannten sich seit zwei Jahren – auch wenn er heute ganz neue Seiten an ihr entdeckt hatte. Und er konnte nicht bestreiten, dass er sie gern noch näher kennenlernen wollte. Abgesehen davon hatte er den Weihnachtsmann ziemlich gut gespielt, fand er.

„Na schön, ich mache es."

Ihr strahlendes Lächeln hätte den finstersten Raum erhellt. „Oh danke, Tom. Ich danke dir." Sie schlang ihm die Arme um den Nacken und drückte ihn so begeistert an sich, dass er sich an ihrer Taille festhalten und einen Schritt zurückweichen musste, um nicht das Gleichgewicht zu verlieren. Sie lachte und gab ihm einen geräuschvollen Kuss auf die Wange. „Danke", wiederholte sie und strahlte ihn an.

„Gern geschehen …" Er verstummte und wurde sich

plötzlich ihres Körpers, der sich an seinen schmiegte, sehr bewusst. Er nahm alles intensiv wahr, ihre Augen, die in seine blickten, seine Hände, die auf ihrer Taille lagen, ihre sinnlichen Lippen, die seinen so gefährlich nahe waren.

Sie betrachtete seine Wange und gab einen tadelnden Laut von sich. „Oh, jetzt habe ich dich mit Lippenstift beschmiert."

Sanft rieb sie mit dem Daumen über die Stelle, eigentlich eine völlig harmlose Geste, nur weckte sie damit alles andere als harmlose Gefühle in ihm. Heißes Verlangen durchströmte ihn, sodass sein Griff um ihre Taille unwillkürlich fester wurde.

„Es ist fast weg …"

Erneut trafen sich ihre Blicke, und diesmal verstummte Merrie, womit sie keinen Zweifel daran ließ, dass ihm seine Begierde deutlich ins Gesicht geschrieben stand. Genau wie er hielt sie plötzlich inne, und ihre Miene wurde ernst. Dann ging ihr Blick zu seinem Mund, und Tom musste sich beherrschen, um nicht aufzustöhnen.

Nur ein Kuss, dachte er. Nur ein Kuss, um diese ebenso unerklärliche wie brennende Neugier zu stillen. Langsam neigte er den Kopf und gab ihr die Gelegenheit, ihn aufzuhalten. Stattdessen bot sie ihm ihr Gesicht dar und stellte sich auf die Zehenspitzen.

Seine Lippen berührten ihre, einmal, zweimal, vorsichtige Liebkosungen, die das Verlangen eher noch weiter anfachten, als es zu stillen. Sacht strich er mit der Zungenspitze über ihre Unterlippe, was sie sofort erwiderte. Das war der Moment, in dem es um ihn geschehen war.

Es war wundervoll und verführerisch, sie zu küssen, genau wie er vermutet hatte. Er hörte ein leises Stöhnen und wusste nicht, ob es von ihm kam oder von ihr. Er wusste überhaupt nichts mehr, sondern nahm nur noch ihre seidigen warmen Lippen wahr und das erotische Spiel ihrer Zungen sowie die aufregenden Rundungen ihres Körpers, der sich an seinen presste.

Heftige Begierde packte Tom und raubte ihm allmählich die Selbstbeherrschung. In fieberhafter Eile glitten seine Hände über ihren Rücken. Er nahm ihr die Mütze ab, um mit den Fingern durch ihre weichen Locken zu streichen. Alles an ihr war wohlgerundet, und ihr Körper schmiegte sich perfekt an seinen. Merrie bewegte das Becken und presste es gegen seine Erektion.

Endlich meldete sich ein letzter Rest seines gesunden Menschenverstandes, der ihn darauf aufmerksam machte, dass sie in der Küche der Baxters standen und die ganze Sache schon weit genug gegangen war.

Er löste seine Lippen von ihren und versuchte seine Atmung unter Kontrolle zu bekommen. Merrie klammerte sich an ihn und atmete ebenfalls schwer. Ihre Wangen waren gerötet. Zögernd öffnete sie die Augen. Sie wirkte benommen und erregt – vermutlich genau wie er selbst.

„Du meine Güte", hauchte sie.

Tom war beeindruckt, dass sie schon wieder sprechen konnte – er brachte noch immer kein Wort heraus.

Sie blinzelte mehrmals und betrachtete sein Gesicht, als sähe sie ihn zum ersten Mal. „Ich wusste gar nicht, dass Steuerberater so gut küssen können."

Er musste schlucken, um seine Stimme wiederzufinden. „Und ich wusste nicht, dass Elfen so gut küssen können."

„Ich bin mir nicht sicher, ob sie das für gewöhnlich

können. Ich hatte den Eindruck, dieser Kuss könnte den Nordpol schmelzen."

Ihm ging es ähnlich. Noch immer glühte das Feuer in ihm, und wenn er nicht sofort etwas Abstand zwischen sich und Merrie schaffte, würde er sie noch einmal küssen, was sehr unklug wäre. Warum, fiel ihm momentan zwar nicht ein, aber er war sich ziemlich sicher, dass es einen guten Grund gab, es nicht zu tun.

Nachdem er sie langsam losgelassen hatte, wich er einen Schritt zurück. Sie ließ die Arme sinken. Sofort fehlte ihm ihre Nähe, was schlecht war, sehr schlecht. Immerhin arbeitete sein Verstand wieder, seit sie ihn nicht mehr berührte. Dummerweise bestand das, was er produzierte, aus lauter Vorwürfen. Da er sich dafür verantwortlich fühlte, was geschehen war – was immer das war –, war er derjenige, der es beenden musste.

Mit zitternden Fingern strich er sich durchs Haar. „Hör mal, Merrie, so erfreulich dieser Kuss auch war – wir sollten das lieber nicht wiederholen. Ich denke, da sind wir uns einig." Er zuckte über seine harmlose Ausdrucksweise innerlich zusammen. „Erfreulich" war wohl kaum die richtige Umschreibung für einen derartig leidenschaftlichen Kuss. „Du bist meine Klientin, und ich möchte nichts anfangen, was man als Interessenkonflikt betrachten könnte, besonders was deinen Kredit betrifft."

Kaum hatte er die Worte ausgesprochen, hörte er seine innere Stimme spotten: He, du bist ihr Berater und machst ihre Steuererklärung, aber du bist nicht der Bankangestellte, der ihr den Kredit gibt. Denn das wäre ein echter Interessenkonflikt.

Er konnte sich sehr gut vorstellen, dass der Bankangestellten ihr nach so einem Kuss nicht nur den Kredit geben würde, sondern auch noch den Schlüssel für den Tresorraum.

Sie nickte, zögernd zuerst, dann nachdrücklicher. „Du hast selbstverständlich recht." Dann erschien das vertraute Lächeln. „Außerdem ist es ja nicht gerade so, als könnte der Kuss irgendwohin führen. Sehen wir doch den Tatsachen ruhig ins Auge – wir zwei sind so verschieden wie Öl und Wasser."

„Ganz genau", stimmte er ihr zu, fragte sich aber, warum ihn das nicht so erleichterte, wie es sollte. „Wie Tag und Nacht, wie Licht und Schatten."

„Wie nass und trocken. Also vergessen wir es einfach und machen weiter wie bisher. Diese letzten fünf Minuten schreiben wir dem allgemeinen Mistelzweig- und Weihnachtswahnsinn zu."

Er brauchte einige Sekunden, um darauf zu antworten, weil er noch darüber nachdachte, wer von ihnen beiden „nass" und wer „trocken" war. Diese Frage war knifflig, denn den Kuss konnte man keineswegs als trocken bezeichnen, und bei nass fielen ihm auch einige interessante Dinge ein. Verdammt, rief er sich zur Ordnung. Der Zug seiner Gedanken sprang gerade vollständig aus den Gleisen.

„Ah, klar. Genau." Er musste seine Hände irgendwie beschäftigen, um Merrie nicht erneut anzufassen, daher hob er einen der großen Plastikbehälter an. „Dann lass uns mal die Sachen in deinen Van laden."

Als sie fertig waren, schloss Merrie die Tür zum Haus der Baxters und setzte sich hinter das Lenkrad ihres weißen Wagens mit dem Logo ihres Geschäfts. Tom stieg auf der Beifahrerseite ein.

Auf der kurzen Fahrt zurück zur Main Street sagte sie: „Ich werde dir die Einzelheiten für die übrigen Feiern noch geben. Morgen findet eine kleine Weihnachtsfeier für die Angestellten und ihre Familien bei ‚Country Style Furniture' statt. Da müssen wir um halb fünf los." Selbstironisch fügte sie hinzu: „Ich komme vielleicht zu den Terminen mit meinem Steuerberater zu spät, aber niemals zu einer Feier."

Er klopfte auf den Kleidersack auf seinem Schoß, in dem sich sein Kostüm befand. „Ich werde bereit sein."

Zurück in der Innenstadt, parkte sie hinter der Ladenzeile neben seinem dunkelblauen Honda. „Nochmals danke, dass du eingesprungen bist, Tom. Bis morgen."

„Ja, bis morgen." Er stieg aus, warf die Tür zu und winkte ihr hinterher, bis sie um die Ecke gebogen war. Dann ging er langsam zu seinem Wagen, stieg ein und seufzte erleichtert. Das wäre überstanden!

Es tat gut, endlich allein zu sein.

Oder etwa nicht?

Doch, natürlich. Keine Ablenkung mehr durch eine Elfe in roter Spitzenunterwäsche. Keine sinnlichen roten Küss-mich-Lippen, die ihn verhexten.

Küss-mich-Lippen. Merrie und er hatten sich tatsächlich geküsst. Er dachte an ihre Worte hinterher: Am besten, wir vergessen das Ganze.

Ja, das war vermutlich das Klügste. Doch so gut diese Idee auch war, er sollte sich besser für alle Eventualitäten wappnen, denn er hatte das ungute Gefühl, dass das dringend nötig war.

3. KAPITEL

Merrie nahm eine rasche Bestandsaufnahme der Erfrischungen auf dem Tisch vor, während sie den Weihnachtspunsch mit einem weiteren „Schneeball" aus Himbeersorbet versah und ihn mit einer Flasche Club Soda auffüllte. Die Gäste von „Country Style Furniture" waren von ihren Zuckerplätzchen und den Häppchen begeistert, weshalb sie beide Tabletts nachfüllen musste. Das galt auch für die Erdbeeren, die Marshmallows, den selbst gemachten Biskuitkuchen und das Schokoladenfondue. Letzteres war ein echter Hit bei den Erwachsenen und den Kindern. Becher und Besteck waren noch ausreichend vorhanden, aber ein Nachschub an Tellern und Servietten wurde gebraucht.

Mit kritischem Blick begutachtete sie auch ihre bunten und fröhlich leuchtenden Kränze, Zweige und Mini-Weihnachtsbäumchen, die Samtschleifen, das Rentier und die glitzernden Dekorationen. Sie war zufrieden über die fröhliche Atmosphäre des Raumes. Schon vor langer Zeit hatte sie gelernt, dass blinkende Lichter am besten geeignet waren, um Partystimmung zu erzeugen.

Selbst während ihre Hände beschäftigt waren und sie Small Talk mit den Gästen machte, galt ein Teil ihrer Aufmerksamkeit dem Weihnachtsmann auf der anderen Seite des Raumes, der umringt war von zwei Dutzend staunenden Kindern, die seiner Geschichte vom Grinch, der Weihnachten stahl, lauschten.

Gerade hatte er eine Seite umgeblättert und drehte das Buch um, damit die Kinder sich die Bilder vom Grinch, der im Kamin stecken blieb, ansehen konnten. Tom schaute in ihre Richtung, und ihre Blicke trafen sich. Ein unaufmerksamer Betrachter würde ihn mit dem weißen Bart und dem roten Samtkostüm nicht erkennen, aber für sie waren diese haselnussbraunen Augen unverwechselbar.

Sie sahen einander sekundenlang an, und ihr Herz schlug schneller, während sie in ihrer Bewegung vollkommen innehielt. War das Begierde, was sie in seinen Augen las? Das konnte nicht sein. Allerdings war es der gleiche Blick wie nach dem Kuss am Tag zuvor.

Dieser verdammte Kuss. Wahrscheinlich projizierte sie nur ihre Erwartungen in ihre Beobachtung, die gar nichts weiter zu bedeuten hatte. Vermutlich bildete sie sich nur ein, irgendetwas in seinem Blick zu lesen. Dieser nüchterne Steuerberater hatte den Kuss sicher längst vergessen, genau wie sie es vereinbart hatten. Vermutlich hatte er die ganze Geschichte als schlechte Investition rasch abgeschrieben, oder wie immer das im Steuerberaterjargon hieß. Dennoch, da war etwas Beunruhigendes in seinem Blick, das ihren Puls beschleunigte.

Sie riss sich zusammen und tadelte sich im Stillen dafür, ihn angestarrt zu haben. Sie schenkte Tom ein Lächeln, hob zur Ermunterung den Daumen und konzentrierte sich wieder auf ihre Arbeit. Trotzdem war sie sich seiner Gegenwart nur allzu bewusst, weshalb sie unwillkürlich immer wieder zu ihm hinschaute. Wenn sie ihm den Rücken zukehrte, versuchte sie, wenigstens seine tiefe Stimme zu hören.

Alles nur wegen dieses verdammten Kusses. Dieser Kuss, den sie längst vergessen haben sollte und den zu vergessen sie ernsthaft versucht hatte. Leider war ihr das nicht gelungen, weshalb sie sich, geplagt von heißen erotischen

Küss mich, Weihnachtsmann!

Fantasien, in denen Tom eine wichtige Rolle spielte, die ganze Nacht im Bett gewälzt hatte. Dieser Mann war zwar arbeitswütig und relativ humorlos, aber aufs Küssen verstand er sich.

Hatte sie ihm wirklich vorgeschlagen, sie sollten den Kuss vergessen? Offenbar hatte sie vorübergehend den Verstand verloren gehabt. In den letzten vierundzwanzig Stunden war es ihr gelungen, vielleicht für drei Sekunden nicht an den Kuss zu denken, und das auch nur in dem Moment, als am Morgen die Schale mit dem Streichkäse auf ihre nackten Zehen fiel und der Schmerz sie ablenkte. Sobald feststand, dass kein Zeh gebrochen war, kreisten ihre Gedanken erneut um Tom.

Merrie hatte schon viele Küsse bekommen, auch herausragende, aber irgendetwas an Toms Kuss hatte sie zugleich entflammt und dahinschmelzen lassen. Die Leidenschaft war so plötzlich und mit einer solchen Intensität aufgeflackert, dass sie nicht mehr klar denken konnte. Am liebsten wäre sie regelrecht über ihn hergefallen und wollte, dass er über sie herfiel. Ja, sie hatte gespürt, dass in ihm die gleichen Empfindungen erwachten.

Trotzdem hatte die Vernunft gesiegt, und darüber sollte sie froh sein. Das war sie auch. Sehr sogar. Na ja, einigermaßen. Nein, eigentlich war sie kein bisschen froh. Dieser Kuss hatte ihre schlummernden Hormone geweckt, und jetzt forderten die ein Abenteuer. Tja, aber ihre nervenden Hormone würden einfach wieder schlafen gehen müssen. Zumindest bis nach Neujahr, weil sie bis dahin gar keine Zeit hatte, um auf Männerjagd zu gehen.

Du brauchst nicht auf die Jagd zu gehen, rief ihre innere Stimme fröhlich, wofür mit Sicherheit auch wieder ihre Hormone verantwortlich waren. Der Mann, den du willst, ist doch schon hier.

Mit einem Gefühl, als hätte sich jede Zelle ihres Körpers in eine vibrierende Masse verwandelt, drehte Merrie sich um und sah erneut zum Weihnachtsmann Tom, der weiter aus dem Buch über den Grinch vorlas. Ja, er ist es, dachte sie hormonbeeinflusst. Ich will mit ihm allein sein und ihm dieses rote Kostüm ausziehen. Mit den Zähnen.

Sie schüttelte den Kopf, um diese Fantasie zu vertreiben, und riss sich von seinem Anblick los. Gegen den heftigen Protest ihrer Hormone schaffte sie es, vernünftig zu bleiben.

Auf der Rückfahrt zu Merries Laden zwang Tom sich, den Blick geradeaus gerichtet zu halten, um sie nicht anzusehen.

Was war eigentlich los mit ihm? Wieso konnte er nicht aufhören, sie ständig anzustarren? Warum konnte er nicht endlich aufhören damit, ständig an sie zu denken? An ihr Lächeln. Ihr Lachen. Das übermütige Funkeln in ihren Augen. Ihr seidiges Haar. Den wundervollen Duft ihrer Haut. Den verführerischen Kuss und ihren Körper, der sich an ihn schmiegte.

Dieser verdammte Kuss. Das war das Problem – er konnte nicht aufhören, daran zu denken. Er versuchte sich an einen anderen Kuss zu erinnern, der eine ähnlich betörende Wirkung auf ihn gehabt hatte, doch ihm fiel keiner ein. Dabei hatte er Zeit genug gehabt zum Nachdenken, als er sich die ganze Nacht im Bett hin und her gewälzt hatte. Diese Frau brachte seinen normalerweise ruhig arbeitenden Verstand völlig durcheinander, und das gefiel ihm kein bisschen. Alles, was er in den vergangenen zwei

Küss mich, Weihnachtsmann!

Jahren ihrer Geschäftsbeziehung über sie erfahren zu haben glaubte, galt plötzlich nicht mehr. Zum Beispiel hatte er sie immer für ein wenig flatterhaft gehalten, jedenfalls nicht für jemanden, der irgendetwas ernst nimmt. Doch ihr Verhalten auf den beiden Weihnachtsfeiern hatte ihn eines Besseren belehrt. Damit hatte sie ihn überrascht, und er mochte Überraschungen nicht besonders gern.

Genauso wenig gefiel ihm, dass er diesen Kuss nicht aus seinen Gedanken bekam, Merrie dies aber offensichtlich gelungen zu sein schien. Auch wenn das absolut vernünftig war, es wurmte ihn.

Er schob alles auf Weihnachten. Ja, das musste der Grund dafür sein, dass er nicht mehr ganz er selbst war. Er war dieses ganze Ho-ho-ho-Getue nicht gewohnt, weil er diesen Dingen sonst immer aus dem Weg ging. Diesmal hatte er einfach eine Überdosis weihnachtlicher Fröhlichkeit abbekommen. Sobald er zu Hause wäre, würde er den Fernseher einschalten, sich ein Bier aufmachen und entspannen. Lange musste er nicht mehr darauf warten, da erkannte er, dass Merrie den Van bereits auf den Parkplatz lenkte.

Beim Ausladen ihres Materials redete er so wenig wie möglich mit ihr. Als sie fertig waren, brachte er sie zurück zum Van, wobei er darauf achtete, ihr möglichst nicht zu nahe zu kommen, um der Anziehung, die von ihr ausging, kein weiteres Mal zu erliegen.

„Hast du dir schon den Zeitplan für die restlichen Partys angesehen, den ich dir gegeben habe?", erkundigte sie sich auf dem Weg zum Wagen.

„Ja. Morgen um drei veranstalten wir eine Feier in der Knirps-Vorschule."

„Glaub mir, dort wirst du auch riesig ankommen", sagte sie und warf ihm einen Seitenblick zu. „Heute Abend warst du auch toll. Bis morgen also – ich muss los und noch eine Wagenladung Weihnachtsplätzchen backen."

Damit beantwortete sie die Frage, die ihn schon den ganzen Abend beschäftigte – hatte sie ein Date nach der Party? Er weigerte sich, sich die Erleichterung darüber einzugestehen, dass sie keines hatte.

„Du musst noch mehr backen?", fragte er.

„Noch viel mehr. Diese kleinen Vorschulknirpse können eine beeindruckende Menge Plätzchen vertilgen."

Tom sah zu, wie sie in ihren Van stieg, und ein Gefühl erfasste ihn, das er sich nicht erklären konnte. Er verstand nicht das Geringste vom Backen und hatte auch seit Jahren keine Lust, sich an dieser Weihnachtstradition zu beteiligen – und doch wünschte er sich plötzlich nichts sehnlicher, als mit Merrie Plätzchen zu backen.

Er rieb sich mit beiden Händen das Gesicht. Da stimmte wirklich etwas nicht mit ihm. Sein Zuhause, seine Zuflucht hätte ihn locken müssen, tat es aber nicht. Er wollte nicht allein sein. Er wollte mit Merrie zusammen sein. Mit einer Frau, die überhaupt nicht zu ihm passte. Sein Verstand wusste das, aber dummerweise wollten sein Herz und seine Libido nichts davon wissen. Da er im Begriff war, die Wagentür zuzuwerfen, blieb ihm nicht mehr viel Zeit zum Nachdenken.

„Brauchst du vielleicht Hilfe?", fragte er.

„Nein danke, es geht schon." Sie schloss die Tür und startete den Motor.

Tom klopfte ans Fenster. „Ich meinte nicht beim Einsteigen, sondern beim Backen", erklärte er, nachdem sie die

Küss mich, Weihnachtsmann!

Scheibe heruntergelassen hatte. Da sie ihn nur schweigend ansah, fügte er unnötigerweise hinzu: „Beim Backen der Plätzchen."

„Es ist Samstagabend", sagte sie langsam. „Hast du nichts anderes vor?"

Erst in diesem Moment ging ihm auf, wie erbärmlich das klang, weshalb er in Erwägung zog, irgendwelche Verabredungen anzuführen, die in letzter Minute abgesagt worden waren. Sein Gewissen verbot es ihm jedoch, sie anzuschwindeln. Außerdem wollte er nichts erzählen, was ihr den Eindruck vermittelte, er könnte eine feste Freundin haben. Einerseits, weil das momentan tatsächlich nicht der Fall war, andererseits war es ihm ein wenig rätselhaft, warum er nicht wollte, dass sie das dachte.

„Nein, ich habe keine anderen Pläne", gestand er.

Merrie betrachtete Tom im Licht der Parkplatzbeleuchtung. Sein dunkles Haar war vom kalten Wind zerzaust, und er lächelte. Sie versuchte den sinnlichen Schauer zu ignorieren, der ihr bei seinen Worten über den Rücken gerieselt war. Obwohl sie sich auf der Party große Mühe gegeben hatte, ihn aus ihren Gedanken zu verbannen, war es ihr nicht gelungen. Sein fröhlicher Weihnachtsgruß war im ganzen Raum zu hören gewesen, wenn ein Kind sich auf seinen Schoß setzte und er sich nach dessen Weihnachtswünschen erkundigte. Dann gab er jedem Kind ein Geschenk aus dem Sack, ein hübsches Stoffrentier, von denen sie einen ganzen Haufen bestellt hatte.

Jedes Mal, wenn sie Tom ansah, konnte sie seinen natürlichen Umgang mit den Kindern beobachten und seine Fähigkeit, sie zum Lachen zu bringen. Auch mit den Erwachsenen unterhielt er sich unbefangen und scherzte mit ihnen, sodass sie sich langsam fragte, ob sie nicht ein völlig falsches Bild von ihm gehabt hatte. Wahrscheinlich war sein Sinn für Humor bisher nie zum Zug gekommen. Sie stellte ihn sich vor, wie er den Abend allein verbrachte und ungesundes Junkfood vor dem Fernseher aß. Vielleicht war er gar nicht spießig, sondern nur einsam.

Die Vorstellung, Tom könnte einsam sein, rührte sie. Wir wollen nicht, dass er einsam ist, schienen auch ihre Hormone vorlaut zu rufen, was Merrie überhaupt nicht passte. Sicher, sie wollte nicht, dass er einsam war, aber sich mit ihrem Steuerberater einzulassen war auch keine gute Idee – obwohl es gegen kein Gesetz verstieß. Trotzdem, sie waren einfach zu verschieden. Wollte sie es wirklich riskieren, sich in jemanden zu verlieben, der so trocken war? Wir finden ihn nicht trocken, meldeten sich wieder ihre Hormone. Erinnere dich nur an den Kuss – war der vielleicht langweilig?

Dem konnte sie nicht widersprechen. Vielleicht sollte sie ihrem Gefühl folgen. Es war unbestreitbar, dass Tom ein äußerst attraktiver Mann war. Vielleicht war es an der Zeit, ihn besser kennenzulernen. Mit ihm zusammen Plätzchen zu backen war eine gute Möglichkeit.

„Kannst du denn backen?", erkundigte sie sich.

„Ist das die Grundvoraussetzung?"

Sie lachte. „Aber du weißt, wie ein Ofen aussieht?"

„Das ist das Ding, in dem man backt, richtig?", erwiderte er amüsiert.

„Stimmt genau."

„Ja, ich weiß, wie das aussieht. Bei mir zu Hause dient er allerdings nur als Staubfänger."

„Hm, wie viel weißt du genau über das Plätzchenbacken? Es ist eine ernste Angelegenheit."

„Ich weiß, dass sie heiß und köstlich sind, wenn sie gerade frisch aus dem Ofen kommen."

„Aha. Und weißt du auch, wie sie in den Ofen hineinkommen?"

„Ich fürchte nein. Aber was ich nicht weiß, mache ich wett, indem ich deinen Anweisungen genauestens folge."

Sein zärtlicher und zugleich verwegener Blick verursachte ihr weiche Knie, als hätte sie zu viele Gläser Eierpunsch getrunken. „Den Anweisungen folgen?", wiederholte sie. „Hm, das könnte ganz gut funktionieren, denn ich gebe gern Anweisungen."

„Du kommandierst gern herum, was?"

„Manchmal."

Er lehnte sich mit den Unterarmen in das offene Wagenfenster und war ihr plötzlich so nah, dass ihr das Atmen schwerfiel.

„Ich glaube, damit werde ich fertig, Merrie."

Wahrscheinlich stimmte das, doch aufgrund ihrer Reaktion auf seine Nähe war sie nicht sicher, ob sie mit der Situation fertig werden würde, aber auf keinen Fall wollte sie sich die Chance entgehen lassen, es herauszufinden.

„Ich würde mich über deine Gesellschaft und deine Hilfe freuen", sagte sie daher und war froh, dass ihre Stimme so unbekümmert klang. „Folge mir."

4. KAPITEL

"Und jetzt schieben wir das Blech mit den Plätzchen einfach in den vorgeheizten Ofen, und wenn der Timer in zwölf Minuten klingelt, haben wir die köstlichsten Weihnachtsplätzchen, die du je gekostet hast", verkündete Merrie und machte schwungvoll die Ofenklappe zu. "Wenn sie nach ungefähr dreißig Minuten abgekühlt sind, können wir sie glasieren und dekorieren."

Sie drehte sich zu ihrem Küchenhelfer um und musste sich ein Lachen verkneifen beim Anblick der weißen Flecken auf Toms dunkelgrüner Perfect-Parties-Schürze, seiner Nase und seiner Wange. "Du siehst aus, als hättest du es mit dem Mehl ein wenig übertrieben."

"Du hast mir gesagt, ich solle nicht am Mehl sparen. Habe ich zu viel hineingetan?", fragte er besorgt.

Sie warf ihm ein Küchenhandtuch zu und bedeutete ihm, sich die Nase und die Wange abzuwischen. "Nein, es ist ein weicher Teig, deshalb braucht man reichlich Mehl, damit er nicht festklebt." Belustigt fügte sie hinzu: "Besonders für dein Gesicht."

"Ich musste mich kratzen." Er rieb sich mit dem Handtuch sauber. "Und was machen wir, solange die Plätzchen im Ofen sind?"

Ihre Blicke trafen sich, und die plötzliche Hitze, die dabei zu entstehen schien, hatte nichts mit der des Ofens zu tun. Du lieber Himmel, dachte Merrie, was ist denn nur los mit mir? Er hat doch bloß eine ganz harmlose Frage gestellt, in einem vollkommen unverfänglichen Ton – oder etwa nicht? Doch. Es lag sicher nur an ihrer überreizten

Fantasie, dass ihr gleich ein halbes Dutzend Dinge einfielen, die sie in den nächsten zwölf Minuten tun könnten, und alle fingen damit an, dass sie Tom gegen die Arbeitsfläche drängte und überall auf seinem Körper Fingerabdrücke aus Mehl hinterließ.

„Wir ... wir bringen den nächsten Schwung Plätzchen aufs Blech." Sie schaute zur Uhr an der Wand. „Und ich bereite mich innerlich auf den Anruf vor, den ich in ungefähr zwei Minuten erhalten werde."

Er runzelte die Stirn. „Bist du Hellseherin?"

„Nein, aber meine Mutter ruft mich jedes Jahr an diesem Tag um zehn Uhr sechsundvierzig an."

„Ist das bei euch in der Familie eine Weihnachtstradition?"

Obwohl er die Worte leichthin aussprach, spürte sie eine unterschwellige Anspannung in seinem Ton. Das weckte ihre Neugier. „Nein, eine Geburtstagstradition. Mom ruft mich jedes Jahr um diese Zeit an, um mir zum Geburtstag zu gratulieren und mich daran zu erinnern, dass die Wehen ihre Weihnachtsbäckerei unterbrochen haben. Im Jahr meiner Geburt bekam niemand den Langston-Obstkuchen zu Weihnachten serviert, und das war alles meine Schuld." Sie grinste. „Mom neckt mich immer noch gern damit, und meine Tante Delia – Moms Schwester, die den Langston-Obstkuchen nicht ausstehen kann – dankt mir jedes Jahr dafür in ihrer Weihnachtskarte."

Tom legte das Handtuch auf die Arbeitsfläche. „Du hast heute Geburtstag?"

„Ja. He, ich habe den Namen Merrie nicht bekommen, weil ich an Halloween geboren bin, sondern weil es auf Englisch Merry Christmas heißt – frohe Weihnachten!"

Er wirkte verlegen, als wäre er gerade ohne Geschenk für das Brautpaar auf einer Hochzeit aufgekreuzt. „Das wusste ich nicht. Herzlichen Glückwunsch."

„Danke."

„Wie kommt es, dass du nicht feierst?"

„Weil diese Plätzchen gebacken werden müssen und sich der Teig einfach nicht von selbst knetet. Außerdem mache ich das hier gern. Seit ich meine Firma gegründet habe, feiere ich meinen Geburtstag nicht mehr. Das hole ich im Januar nach, wenn das Geschäft etwas ruhiger geworden ist." Genau in diesem Augenblick klingelte das Telefon, und Merrie hob den Zeigefinger. „Pünktlich auf die Minute."

Tom deutete zum Wohnzimmer. „Soll ich nach nebenan gehen, damit du in Ruhe telefonieren kannst?"

„Sei nicht albern. Setz dich, ich koche uns Kaffee. Abgesehen davon kann ich moralische Unterstützung gebrauchen. Da ich jetzt dreißig bin, noch immer unverheiratet und keine Enkelkinder liefere, wird der diesjährige Anruf meiner Mutter nicht ohne entsprechende Bemerkung vonstattengehen. Also wünsch mir Glück." Sie nahm den Hörer ab. „Hallo Mom."

Tom machte es sich auf einem der Küchenstühle aus heller Eiche bequem und genoss den köstlichen Duft der Plätzchen im Ofen ebenso wie Merries Anblick beim Kaffeekochen und Telefonieren. Wenn jemand ihm vor einer Woche gesagt hätte, dass ihm eine häusliche, weihnachtliche Szene wie diese gefallen würde, hätte er denjenigen für unzurechnungsfähig erklärt. Und doch saß er hier und fühlte sich wohl in Merries freundlicher grün und gelb gestrichener Küche. Die wie Brillanten funkelnden Lichter an dem riesigen Tannenbaum, der ein Drittel ihres Wohnzimmers einnahm, spiegelten sich in den sauberen weißen Fußbodenfliesen. Überall stand weihnachtlicher Schnickschnack in der ansonsten schlichten Wohnung herum. Sogar hier in der Küche, und zwar in Gestalt eines Weihnachtsmannes, der als Küchenrollenhalter diente, von den Servietten und Handtüchern mit Weihnachtsmotiven ganz zu schweigen. Daher überraschte es ihn schon nicht mehr, dass sie zwei Porzellanbecher mit Bildern von grinsenden Schneemännern auf die Arbeitsfläche stellte.

Während sie damit beschäftigt war, Kaffeelöffel herauszusuchen, nutzte Tom die Gelegenheit, ihr Profil zu bewundern. Ihre Nase war besonders süß – klein und gerade –, er mochte es, wenn sie sie beim Lachen rümpfte. Sie lächelte über irgendeine Bemerkung ihrer Mutter, was ihre Wangengrübchen zum Vorschein brachte. Ihre glänzenden goldblonden Locken hatte sie zu einem lockeren Knoten hochgesteckt, aus dem sich schon etliche Strähnen gelöst hatten. Durch diese Frisur lag ihr Nacken frei. Der Anblick weckte in Tom den heftigen Wunsch, ihre zarte Haut dort zu küssen. Sie sah wundervoll aus in ihrem roten T-Shirt mit dem Aufdruck „Ho, ho, ho, backen macht froh", das sie zu einer verwaschenen Jeans trug, die ihren sexy Po aufregend zur Geltung brachte.

Sie öffnete den Kühlschrank und bückte sich, um etwas aus einem der unteren Fächer zu nehmen. Tom musste tief durchatmen, weil ihm bei diesem Anblick plötzlich alle möglichen sündigen Fantasien durch den Kopf schossen. Als sie sich aufrichtete und sich umdrehte, trafen sich ihre Blicke. Merrie hielt inne, eine Tüte Milch in der Hand. Ihre Miene ließ keinen Zweifel daran, dass sie ihn dabei ertappt hatte, wie er sie lüstern anstarrte.

Ohne den Blickkontakt zu unterbrechen, kam sie langsam näher. Toms Herz schien irgendetwas Akrobatisches in seiner Brust zu vollführen.

Merrie stellte die Kaffeesahne auf den Tisch, setzte sich ihm gegenüber und sagte ins Telefon: „Um ehrlich zu sein, ich befinde mich in Gesellschaft eines gut aussehenden Mannes, Mom." Sie lauschte der Antwort und errötete. Dann schaute sie kurz zur Decke, und als ihre Blicke sich wieder trafen, lag in ihren Augen ein übermütiges Funkeln.

„Nein, Mom, der gut aussehende Mann und ich haben keinen Sex. Er hilft mir beim Plätzchenbacken. Was? Nein, er ist nicht schwul. Er ist Steuerberater. Sein Name ist Tom." Sie hielt die Sprechmuschel zu und flüsterte: „Meine Mom lässt dich grüßen."

Tom winkte. „Ich grüße zurück."

„Tom grüßt dich auch", sagte sie ins Telefon. „Er ist auch Finanzberater. Ja, er ist sehr intelligent. Ja, ich weiß, dass Onkel Morty Steuerberater war, aber Tom ist ganz anders als Onkel Morty." Sie seufzte dramatisch. „Na schön, ich werde ihn fragen." Sie wandte sich an Tom. „Du wirst nicht wegen Unterschlagung oder so etwas gesucht, oder?"

Tom musste lachen. „Nein."

„Nein, Mom, wird er nicht. Ja, er hat wirklich eine angenehme Stimme. Allerdings ist es mir ein Rätsel, wie du das beurteilen kannst, wo er doch nur ein einziges Wort gesagt hat." Erneut lauschte sie einige Sekunden lang, dann stutzte sie. „Ich weiß es nicht."

Tom fragte sich, wonach ihre Mutter sich gerade erkundigt hatte, aber in diesem Moment klingelte der Timer.

„Hoppla, meine Plätzchen müssen aus dem Ofen, Mom.

Küss mich, Weihnachtsmann!

Ich muss Schluss machen. Danke für deinen Anruf. Wir sehen uns Heiligabend gegen vier. Leb wohl." Sie beendete das Gespräch und atmete erleichtert auf. „Der Timer hat mich vor einem regelrechten Verhör bewahrt." Sie streifte sich einen Handschuh in Form eines Rentieres über, öffnete die Ofenklappe und zog das herrlich duftende Backblech heraus. Tom lief das Wasser im Mund zusammen, und er stand auf, um die Plätzchen noch besser riechen zu können.

„Wann dürfen wir sie endlich probieren?", fragte er.

„Erst wenn sie abgekühlt, glasiert und dekoriert sind." Sie bedachte ihn mit einem strengen Blick, der jedoch abgeschwächt wurde durch eine ihrer Korkenzieherlocken, die ihr vor dem linken Auge hing. „Und keine Minute früher. Plätzchenbacken ist eine ernste Sache, mein Lieber. Kein Blödsinn in der Küche." Mit der Hand im Rentierhandschuh zeigte sie auf den auf dem Holzbrett ausgerollten Teig. „Schnapp dir die Ausstechformen." Sie zwinkerte ihm zu. „Ich habe dich ja gewarnt, dass ich gern mal herumkommandiere. Kannst du das wirklich vertragen?"

„Klar", sagte er, obwohl ihn leise Zweifel beschlichen, weil das Plätzchenbacken nicht mehr ganz oben auf der Liste der Dinge stand, die er jetzt am liebsten tun würde. Nein, ganz oben auf der Liste stand, Merrie an sich zu drücken und sein immer größer werdendes Verlangen nach ihr zu stillen. Er musste endlich herausfinden, ob er sich das erotische Knistern zwischen ihnen bei ihrem Kuss nur eingebildet hatte oder nicht. Da er diesen Kuss aber lieber vergessen sollte, nahm er die sternförmige Plätzchenform und widmete sich dem Teig.

Während sie die Sterne auf dem Backblech arrangierte,

die er ausstach, sagte sie: „Du musst meiner Mutter die Frage nach dem Schwulsein und der Unterschlagung verzeihen. Sie ist ein bisschen schräg."

„Ich fand es eher lustig. Es klang, als hättet ihr eine recht gute Beziehung."

„Haben wir auch – inzwischen. Bei der Scheidung meiner Eltern hatten wir aber auch unsere Probleme."

Das kam Tom sehr bekannt vor, deshalb konnte er das gut nachvollziehen. „Wie alt warst du?"

„Vierzehn."

Er stach einen weiteren Stern aus. „Ich war neun, als meine Eltern sich trennten."

Sie tauschten einen Blick gegenseitigen Mitgefühls, dann sagte Merrie: „Heute weiß ich, dass die Scheidung das Beste war, aber damals – und noch bis zu meinem ersten Jahr auf dem College – war es das Schlimmste, was ich je erlebt habe. Wie war es bei dir?"

„Ja, es war ziemlich schlimm."

Nachdem sie die letzten Sterne auf das Backblech gelegt hatte, schob sie es in den Ofen und stellte den Timer ein. Dann setzten sie sich mit zwei Bechern frischem Kaffee an den Küchentisch, und Merrie fuhr fort: „Am unerträglichsten war für mich das Gezerre meiner Eltern um mich. An den Feiertagen, besonders Weihnachten, war es am ärgsten. Nach der Scheidung verwandelte es sich von einem fröhlichen Fest der Liebe zu einem Zankapfel zwischen meinen Eltern, die sich weiterhin stritten, lange nachdem die Tinte auf den Scheidungspapieren getrocknet war."

Tom trank einen Schluck Kaffee und nickte. „Genau wie bei meiner Familie. Das Weihnachtsfest vor der Trennung meiner Eltern war das beste meines Lebens. Eine Woche vor dem Fest unternahm mein Vater eine Geschäftsreise nach New York, und ich und meine Mom begleiteten ihn. Wir sahen uns die Schaufenster in der Fifth Avenue an, liefen Schlittschuh am Rockefeller Center, aßen in der Carnegie Deli zu Mittag und sahen uns die Weihnachtsshow in der Radio City Music Hall an. Sie nahmen mich mit zum Weihnachtsmann bei Macy's am Herald Square, und ich war furchtbar aufgeregt, weil ich den echten Weihnachtsmann sehen würde. Ich wünschte mir von ihm eine G.I.-Joe-Soldatenpuppe und ein neues Fahrrad, aber nicht irgendeines, sondern ein Trailblazer XP 5000 – damals der Lamborghini unter den Fahrrädern."

Merrie lächelte ihn über den Rand ihres Kaffeebechers an. „Hast du es bekommen?"

„Na klar. Ich war das erste Kind in unserem Block, das eins hatte." Wehmut überkam ihn bei der Erinnerung daran. „Das war das letzte Weihnachten, das wir zusammen als Familie verbrachten."

„Danach bist du hin und her gependelt?"

„Oh ja. Meiner Mutter passte es überhaupt nicht, mich Weihnachten mit meinem Dad teilen zu müssen, vor allem wegen seiner neuen Frau Cindy, die sie nicht ausstehen konnte. Obwohl sie es nie aussprach, gab Cindy mir deutlich zu verstehen, dass sie mich nur meinem Dad zuliebe tolerierte. Mein Dad saß in der Zwickmühle, denn er konnte es nicht allen recht machen, sosehr er es auch versuchte. Deshalb wurden die Feiertage zu einer Tortur, und ich hoffte immer nur, Weihnachten möge rasch vorbei sein."

Sie legte ihre Hand auf seine, die den Kaffeebecher hielt. „Wie traurig für dich. Es war schon schlimm genug, auch ohne dass du dich unerwünscht gefühlt hast."

Ihr Mitgefühl war das eines Menschen, der Ähnliches erlebt hatte, und das fand Tom tröstlich. Er schaute auf ihre schmalen Finger, die auf seinem Handrücken ruhten. Er mochte es, wie ihre helle Haut sich von seiner abhob, mochte die sanfte Berührung ihrer Fingerspitzen. Er ließ seinen Becher los und verschränkte seine Finger mit ihren.

„Du empfindest Weihnachten immer noch als Tortur", sagte sie.

Er zuckte mit den Schultern. „Ich habe nur wenige gute Erinnerungen daran. Ich versuche es zu ignorieren, indem ich noch mehr arbeite als sonst. Das ist nicht allzu schwierig, weil ich am Ende des Jahres immer viel zu tun habe."

„Wo verbringst du Weihnachten?"

„Normalerweise bei Freunden. Mein Dad und Cindy unternehmen in diesem Jahr eine Mittelmeerkreuzfahrt. Meine Mutter ist vor fünf Jahren an Krebs gestorben."

Merrie drückte mitfühlend seine Hand. „Das tut mir leid. Ich habe meinen Vater vor drei Jahren verloren. Wie ist deine Beziehung zu Cindy heute?"

„Ganz gut, jetzt, wo ich kein Kind mehr bin, das die Aufmerksamkeit seines Vaters braucht. Ich sehe die beiden nur selten, weil sie unerschrockene Weltreisende sind. Cindy ist eigentlich eine nette Frau, sie mag nur keine Kinder. Mein Dad und sie sind sehr glücklich. Hat deine Mom wieder geheiratet?"

„Oh ja." Sie schüttelte lachend den Kopf. „Mein Stiefvater ist ein Original, genau wie meine Mutter. Die beiden sind wie ein Comedy-Paar. Ich nenne sie die Marilyn-und-Ed-Show. Sie sind beide halb im Ruhestand, wohnen in einer Eigentumswohnung in South Carolina in einer Siedlung mit Golfplatz. Keiner von beiden hat Ahnung von diesem Sport, aber sie lieben es, mit ihrem neuen Golfcart zu fahren. Wenn Mom damit genauso ungeschickt ist wie mit dem Auto, sind die Platzwarte bestimmt nicht allzu erfreut."

Ihre Miene wurde nachdenklich, und sie strich langsam, beinah geistesabwesend mit ihren Fingern über seine. Ihre Berührung entfachte seine Begierde erneut, sodass er unruhig hin und her rutschte, während er sich fragte, ob sie wusste, was in ihm vorging.

Schließlich sagte sie: „Ich finde es faszinierend, dass wir aus ähnlichen familiären Verhältnissen kommen, obwohl wir auf die Umstände unterschiedlich reagiert haben. Jetzt verstehe ich zum Beispiel, warum dein Büro so freudlos eingerichtet ist. Ich wette, dein Zuhause sieht genauso aus. Hast du eigentlich einen Weihnachtsbaum?"

„Nein."

„Du hast auf deine Familiensituation reagiert, indem du Weihnachten praktisch aus deinem Leben verbannt hast, während ich es umso begeisterter feiere."

Er schaute sich demonstrativ in dem fröhlich geschmückten Zimmer um. „Ach tatsächlich? War mir gar nicht aufgefallen."

„Sehr witzig. Die Scheidung meiner Eltern führte bei mir zu dem Entschluss, die Freude an Weihnachten nicht zu verlieren. Ich finde, jedes Kind verdient ein fröhliches, unbekümmertes Weihnachtsfest."

„Da stimme ich dir zu, aber das Leben ist eben nicht immer eitel Sonnenschein."

„Das mag sein, trotzdem möchte ich, dass Weihnachten etwas Besonderes ist, vor allem für Kinder, die bereits erfahren mussten, dass die übrigen dreihundertvierundsechzig Tage nichts von diesem Zauber haben."

Tom verstand allmählich. „Deshalb veranstaltest du die Weihnachtsparty im Frauenhaus und steckst Geld und Zeit in dieses Projekt – obwohl ich dir rate, dieses Geld zu sparen."

Ihre Wangen röteten sich leicht. „Na ja, das ist dein Job."

„Du hast mir nie die Gründe für dein Engagement erklärt."

„Dazu bestand bisher auch kein Grund. Ich würde diese Party nie ausfallen lassen, ganz gleich, was für ein düsteres Bild du von meinen Finanzen malst. Die Kinder lieben das Fest, und ich finde darin Erfüllung."

Der Timer klingelte, und Merrie stand auf. Sofort fehlte ihm der Körperkontakt.

„Zurück an die Arbeit!", sagte sie. „Ein Blech muss noch in den Ofen. Die ersten Plätzchen, die wir gebacken haben, müssten inzwischen abgekühlt sein. Bist du bereit, sie zu glasieren und zu dekorieren?"

„Unbedingt. Ich liebe Glasuren."

Sie warf ihm einen Blick über die Schulter zu, während sie das Blech aus dem Ofen holte und das nächste hineinschob. „Die Glasur ist für die Plätzchen, nicht zum Naschen."

„Ach, komm schon. Kann ich nicht wenigstens mal probieren?" Er warf ihr einen flehenden Blick zu.

„Hör auf, mich so anzusehen. Damit kommst du bei mir nicht weiter." Seufzend gab sie nach. „Na schön, vielleicht doch. Diesen Blick hast du doch bestimmt lange geübt."

„Jahre."

Küss mich, Weihnachtsmann!

„Das glaube ich. Er ist auch sehr wirkungsvoll. Also gut, du darfst ein kleines bisschen probieren, aber erst, wenn alle Plätzchen verziert sind."

„Wow! Du bist eine harte Frau, Merrie. Stellst hier überall Plätzchen und Glasur hin und erwartest von mir, dass ich widerstehe. Meinst du, ich bin aus Stahl?"

Sie lehnte sich gegen die Arbeitsfläche und musterte ihn auf eine Weise, die seine Körpertemperatur um einige Grad ansteigen ließ. Dann nahm sie eine Glasschüssel mit weißer Glasur, tauchte provozierend langsam den Zeigefinger hinein und hielt ihn hoch: „Beim Plätzchenbacken geht es einzig und allein um Willenskraft."

„Ja?" Er ging zu ihr. Früher hatte er keine Probleme mit seiner Willenskraft gehabt, doch diese Frau bedeutete nichts Gutes für seine Selbstbeherrschung. Nur hatte er das bereits gewusst, als er ihr seine Hilfe beim Backen anbot. Instinktiv war ihm klar gewesen, dass er mit ihr nicht nur Plätzchen backen wollte. Er wusste es seit dem Kuss – deshalb hatte er auch ein Kondom dabei, nur für alle Fälle. Für den Fall, dass er es nicht mehr länger aushielt, denn er kämpfte schon den ganzen Abend gegen sein Verlangen an. Als er jetzt mitansehen musste, auf welch verführerische Weise sie den Finger in die Glasur tauchte, hätte er am liebsten das Handtuch geworfen. „Und ich dachte, beim Backen gehe es lediglich darum, die richtigen Zutaten zu mischen."

„Das auch. Aber man braucht Willenskraft, um nicht die ganze Glasur wegzunaschen, bevor man die Plätzchen damit bestrichen hat." Sie hob den Zeigefinger an den Mund, doch Tom war schneller. Er hielt ihr Handgelenk fest, sah ihr in die Augen und saugte die Glasur von ihrem Finger.

Ihm gefiel das Aufflackern der Lust in ihrem Blick,

die Art, wie ihre Iris sich zu verdunkeln schien und wie Merrie den Atem anhielt. Nachdem er ihren Finger abgeleckt hatte, legte er sich ihre Hand auf die Brust, damit sie das Pochen seines Herzens fühlen konnte. Er spürte ihre Wärme durch den Stoff seines Poloshirts hindurch, und seine Muskeln spannten sich an.

„Köstlich", sagte er leise, „aber nicht genug." Er nahm ihr die Schüssel aus der Hand und fuhr selbst mit dem Zeigefinger durch die weiße Creme. Dann stellte er die Schüssel auf die Arbeitsfläche und berührte mit dem Finger, den er zuvor in die Glasur getaucht hatte, ihre Unterlippe. Merries Zunge kam kurz zum Vorschein, und im Nu war die Köstlichkeit verschwunden.

„Das ist unfair", beklagte er sich scherzhaft. „Das war meine." Erneut tupfte er Glasur auf ihre Unterlippe und trat noch näher, bis ihre Körper sich berührten. Dann beugte er sich hinunter und strich mit seiner Zunge über die süße Stelle.

Merrie gab einen lustvollen Seufzer von sich und bekam weiche Knie. Vorsichtshalber legte sie ihm die Hände um den Nacken, obwohl sie eigentlich nicht fallen konnte, weil sie mit der Hüfte an der Arbeitsfläche lehnte und Tom sich an sie drückte. Trotzdem, man konnte nie wissen.

„Wenn du das noch einmal machst, steckst du in echten Schwierigkeiten", flüsterte sie. „Das meine ich ernst."

„Danke für die Warnung." Er strich erneut mit dem Finger über ihre Lippen und leckte die Glasur dann mit seiner Zunge fort.

„Oh, jetzt bist du in großen Schwierigkeiten", hauchte sie, und ihr Herz schlug schneller vor Aufregung, als er den

Finger wieder in die Schüssel tauchte, aber sie beherrschte dieses Spiel ebenfalls. Diesmal hielt sie seine Hand fest und saugte genüsslich an seinem Finger. Begierde flackerte in seinem Blick auf, und er presste sich an sie, sodass sie deutlich seine Erektion spüren konnte. Merrie verfluchte im Stillen die Kleiderschichten, die ein Hindernis zwischen ihnen darstellten. Mit der Zunge umspielte sie seine Fingerspitze, was Tom ein tiefes Stöhnen entlockte.

„Ja, ich stecke wirklich in Schwierigkeiten", gab er mit heiserer Stimme zu, legte den freien Arm um sie und drückte sie noch fester an sich. „Hast du nicht gesagt, kein Blödsinn in der Küche?"

Sie gab seinen Finger frei und sagte aufrichtig: „Für mich ist das kein Blödsinn. Für dich?"

„Auf keinen Fall." Er biss sie zärtlich ins Ohrläppchen. „Im Gegenteil, mir ist es sehr ernst. Außerdem fallen mir noch viel interessantere Sachen ein als die Plätzchen, die man glasieren könnte."

Seine Worte machten sie benommen. „Du liebe Zeit, es ist heiß hier drinnen." Ein sinnlicher Schauer überlief sie, und sie neigte den Kopf, damit er sie besser liebkosen konnte. „Das muss am Ofen liegen."

„Nein, an dem liegt es nicht, aber du kennst ja das Sprichwort: Wenn du der Hitze nicht gewachsen bist, verschwinde aus der Küche."

„Ich bin ihr gewachsen", erklärte sie, fragte sich aber sofort, ob das auch wirklich stimmte, schließlich hatte sie seit Monaten keinen Sex mehr gehabt.

Er hob den Kopf und sah ihr tief in die Augen. Dann ließ er sie los und stützte sich mit den Händen links und rechts von ihr auf der Arbeitsfläche ab, sodass sie praktisch gefangen war. In diesem Moment wusste sie genau, dass nur leidenschaftlicher Sex mit diesem Mann ihr brennendes Verlangen stillen konnte.

„Bist du dir sicher, dass du der Sache gewachsen bist, Merrie? Denn du hast etwas an dir, das eine verheerende Wirkung auf meine Selbstbeherrschung hat."

Du lieber Himmel. „Inwiefern verheerend?" Sie war beeindruckt, dass er überhaupt noch von Selbstbeherrschung reden konnte, da es um ihre längst geschehen war.

„Sie versagt komplett in deiner Gegenwart."

„Na ja, ich finde das nicht allzu schlimm. Im Schlafzimmer habe ich nämlich Kondome."

„Und ich habe eines in meiner Brieftasche", sagte er.

„Ein Mann, der vorausdenkt. Sehr lobenswert."

Seine Augen funkelten. „Du magst es hoffentlich auf die wilde Tour, denn ich fürchte, sanft und langsam werde ich es nicht mehr schaffen."

Sie schlang ihm die Arme um den Nacken, stellte sich auf die Zehenspitzen und presste ihre Brüste, die sich nach seiner Liebkosung sehnten, gegen seine muskulöse Brust. „Sanft und langsam kann warten. Jetzt hört sich wild wundervoll an."

In der nächsten Sekunde lagen seine Lippen auf ihren, und ihre Zungen fanden sich zu einem erotischen Spiel. Die Berührung seiner Hände war reine Magie. Er streichelte ihren Rücken und ihre Brüste, wobei er die aufgerichteten Brustwarzen durch ihr T-Shirt und den BH hindurch liebkoste.

Ein Gefühl, das an Verzweiflung grenzte, überkam Merrie. Sie verzehrte sich vor Sehnsucht danach, ihn endlich zu berühren, deshalb zerrte sie ihm das T-Shirt über den Kopf, warf es auf den Boden und ließ ihre Hände über Toms nackten Rücken gleiten.

Seine Muskeln verrieten, dass er nicht nur am Schreibtisch saß und mit Zahlen jonglierte. Sie hatte vor, diesen athletischen Körper Stück für Stück genauer zu untersuchen, später, sobald dieses lodernde Feuer in ihr fürs Erste gelöscht war.

Noch immer waren viel zu viele Kleidungsstücke zwischen ihnen, und Merrie wollte, dass sie verschwanden. Er wollte das offenbar auch, denn er umfasste den Saum ihres T-Shirts, das sich im nächsten Moment zu seinem auf dem Fußboden gesellte.

Eine Reihe heißer kleiner Küsse auf ihre nackte Haut pressend, öffnete er den Knopf an ihrer Jeans. Merrie kickte ihre Schuhe fort, er streifte seine ab. Sie zerrte an seinem Gürtel, während sie hin und her wackelte, damit er ihr die Jeans leichter ausziehen konnte. Als es geschafft war, seufzte sie erleichtert. Jetzt trug sie nur noch ihren roten Spitzen-BH und den Slip.

Ihr Seufzer der Erleichterung verwandelte sich in lustvolles Stöhnen, als Tom ihren Po umfasste und sie auf die Arbeitsfläche hob. Er stellte sich zwischen ihre Knie und küsste sie erneut mit einer Hingabe, die sie alles bis auf ihn vergessen ließ. Sacht glitten seine Finger über ihre Haut, ehe er ihren BH aufhakte und ihre Brustwarzen rieb, bis sie hart waren. Seine Lippen zogen eine heiße Spur über ihren Hals, hinunter bis zu ihren Brüsten, deren aufgerichtete Spitzen er zunächst mit der Zunge umspielte, ehe er an ihnen saugte.

Merrie warf den Kopf in den Nacken, bog sich Tom entgegen und überließ sich ganz den wundervollen sinnlichen Empfindungen, die er ihr bescherte. Ihr Körper reagierte beinah ungestüm auf jede seiner erotischen Liebkosungen. Tom strich mit den Händen an den Innenseiten ihrer Schenkel hinauf und spreizte ihre Beine weiter. Dann schob er eine Hand in ihren Slip, um sie zu streicheln. Merrie stöhnte und passte sich den Bewegungen seiner Hand an. Er drang erst mit einem, dann mit zwei Fingern in sie ein und liebkoste sie auf diese intime Weise, bis sie ihrer aufgestauten Lust auf dem Höhepunkt mit einem erstickten Schrei Luft machte.

Die erregenden Schauer waren noch nicht abgeklungen, und sie rang immer noch nach Atem, als sie vage hörte, wie ein Reißverschluss geöffnet wurde. Kurz darauf vernahm sie ein weiteres Geräusch – vermutlich riss Tom die Folienverpackung des Kondoms auf. Neugierig öffnete sie die Augen und sah, wie er es über sein aufgerichtetes Glied streifte. Wäre sie schon in der Lage gewesen zu sprechen, hätte sie ihr anerkennendes Staunen sicher in Worte gefasst, aber sie brachte einfach noch keinen Ton heraus.

Ehe sie zu Atem kommen konnte, schob er ihren feuchten Slip zur Seite und drang tief in sie ein. Merrie schloss die Augen wieder und schlang die Beine um ihn, damit sie ihn so intensiv wie möglich spüren konnte. Er packte ihre Hüften und bewegte sich in einem harten, unnachgiebigen Rhythmus, mit dessen Hilfe es ihm gelang, ihre Lust von Neuem anzufachen und ihr sinnliche Laute zu entlocken. Tom stöhnte und drang ein letztes Mal in sie ein, und sie klammerte sich wie eine Ertrinkende an ihn. Er schmiegte sein Gesicht an ihren Hals, während er wieder und wieder erschauerte. Sie wusste nicht, wie viele Sekunden verstrichen waren, als er den Kopf hob und ihr in die Augen schaute, noch immer schwer atmend. Er sah genauso benommen aus, wie sie sich fühlte.

Merrie brauchte einen Moment, bis sie ihre Stimme wiedergefunden hatte. „Wow! Ich muss zugeben, ich hätte eher gedacht, dass Steuerberater Sex in einem Bett vorziehen. Auf solche Vorurteile werde ich nie wieder hereinfallen."

Ein Lächeln breitete sich auf seinem Gesicht aus. „Ich würde liebend gern in einem Bett mit dir schlafen – wenn wir es beim nächsten Mal bis dorthin schaffen. Allerdings muss ich sagen, dass diese Arbeitsfläche genau die richtige Höhe hat."

„Ich beklage mich auch nicht."

„Wenn es das ist, worum es beim Kochen geht, kann ich verstehen, weshalb so viele Männer Köche werden."

„Ich muss dir sagen, du bist mir eine praktische Küchenhilfe." Plötzlich nahm sie ein beharrliches Piepen wahr. „Anscheinend sind die Plätzchen fertig."

„Der Timer piept mindestens schon seit fünf Minuten."

„Du machst Witze. Ich habe ihn nicht gehört."

Er zwinkerte ihr zu. „Na ja, du warst eben beschäftigt."

Sie lachte. „Tja, eine Elfe muss tun, was eine Elfe tun muss. Dafür sind diese Plätzchen nun verbrannt."

„Und ich weiß genau, wie die sich fühlen. Aber ich habe eine großartige Idee. Wir schalten den Ofen aus, nehmen eine schöne warme Dusche und widmen uns anschließend der Schüssel mit der Glasur. Dann zeige ich dir, dass Steuerberater im Schlafzimmer genauso zu gebrauchen sind wie in der Küche. Wie hört sich das an?"

„Wie das beste Geburtstagsgeschenk seit Jahren."

5. KAPITEL

Tom betrat sein Büro in der Main Street und schaltete das Licht ein. Er war entschlossen, an diesem Morgen produktiv zu sein und die Arbeit nachzuholen, die er normalerweise um diese Zeit längst erledigt hatte. Sein Terminplan war völlig durcheinandergeraten, denn die Auftritte als Weihnachtsmann auf Merries Partys hatten einen Großteil seiner Zeit in Anspruch genommen.

Ganz zu schweigen von den Nächten nach den Partys.

Die Erinnerung daran erregte ihn von Neuem, deshalb versuchte er die Bilder der vergangenen vier Nächte zu verdrängen – Merrie in der Dusche, während er ihren nackten Körper einseifte und sie anschließend unter dem herabprasselnden warmen Wasserstrahl liebte. Merrie zwischen den zerwühlten Laken, während sie sich gegenseitig strategisch platzierte Kleckse süßer Glasur von ihren Körpern schleckten. Oder ihr Picknick in der Badewanne mit Trauben, Apfelstückchen und Wein.

Wie sie sich anfühlte und schmeckte, hatte sich tief in sein Gedächtnis eingebrannt, sodass er sie mit verbundenen Augen aus einer Menge Frauen herausfinden könnte. Er war nicht nur im Bett gern mit ihr zusammen, er unterhielt sich auch gern mit ihr. Es hatte ihm Spaß gemacht, ihr zuzuhören und Plätzchen mit ihr zu glasieren, und er mochte ihr ansteckendes Lächeln und ihren Sinn für Humor.

Seufzend setzte er sich in seinen Ledersessel und trank nachdenklich einen Schluck von seinem Kaffee, den er sich aus dem Coffeeshop mitgenommen hatte. Er fragte sich, warum er sich so durcheinander fühlte.

Küss mich, Weihnachtsmann!

Er hatte den Sex und den Spaß in den vergangenen Tagen genossen, doch waren seine Gefühle widersprüchlich. Zweifellos fühlte er sich zu Merrie hingezogen, auf eine Art, wie er es bei keiner anderen Frau bisher erlebt hatte. Er hatte sie schon immer gemocht und attraktiv gefunden, seit er sie vor zwei Jahren kennengelernt hatte, trotzdem hätte er nie damit gerechnet, dass ihre Beziehung sich in diese Richtung entwickeln würde. Sie unterschied sich so sehr von dem, was er für seinen Typ hielt, und doch hatte keine dieser Frauen, mit denen er in den letzten Jahren zusammen gewesen war, diese Wirkung auf ihn gehabt. Schon ein Lächeln von ihr reichte, um ihn aus der Fassung zu bringen. Er begehrte sie, er wollte sie, mit einer Intensität, die ihn verblüffte und über die er nicht allzu froh war.

Diese Frau war nicht die Richtige für ihn. Er war ein Planer, sie dagegen folgte nur ihrem Instinkt. Er war Realist, sie war eine Träumerin. Er gehorchte seinem Verstand, sie ihrem Herzen. Sie waren einfach zu verschieden, als dass die Beziehung zwischen ihnen von Dauer sein konnte.

Dann genieße es, solange es dauert, riet ihm seine innere Stimme. Hör auf, alles übermäßig zu analysieren. Sie ist eine tolle Frau, du begehrst sie und sie begehrt dich, das genügt doch vollkommen. Wenn die Flamme erloschen ist, geht jeder von euch wieder seines Weges.

Genau. Er trank einen weiteren Schluck Kaffee. „Genau", sagte er laut.

Auch dadurch, dass er es laut aussprach, fühlte es sich nicht richtiger an. Es war eine Sache, sich in eine kurze Affäre zu stürzen. Das Problem bestand darin, dass sein Herz sich nicht mit einer kurzen Affäre begnügen wollte, und das war alarmierend.

Er warf einen Blick auf den roten Weihnachtsstern auf der Fensterbank. Merrie hatte ihm den nach der ersten gemeinsamen Nacht mitgebracht, weil sie der Ansicht war, sein Büro sollte ein bisschen weihnachtlicher aussehen. Er musste zugeben, dass die leuchtend roten Blätter ein wenig Farbe an seinen ansonsten schmucklosen Arbeitsplatz brachten. Und sie erinnerten ihn an Merrie.

Moment mal – summte er etwa vor sich hin? Allerdings, aber er summte nicht nur irgendeine Melodie, sondern die des Liedes „Have Yourself a Merry Little Christmas".

Na fabelhaft, jetzt hatte er schon Weihnachtslieder mit ihrem Namen im Titel im Kopf, und sein Magen verlangte knurrend nach Weihnachtsplätzchen. Derartige weihnachtliche Gefühle hatte er seit seiner Kindheit nicht mehr gehabt, und das war alles Merries Werk. Egal, wo sie war, sie schien überall einen Zauber um sich zu verbreiten. Einerseits gefiel ihm das, andererseits fand er es beunruhigend. Er mochte es nicht, wenn seine Alltagsroutine unterbrochen wurde. Er hatte seinen eigenen Rhythmus, in dem er am besten arbeiten konnte.

Du hast keinen eigenen Rhythmus, sagte seine innere Stimme, du lebst in einem Trott. Das ist ein Unterschied.

Traf das zu? Er schaute sich erneut in seinem Büro um und musste zugeben, dass es, abgesehen vom Weihnachtsstern, karg aussah. Man fühlte sich darin einsam. Spiegelte das nicht sein Empfinden in letzter Zeit wider?

Schon möglich. Vielleicht hatte Merrie gerade deshalb diese Wirkung auf ihn, weil er einsam war. Jeder wäre eine willkommene Abwechslung gewesen, oder? Ja, das war alles, mehr steckte gar nicht dahinter. Man verliebte sich nicht einfach so.

Küss mich, Weihnachtsmann!

Das erinnerte ihn an Rick. Tom war Trauzeuge bei der überraschenden Hochzeit seines Freundes vor drei Jahren gewesen. Er und Rick waren auf dem College vier Jahre lang Zimmergenossen, und Tom kannte niemanden, der mit größerer Überzeugung Junggeselle war. Dann hatte Rick Sue kennengelernt, und schon verabschiedete er sich von seinem Junggesellendasein. Er hatte noch die Worte seines Freundes im Ohr: „Ich weiß nicht, was passiert ist, Mann. Ich habe sie gesehen und wusste es. Wie verrückt habe ich versucht, es mir auszureden, aber es funktionierte nicht. Sie war die Richtige."

Drei Jahre später waren sie glücklich verheiratet und erwarteten ihr erstes Kind. Das bewies doch, dass man bei Herzensdingen nie vorhersagen konnte, was passieren würde. Trotzdem hatte er Zweifel. Käme die Liebe für ihn nicht eher in Gestalt einer Frau daher, die besser zu ihm passte?

Ein weiteres Bild von Merrie erschien vor seinem geistigen Auge, das er entschlossen verdrängte, denn er musste unbedingt seine Arbeit erledigen. Er würde am Abend wieder an sie denken, nach Feierabend, wenn sie nackt im Bett lagen ...

Er atmete schwer aus. *Verdammt!* Es würde ein höllisch langer Tag werden.

An diesem Abend, nach einer erfolgreichen Party für die Angestellten der Handelskammer von Lansfare, parkte Merrie ihren Van so nah wie möglich am Eingang ihres Ladens und wandte sich an Tom, der auf dem Beifahrersitz saß. Er trug noch sein Weihnachtsmannkostüm, hatte allerdings die Mütze und den falschen Bart abgenommen.

Auch das Kissen, das dem Weihnachtsmann einen Bauch gab, hatte er entfernt. Während der fünfzehnminütigen Fahrt war er ungewöhnlich still gewesen, und Merrie hatte sich gefragt, worüber er nachdachte. Doch als sie den verlangenden Ausdruck in seinen Augen sah, war diese Frage beantwortet. Ihr Puls beschleunigte sich aus Vorfreude – und aus Erleichterung darüber, dass nicht nur sie lüsterne Fantasien hatte. Bevor sie etwas sagen konnte, beugte er sich zu ihr herüber, löste ihren Sicherheitsgurt und zog sie auf seinen Schoß – was er trotz der Mittelkonsole zwischen ihnen beeindruckend elegant hinbekam.

„Woher wusstest du, dass ich gerade daran gedacht habe, wie gern ich beim Weihnachtsmann auf dem Schoß sitzen würde?", fragte sie lächelnd, während sie ihm durch das volle dunkle Haar strich.

„Ich bin eben sehr schlau."

„Wirst du mich jetzt fragen, ob ich auch artig war?"

„Süße, das weiß ich längst."

„Hm. Tja, eine Elfe muss tun, was eine Elfe tun muss. Wie lautet also das Urteil – war ich brav oder unartig?"

„Du bist eine faszinierende Mischung aus beidem."

Noch ehe sie sich eine Erwiderung überlegen konnte, küsste er sie leidenschaftlich, wobei er eine Hand auf eins ihrer Knie legte und sie langsam höher schob, unter ihr Elfenkleid.

„Trägst du wieder die rote Spitzenunterwäsche, die du als Betriebsausgabe steuerlich absetzen wolltest?" Er unterstrich jedes Wort mit einem zärtlichen Kuss auf ihre Wange.

„Nein."

„Mist."

„Ich würde sagen, ich bin eine Elfe ohne Unterwäsche."

Er stutzte, dann trat ein Funkeln in seinen Blick, und er schob die Hände noch höher, bis er ihren nackten Po erreichte.

„Auf der Party trug ich natürlich noch welche. Ich wollte die Damen und Herren von der Handelskammer ja schließlich nicht schockieren." Sie zeichnete mit dem Zeigefinger zärtlich seine Unterlippe nach. „Ich habe meinen Slip vor der Rückfahrt ausgezogen, um vorbereitet zu sein, falls der Weihnachtsmann auf dem Parkplatz mit mir schlafen will."

Er spreizte ihre Beine und streichelte sie behutsam. Merrie seufzte vor Wonne.

„Wir könnten für das, was ich mit dir tun will, verhaftet werden", flüsterte er.

Sie stöhnte, als er erst mit einem Finger in sie eindrang und dann einen zweiten nachschob.

„Du fühlst dich wundervoll an."

Sie spreizte die Beine noch mehr, und Toms Küsse wurden stürmischer. Bereitwillig teilte sie die Lippen und ging auf das Spiel seiner Zunge ein. Seine Erektion presste sich an ihren Unterkörper, und obwohl Merrie es kaum erwarten konnte, ihn endlich zu berühren, hinderten ihre Position auf seinem Schoß und sein Kostüm sie daran.

Daher unterbrach sie den Kuss und hauchte: „Ich will dich in mir spüren."

„Beim nächsten Mal. Jetzt will ich sehen, wie du kommst. Komm für mich, Merrie."

Seine tiefe sinnliche Stimme, der verzückte Ausdruck auf seinem Gesicht und die erotischen Liebkosungen seiner Finger bescherten ihr einen überwältigenden Höhepunkt. Es dauerte eine Weile, bis sie sich allmählich wieder beruhigte und die Augen aufschlug.

„Du bist wunderschön", flüsterte er und küsste sie auf die Stirn. „Du bist …" Er schüttelte den Kopf, als fehlten ihm die Worte.

„Eine zufriedene Elfe", schlug sie vor.

„Ich dachte eher an ‚unvergleichlich' oder so etwas."

Ihre Gefühle für diesen Mann, die sie seit einer Woche unter Kontrolle zu halten versuchte, gingen bei diesem wundervollen Kompliment erneut mit ihr durch. Wie lange würde sie es noch verhindern können, ihm ganz und gar ihr Herz zu öffnen? Wie lange noch, bis sie sich eingestehen musste, dass sie sich in ihn verliebt hatte?

„Unvergleichlich", flüsterte sie. „Das habe ich auch von dir gedacht."

Er hob ihre Hand an seine Lippen. „Könnte ich dich für einen Besuch bei mir interessieren, oder müssen wir heute Abend noch mehr Plätzchen backen?"

„Ich brauche noch ein paar Bleche für die Weihnachtsfeier im Frauenhaus, aber ich kann morgen und Heiligabend noch backen. Es ist Tradition, dass ich sie am Tag der Party backe. Was wäre das für ein Heiligabend ohne Plätzchen im Ofen?"

Er runzelte die Stirn. „Morgen früh hast du deinen Termin in der Kreditabteilung der Bank. Meinst du wirklich, dir bleibt noch genug Zeit?"

„Na klar, denn morgen habe ich keine anderen Verpflichtungen." Sie grinste. „Natürlich werde ich mehr Zeit haben, wenn du mich nicht ablenkst und die Plätzchen nicht wieder anbrennen."

Er streichelte ihre nackten Schenkel. „Ich habe keine Klagen gehört."

Küss mich, Weihnachtsmann!

„Du wirst auch jetzt keine hören, denn es macht wirklich Spaß, mit dir zu backen. Eine Zeitersparnis ist es allerdings nicht." Dann wurde sie ernst. „Tom, was meinst du, wie stehen meine Chancen auf den Kredit?"

„Ich wünschte, ich könnte dich beruhigen, aber das kann ich nicht. Auf der Grundlage deiner Steuererklärung und der Einkommensvorausberechnung für das nächste Jahr ist es eindeutig nicht ohne Risiko, weder für dich noch für die Bank. Doch wir werden denen zeigen, wie seriös du bist und wie wichtig dir die Sache ist. Einverstanden?"

„Einverstanden."

Er küsste die Innenseite ihres Handgelenks, was ihr einen sinnlichen Schauer über den Rücken jagte.

„Was ist nun mit der Einladung zu mir? Du warst noch nie dort. Ich habe sogar aufgeräumt und Staub gesaugt, für den Fall, dass du mitkommst."

„Ein Mann, der weiß, wie ein Staubsauger funktioniert? Wie kann ich denn da widerstehen? Aber ich muss zuerst zu mir nach Hause, sonst habe ich außer dem Elfenkostüm nichts zum Anziehen."

„Nichts zum Anziehen – na, was für eine Schande!"

Sie lachte übermütig. „Na schön, wir müssen nicht mehr bei mir halten. Wie weit ist es bis zu deiner Wohnung?"

„Ungefähr zehn Minuten."

„Ich fahre dir hinterher."

Eine Viertelstunde später parkte Merrie ihren Van hinter Toms Wagen in der Auffahrt eines Backsteinbungalows. Er lag in einer älteren Wohngegend auf der anderen Seite der Stadt. Rechts und links der Straßen standen alte hohe Bäume, die dem Viertel eine idyllische Note verliehen.

„Nette Gegend", bemerkte Merrie beim Aussteigen. „Ich wusste nicht, dass du ein Haus hast."

„Das ist eine bessere Investition, als Miete zu zahlen." Auf dem Weg zur Tür nahm er ihre Hand. „Die Immobilienpreise in Lansfare steigen wegen der Nähe zu Atlanta. Und von dieser Gegend aus erreicht man schnell die Autobahn."

„Ich hätte vor zwei Jahren wohl auf dich hören sollen, als du mir geraten hast, für einen Hauskauf zu sparen."

„Etwas anzusparen ist immer …"

„… eine kluge Investition in die Zukunft", beendete sie den Satz für ihn, weil er ihr schon Dutzende Male diesen Rat gegeben hatte. „Dummerweise bin ich im Sparen nicht besonders gut."

„Da ich der Mann bin, der sich durch Tüten und Tupperdosen voller Quittungen und Belege von dir wühlt, weiß ich das sehr wohl." Er schloss die Tür auf, und Merrie betrat eine schlichte Eingangshalle mit cremefarbenen Wänden und einem Fußboden aus Eichenholz.

„Führst du mich herum?", fragte sie.

„Natürlich, aber es wird nicht lange dauern, da die meisten Zimmer leer sind. Du bist nicht gut im Sparen – und ich nicht im Einrichten." Er deutete nach links und rechts, während sie in den hinteren Teil des Hauses gingen. „Leeres Wohnzimmer, leeres Esszimmer."

„Und wo ist das für Junggesellen typische Workout-Equipment?"

„Im Gästezimmer. Das andere Gästeschlafzimmer benutze ich als Arbeitszimmer."

Sie betraten das Wohnzimmer, in dem ein bequem aussehendes großes Ledersofa in Braun stand, ein dazu pas-

Küss mich, Weihnachtsmann!

sender Sessel und eine Ottomane, außerdem ein Couchtisch aus Eiche, auf dem Zeitschriften lagen. Abgesehen von zwei gerahmten Fotografien auf dem Kaminsims hatte der Raum absolut keine persönliche Note.

„Hübsch", murmelte Merrie, „aber man sieht, dass du kein Freund von dekorativem Nippes bist."

„Es ist nicht so, als hätte ich nichts dafür übrig. Ich weiß nur nicht, was ich kaufen soll und was wozu passt. Mir genügt es schon, wenn ein Zimmer aufgeräumt ist. Ich sollte das vielleicht lieber nicht zugeben, aber so ordentlich war es hier seit Wochen nicht."

„Wie schwer kann es denn sein, ein Haus ordentlich zu halten, das kaum eingerichtet ist?"

„Keine Ahnung, aber mir fällt es schwer."

Sie trat an den Kamin und betrachtete die Fotografien. Auf der einen war ein lächelndes Paar um die fünfzig zu sehen. Die beiden trugen Hemden mit tropischen Motiven und standen auf der Gangway eines Schiffs. „Dein Vater und Cindy?"

Er kam zu ihr und fing an, ihr sanft die Schultern zu massieren. „Ja, bei ihrer Kreuzfahrt im letzten Sommer."

Sie betrachtete das andere Foto, auf dem ein jüngerer, lächelnder Tom mit schwarzem Hut und Robe bei seiner Abschlussfeier zu sehen war. In der einen Hand hielt er sein Zeugnis, den anderen Arm hatte er um eine Frau gelegt, bei der es sich nur um seine Mutter handeln konnte, denn sie hatte die gleichen braunen Augen, das gleiche dunkle Haar, das gleiche gewinnende Lächeln.

„Mein Abschluss auf dem College", erklärte er. „Ich war in Yale. Meine Mutter hat auch schon dort studiert. An diesem Wochenende in New Haven hatten wir eine tolle, unbeschwerte Zeit. Zwei Monate später wurde bei ihr ein inoperabler Hirntumor diagnostiziert."

Merrie drückte seine Hand, die auf ihrer Schulter lag. „Das tut mir leid."

„Mir auch. Ich bin froh, dass ich diese Erinnerung habe. Es ist mein Lieblingsbild von ihr."

Bei seinen Worten dachte sie an ihr Lieblingsfoto von ihr und ihrem Vater, auf dem sie auf einem grünen Schlauchboot den Chattahoochee River hinuntertrieben. Das war in dem Sommer vor seinem Tod. Sie lachten und planschten wie die Kinder, und genau wie Tom war sie froh, diese Erinnerung zu haben.

„Warum hast du dich hier in Lansfare niedergelassen, statt mit deinem Yale-Abschluss irgendwo in einem großen Unternehmen zu arbeiten?"

„Das habe ich getan, drei Jahre sogar, bis ich genug gespart hatte, um mich selbstständig zu machen. Ich hatte keine Lust, mich jeden Tag durch den Verkehr zu kämpfen, und ich wollte auch nicht in einer Großstadt leben. Außerdem wollte ich schon immer mein eigener Chef sein. Mein Dad war Manager und nie zu Hause, was erheblich zur Scheidung meiner Eltern beigetragen hat. Es ist schwer, ein guter Vater und Ehemann zu sein, wenn man mit seinem Beruf verheiratet ist. Das will ich nicht. Ich möchte Zeit für meine Frau und meine Kinder haben."

Merrie stellte ihn sich unwillkürlich mit einem Kleinkind auf den Schultern vor, beobachtet von seiner Ehefrau. Dieses Bild löste heftige Sehnsucht bei ihr aus – und Eifersucht auf diese namen- und gesichtslose Frau. Und das bedeutete ...

„Du kannst den Wunsch nach Selbstständigkeit ja sicher gut nachvollziehen", sagte er und unterbrach damit ihren Gedankengang.

Sie stutzte und stellte fest, dass sie mit einem Fuß schon über dem emotionalen Abgrund stand, während sie im Begriff gewesen war, den anderen auf eine Bananenschale zu setzen. "Ah, ja."

"Ich habe etwas für dich." Er nahm ihre Hand und führte Merrie in die Küche, die ebenfalls hübsch eingerichtet, aber ohne jede persönliche Note war. Die Wände waren hellgelb, die Schränke weiß, auf dem Fußboden lagen Terrakottafliesen. Die dunkelgrüne Arbeitsfläche war leer bis auf eine gelbe Keksdose, die aussah wie ein Porzellantennisball. Im Abtropfgitter standen zwei Teller und ein Glas. Daneben lag ein in Weihnachtspapier eingewickeltes Päckchen von der Größe eines Schuhkartons. Erst jetzt fiel ihr auf, dass dieses Päckchen das Einzige im Haus war, das an Weihnachten erinnerte. Es gab keinen Baum, kein Lametta, keine blinkenden Lichter. Das machte sie traurig.

Tom nahm das Geschenk und überreichte es ihr. "Für dich. Herzlichen Glückwunsch zum Geburtstag."

Erfreut hielt sie das schwere Päckchen hoch. "Soll ich es jetzt öffnen?"

"Natürlich – es sei denn, du willst nicht wissen, was drin ist."

Sie schüttelte es vorsichtig. "Hm, es tickt nicht, also ist es wahrscheinlich kein Wecker." Sie schnupperte am Papier. "Nach Parfum riecht es auch nicht, und für einen Mercedes ist es zu klein."

Er lachte. "Machst du das immer mit deinen Geschenken?"

"Ja, um die Spannung zu erhöhen, bevor ich mich draufstürze." Wie zum Beweis fing sie an, begeistert das Papier abzureißen.

Die Schachtel stammte aus „Agatha's Antiques and Curios", Merries Lieblingsgeschäft im historischen Lansfare. Agatha verkaufte Antiquitäten und Kuriositäten, wie der Name ihres Ladens verriet. „Ich liebe dieses Geschäft."

„Das dachte ich mir, nachdem du es neulich nachts erwähnt hast."

„Habe ich? Ich erinnere mich nicht."

„Möglicherweise warst du abgelenkt. Wir befanden uns zu dem Zeitpunkt in der Badewanne."

„Dann war ich ganz sicher abgelenkt", sagte sie und stellte die Schachtel auf die Arbeitsfläche. Inmitten weichen Seidenpapiers lag eine wunderschöne Schneekugel mit einem grinsenden Weihnachtsmann darin. Er stand mit einem Sack voller Geschenke vor seinem Schlitten, umgeben von seinen acht Rentieren und, Merrie wusste nicht, ob sie ihren Augen trauen konnte, einer lächelnden Elfe, die dem Weihnachtsmann ein sternenförmiges Plätzchen reichte. Wahrscheinlich die Wegzehrung für seine Weihnachtstour an Heiligabend.

„Sie spielt auch eine Melodie", erklärte Tom und drehte an dem silbernen Knopf, worauf klimpernd die Musik zu „Have Yourself a Merry Little Christmas" ertönte. „Die Schneekugel erinnerte mich an dich und an … an uns. Daran, wie viel Spaß wir in der vergangenen Woche miteinander hatten."

Sie musste vor Rührung schlucken. „Sie ist wunderschön, Tom. Noch nie habe ich ein schöneres Geschenk bekommen."

Nachdem sie es behutsam auf die Arbeitsfläche gestellt

hatte, umfasste sie Toms Gesicht mit beiden Händen und sah ihm in die Augen. Ihr Herz schien überzufließen, und es hatte keinen Sinn mehr, es zu leugnen: Sie liebte ihn.

Am liebsten wäre sie mit dieser Wahrheit sofort herausgeplatzt, doch eine leise innere Stimme warnte sie, besser noch zu warten, bis er von Liebe sprach. Aus schmerzlicher Erfahrung wusste sie, dass manche Männer ein Liebesgeständnis mit „lebenslänglich ohne Aussicht auf Begnadigung" gleichsetzten, deshalb wollte sie ihm Zeit geben. Außerdem war ihre Beziehung erst eine Woche alt.

Andererseits kannten sie sich seit zwei Jahren, und sie spürte, dass er etwas für sie empfand. Das verriet sein Verhalten ihr gegenüber und wie er sie ansah – genau wie in diesem Moment, zärtlich und voller Verlangen.

Na schön, sie würde ihm Zeit geben. Eine Woche. Mehr Geduld konnte sie beim besten Willen nicht aufbringen. Sollte er Neujahr das L-Wort noch nicht in den Ring geworfen haben, würde sie es eben riskieren müssen, zuerst von Liebe zu sprechen.

Sie stellte sich auf die Zehenspitzen, schlang ihm die Arme um den Nacken und drückte sich an ihn. „Danke für das Geschenk, Tom. Ich liebe … es." Das war zwar nicht genau das, was sie sagen wollte, aber wenigstens schon nah dran. Fürs Erste musste es reichen. Immerhin geriet er nicht gleich in Panik, als er das Wort „Liebe" hörte, und das war ermutigend.

„Ich freue mich, dass es dir gefällt. Bist du bereit, dich weiter herumführen zu lassen?"

„Unbedingt. Was ist der nächste Halt?"

„Der Kühlschrank, in dem sich eine Flasche Wein befindet. Anschließend die Speisekammer, in der ich mehrere

Dosen Schokoladenglasur aufbewahre. Dann gehen wir ins Badezimmer, wo ein Whirlpool auf uns wartet. Unser letzter Stopp ist mein Schlafzimmer."

Sie zwinkerte ihm zu. „Und was erwartet mich dort?"

Er beugte sich herunter, um es ihr ins Ohr zu flüstern, und seine Worte bewirkten, dass ihr plötzlich heiß wurde, als hätte sich die Erde näher zur Sonne hinbewegt.

Tom richtete sich wieder auf. „Wie hört sich das an?"

„Sehr unanständig und sehr aufregend."

6. KAPITEL

Tom wurde durch die fröhlichen Klänge von „Santa Claus Is Coming to Town" aus seinem Radiowecker geweckt. Nachdem er die Aus-Taste gedrückt hatte, drehte er sich verschlafen um und streckte die Hand nach Merrie aus, aber da war niemand. Er schlug die Augen auf und entdeckte ein Blatt Papier auf dem Kissen. Er nahm es und überflog die wenigen Zeilen.

Guten Morgen, Schlafmütze,
ich wünsche Dir einen frohen Vorweihnachtstag! Ich musste nach Hause, um zu duschen und mich für den Termin in der Kreditabteilung fertig zu machen. Wollte Dich nicht wecken. Ich habe Dein Weihnachtsmannkostüm mitgenommen, um die Schokoladenflecken von gestern Abend zu beseitigen. Kann ich meine rote Spitzenunterwäsche eigentlich jetzt steuerlich absetzen, nachdem ich mit ihrer Hilfe meinen Steuerberater verführt habe? Darüber müssen wir uns unbedingt unterhalten.

Er lachte über das große Smiley, das sie nach diesem Satz gezeichnet hatte, dann las er weiter:

Wir treffen uns um zehn in der Bank. Küsschen, Merrie
P.S.: Ich habe eine Überraschung vorbereitet!

Eine Überraschung? Er musste unwillkürlich grinsen. Wenn es auch nur annähernd so etwas war wie keine Unterwäsche unter ihrem Elfenkostüm, konnte er es kaum erwarten.

Neben ihrem Namen hatte sie einen Lippenstiftabdruck in Küss-mich-Rot hinterlassen. Langsam zeichnete er die Umrisse der roten Lippen nach, als könnte er auf dem Papier ihren sinnlichen Mund spüren.

Ein elektrisierender Schauer durchrieselte ihn bei der Erinnerung daran, wie diese verführerischen Lippen seinen Körper auf äußerst erotische Weise liebkost hatten. Die vergangene Nacht war unglaublich gewesen, wie jede, die sie bisher zusammen verbracht hatten. Nicht nur der Sex, obwohl der sehr aufregend war, sondern das Zusammensein an sich. Sie hatten viel gelacht und sich Geschichten aus ihrem Leben erzählt. Er wusste nicht, wann er sich jemals so lebendig gefühlt hatte. Wenn er mit Merrie zusammen war, kam ihm sein bisheriges Dasein leer vor.

Tom setzte sich abrupt auf und strich sich durch das Haar. Das war verrückt! Sein Leben war nicht leer. Er hatte Freunde, einen guten Job, ein hübsches Haus – das alles war sehr erfüllend.

Ja, aber du hast niemanden, mit dem du all das teilen kannst, meldete seine innere Stimme sich zu Wort.

Er schaute auf die leere Bettseite neben sich, auf der Merrie gelegen hatte. Es gefiel ihm nicht, dass er allein aufgewacht war und nun allein in seinem Bett lag, das ihm plötzlich viel zu groß erschien. Mit Merrie zusammen hatte es dagegen genau die richtige Größe. Sie schien einfach an seine Seite zu gehören.

„Ah!" Er stand auf und lief ins Badezimmer. Wie war es möglich, dass diese Frau innerhalb nur einer Woche sein ganzes Leben auf den Kopf gestellt hatte? Sie beherrschte seine Gedanken vollkommen. Zum Beispiel musste er sofort an ihre Lippen denken, sobald er irgendwo die Farbe Rot sah – was Weihnachten etwa alle zwei Sekunden passierte, weshalb er praktisch ununterbrochen an ihren Mund dachte. Ihr Mund, mit dem sie ihn küsste, mit dem sie lächelte und lachte ...

„Siehst du?", murmelte er und drehte den Wasserhahn an der Dusche auf. „Es passiert schon wieder." Und *es*, was immer das war, passierte definitiv viel zu schnell. Er brauchte Zeit, um herauszufinden, wohin dieser Wahnsinn führte – wenn er überhaupt irgendwohin führte. Er musste entscheiden, was er hinsichtlich seiner beunruhigenden Gefühle für Merrie unternehmen sollte – falls er etwas unternehmen wollte. Sobald der Termin in der Kreditabteilung der Bank vorbei war, würde er diese Fragen angehen. Doch vorher musste er sich darauf konzentrieren, Merrie dabei zu helfen, ihren Kredit zu bekommen.

Eine Stunde später betrat Tom in seinem dunkelblauen Nadelstreifenanzug und mit Aktenkoffer die Lobby der „Lansfare Savings and Loan", wo er so unvermittelt stehen blieb, als wäre er gegen eine Glaswand geprallt.

Erst am Tag zuvor war er wegen einer Einzahlung hier gewesen, und die einzige Weihnachtsdekoration hatte aus einem ein Meter achtzig hohen künstlichen Tannenbaum mit langweiligem Schmuck in der hintersten Ecke der Lobby bestanden.

Nun war der Raum voller blinkender kleiner Lichter. Lebensgroße Pappfiguren von Santa Claus und seiner Frau standen links und rechts des Bankschalters aus weißem Marmor, als wollten sie ihn bewachen. Tom erkannte sofort, aus welchem Geschäft die Dekoration stammte.

Er schaute sich um und entdeckte Merrie, die vor einem weihnachtlich geschmückten Tisch stand, an dem sich die Bankangestellten mit Plätzchen und Kaffee versorgten. Staunend registrierte er, dass sie ihr Elfenkostüm trug.

Sie winkte, als sie ihn sah, und kam auf ihn zu, wobei die Glöckchen an ihren Schuhen leise bimmelten.

„Guten Morgen", begrüßte sie ihn gut gelaunt und meinte leise: „Da ein Kuss wohl nicht angebracht ist, wie wäre es dann mit frischem Kaffee?"

Er deutete auf ihr Kostüm. „Ist das etwa deine Überraschung?"

„Ja."

Offenbar bemerkte sie sein Missfallen, denn sie runzelte die Stirn.

„Was ist daran auszusetzen?"

Tom umfasste ihren Arm und führte sie in eine ruhige Ecke. „Was um alles in der Welt tust du da?"

„Ich veranstalte eine kleine Feier für die Bankangestellten."

„Hier geht es um ernste Geschäfte", unterbrach er sie. „Was denkst du dir dabei, zu einem wichtigen Geschäftstermin im Elfenkostüm zu erscheinen?" Er schaute auf seine Uhr. „Uns bleiben noch ein paar Minuten. Ich werde den Angestellten aus der Kreditabteilung hinhalten, aber trödle nicht herum. Er wird sicher nicht begeistert sein, wenn man ihn warten lässt."

„Du musst niemanden hinhalten", sagte sie kühl. „Mr Bingham aus der Kreditabteilung ist schon hier."

„Dann hat er dich also bereits in dem Outfit gesehen", meinte er frustriert. „Warum konntest du dich denn nicht wie ein normaler Mensch anziehen?"

„Ich habe nicht vor, mich umzuziehen. Falls es dir bisher entgangen sein sollte – ich bin nicht der Typ, der Businesskostüme trägt."

Er lachte trocken. „Das kann man wohl sagen."

Ein Schatten schien sich über ihr Gesicht zu legen. Sie war gekränkt.

„Versuchst du mich zu beleidigen, oder machst du dich einfach nur über mich lustig?"

„Ich will, dass du diesen Kredit bekommst, deshalb erwarte ich von dir ein entsprechend geschäftsmäßiges Auftreten."

„An meinem Auftreten ist nichts auszusetzen", erwiderte sie. „Ich verteile Plätzchen und Kaffee – nicht Kondome und Pornos. Außerdem ist dies mein geschäftsmäßiges Auftreten, denn schließlich besteht mein Geschäft darin, Partys zu veranstalten. Ich wollte dem Manager der Kreditabteilung einen Eindruck von meinem Unternehmen vermitteln."

„Das hättest du auch mit einer Mappe und Fotos tun können. Wusste der Manager der Kreditabteilung von deinem Vorhaben?"

„Nein, es war eine Überraschung. Du hättest dich bestimmt für eine Präsentationsmappe und Fotos entschieden, aber ich wollte dem Bankangestellten einen Eindruck von mir vermitteln."

„Das dürfte dir gelungen sein, und jetzt kennt er zwei Eigenschaften an dir, die Banker nervös machen: Du bist unberechenbar, und du nimmst die Dinge nicht ernst."

Sie sahen sich mehrere Sekunden an, in denen die Atmosphäre immer gespannter wurde.

Schließlich sagte Merrie: „Was du unberechenbar nennst,

nenne ich spontan. Nur zu deiner Information: Ich nehme viele Dinge ernst. Ich fürchte, das Problem besteht darin, dass du zu viele Dinge viel zu ernst nimmst."

„Wenn es um geschäftliche Dinge geht, ganz bestimmt", konterte er.

„Miss Langston?", sagte jemand hinter ihnen. Tom drehte sich um und sah Dave Bingham, den Manager der Kreditabteilung, auf sie zukommen. Er lächelte nicht. Nach einer kurzen Begrüßung fragte er: „Sollen wir in mein Büro gehen?"

Tom und Merrie folgten ihm, und als sie alle in seinem Büro mit Glaswänden Platz genommen hatten, sagte Dave: „Ich bin Ihre Unterlagen durchgegangen, die Tom vorbereitet hat. Einige Zahlen darin bereiten mir Sorgen, aber heute Morgen habe ich beobachten können, wie effizient Sie der Lobby innerhalb von nur einer Stunde eine winterlich-weihnachtliche Atmosphäre verliehen haben. Außerdem bereiten Sie die köstlichsten Plätzchen und den leckersten Punsch zu, den ich je gekostet habe." Er lächelte freundlich.

„Wie dem auch sei", fuhr er mit ernster Miene fort, „Ihre Finanzlage ist nicht so stabil, wie ich es mir wünschen würde. Andererseits kann ich Ihr Talent und Ihr Engagement nicht ignorieren. Deshalb werde ich Ihnen den Kredit gewähren, wegen des Risikos allerdings zu einem etwas höheren Zinssatz. Wenn das für Sie akzeptabel ist."

„Ist es", sagte Merrie und klang sehr erleichtert.

„Ausgezeichnet. Es sind noch einige Dokumente zu unterzeichnen, aber dann ist alles unter Dach und Fach." Er reichte ihr die Hand. „Herzlichen Glückwunsch, Miss Langston."

Merrie sprang förmlich auf und schüttelte seine Hand

mit solcher Begeisterung, dass die Glöckchen an ihren Elfenschuhen bimmelten. „Vielen Dank, Mr Bingham."

„Gern geschehen." Er lächelte. „Jetzt unterschreiben Sie rasch, damit ich noch ein paar von diesen köstlichen Plätzchen ergattern kann, bevor alle weg sind."

Tom räusperte sich. „Herzlichen Glückwunsch, Merrie."

Ihr Blick verriet, dass sie noch immer wütend auf ihn war, aber da war noch etwas, das ihn mehr beunruhigte – sie wirkte desillusioniert.

„Danke", sagte sie knapp.

Er schaute schweigend zu, wie sie die Kreditunterlagen unterzeichnete. Dave begleitete sie beide noch in die Lobby, wo er sie verließ, um zum Tisch mit den Plätzchen zu eilen.

Ehe Tom etwas sagen konnte, meinte Merrie: „Entschuldige mich bitte, ich muss meine Sachen zusammenräumen."

„Ich helfe dir."

„Nein danke. Ich brauche deine Hilfe nicht."

„Merrie, es tut mir leid, dass wir uns vorhin gestritten haben ..."

„Mir nicht. Im Gegenteil, ich finde es gut, dass wir diese Dinge mal geklärt haben."

„Wie meinst du das?"

„Damit meine ich, dass wir über den Spaß, den wir in der vergangenen Woche miteinander hatten, vergessen haben, wie verschieden wir sind. Es ist gut, daran erinnert zu werden, bevor die Sache zwischen uns noch enger wird."

Tom war wütend und verletzt. „Das zwischen uns war nicht nur Spaß."

Sie zuckte mit den Schultern. „Kann sein. Wir haben jedenfalls nicht die gleiche Einstellung zum Leben. Bis heute Morgen hatte ich das unglücklicherweise verdrängt. Offenbar verstehst du weder, wie ich bin, noch kannst du es gutheißen. Dazu kann ich dich nicht zwingen, aber ebenso wenig kann ich mich ändern. Das habe ich in der Vergangenheit versucht, und es hat nicht funktioniert. Abgesehen davon will ich das auch gar nicht. Früher habe ich den Fehler begangen, über das Verfallsdatum hinaus an einer Beziehung festzuhalten. Das werde ich nicht mehr tun. Wir beide haben unser Verfallsdatum offensichtlich überschritten."

Eine Weile starrte er sie benommen an, dann sagte er: „Natürlich hast du recht, wir sind sehr verschieden." Das hatte er doch die ganze Zeit gewusst. Sein Leben bestand aus Zahlen und Fakten, ihres aus Märchen und Magie. Ihre Affäre, oder wie auch immer man es nennen wollte, wäre sowieso bald zu Ende gewesen. Es war also nur gut, einen Schlussstrich zu ziehen. *Genau.*

„Was ist mit deiner Party morgen im Frauenhaus?", wollte er wissen.

„Du bist entlassen. Ich werde mir jemand anderen suchen. Kein Problem. Ich schicke dir einen Scheck."

Er war entlassen. Toll. Sie würde sich jemand anderen suchen. Klasse. Tja, blieb nur noch ein …

„Leb wohl, Tom."

Ihr endgültiger Ton war unmissverständlich. Seine innere Stimme forderte, er solle irgendetwas sagen, aber was gab es noch zu sagen? Außer: „Leb wohl, Merrie."

Sie zögerte keine Sekunde, sondern machte auf dem Absatz kehrt und marschierte zu dem Tisch mit Leckereien. Er schaute ihr kurz nach, dann verließ er eilig die Bank.

7. KAPITEL

Heiligabend gegen vier Uhr nachmittags dachte Merrie, ihre Tränen müssten allmählich versiegen, doch sie schienen aus einer unerschöpflichen Quelle zu fließen.

Seit sie von der Bank nach Hause gekommen war, hatte sie Geschenke eingepackt und Plätzchen gebacken für die Feier im Frauenhaus – und dabei die ganze Zeit geweint. Um Mitternacht hatte sie erschöpft ihr Schlafzimmer betreten und ihr Bett betrachtet – in dem sie mit Tom geschlafen hatte. Da sie wusste, dass sie andernfalls keinen Schlaf finden würde, bezog sie das Bett neu, in der Hoffnung, dadurch die Erinnerung an Tom auszulöschen. Das erwies sich als so nutzlos, dass sie überlegte, ob sie sich ein neues Bett anschaffen und auch gleich das Zimmer neu streichen sollte.

In ihre rote Chenilledecke gehüllt, verbrachte sie eine lange einsame Nacht in ihrem Wohnzimmersessel, in dem sie sich die Nase putzte, die Tränen abwischte und nachdachte. Das Sofa kam nicht infrage, weil sie auch darauf mit Tom geschlafen hatte.

In wenigen Stunden würde die Feier im Frauenhaus stattfinden, deshalb musste sie sich langsam zusammenreißen. Sie schluchzte erneut, während sie einen weiteren Teddybären in rotes Geschenkpapier wickelte.

Sie war so dumm. Wie hatte sie sich bloß in einen Mann verlieben können, der überhaupt nicht zu ihr passte? Allein schon die Erinnerung daran, dass er sie in der Bank angesehen hatte, als wäre sie verrückt, trieb ihr weitere Tränen in die Augen, und das ärgerte sie, weil sie es hasste, zu weinen. Für wen hielt Tom sich eigentlich?

„"Warum konntest du dich denn nicht wie ein normaler Mensch anziehen?"", äffte sie ihn nach. „Pah. Als wäre ich unnormal, weil ich mich anders anziehe." Sie band eine Schleife um das Geschenk und nahm sich das nächste vor. „Meine ungewöhnliche Art hat mir schließlich den Kredit gesichert, oder etwa nicht, Herr Steuerberater? Ihre Finanzanalysen allein hätten das jedenfalls nicht geschafft."

Was vor allem wehtat, war die Tatsache, dass sie sich eingeredet hatte, es spiele für Tom keine Rolle, ob sie der Typ Frau war, der Businesskostüme trägt. Sie hatte geglaubt, er wollte sie trotzdem.

Nun, dieser Zug war abgefahren. Dummerweise war ihr das Herz dabei gebrochen worden, denn noch nie hatte sie so tief für einen Mann empfunden wie für Tom. Das ließ nur einen Schluss zu: Liebe war Mist. Großer Mist. Sie machte unglücklich. Tja, davon hatte sie endgültig die Nase voll.

„Das ist mein Neujahrsvorsatz, obwohl es noch eine Woche zu früh ist", sagte sie und band die nächste Schleife. „Mit einem Hund bin ich besser dran."

Guter Plan. Gleich nach Weihnachten würde sie sich einen Hund besorgen und Tom vergessen. Wie lange konnte es dauern, ihn aus ihren Gedanken zu bekommen?

Ach, höchstens zehn oder zwanzig Jahre, spottete ihre innere Stimme.

Neue Tränen rannen ihr über die Wangen, und sie wischte sie ungeduldig fort. Warum hatte er nicht versucht, sie zu halten? Er hatte das Ende ihrer Beziehung wortlos akzeptiert. Das bewies doch, dass sie richtig gehandelt hatte. Wenn er nicht dasselbe für sie empfand wie sie für ihn, hatte es ohnehin keinen Sinn.

Unglücklicherweise linderte das ihren Schmerz kein bisschen. Nichts, aber auch gar nichts konnte sie trösten.

Ihr Blick ging zum Couchtisch, auf dem die Schneekugel stand, die Tom ihr geschenkt hatte. War es erst achtundvierzig Stunden her, seit sie überlegt hatte, ihm ihre Liebe zu gestehen? Bei diesem Gedanken fröstelte sie. Was für ein Glück, dass sie den Mund gehalten hatte, vermutlich wäre er sonst in Panik geflohen.

Sie stellte die Stereoanlage an, und die Melodie von „Have Yourself a Merry Little Christmas" schnürte ihr die Kehle zu.

Fröhliche Weihnachten?

Nein, dieses Jahr nicht.

Am Morgen des vierundzwanzigsten Dezember saß Tom an seinem Küchentisch, den Kopf in die Hände gestützt, neben sich einen Becher mit kaltem Kaffee. Ein dumpfer Kopfschmerz pochte hinter seiner Stirn, was er jedoch kaum wahrnahm, weil er sich insgesamt hundeelend fühlte.

Als er von der Bank nach Hause gekommen war, hatte er beim Anblick der zerwühlten Laken in seinem Bett innegehalten. Nur Stunden zuvor hatten Merrie und er darin miteinander geschlafen, zum letzten Mal, wie ihm schmerzhaft klar wurde.

Den Rest des Tages hatte er nur noch verschwommen wahrgenommen, während er sich einzureden versuchte, alles sei in Ordnung. Er war frei und musste nicht mehr den Weihnachtsmann spielen, darüber sollte er froh sein.

Als es Nacht wurde, kam ihm sein Bett noch größer und leerer vor. Er lag wach, starrte an die Decke und durchlebte jeden Augenblick mit Merrie noch einmal, jede Berührung, jedes Lächeln. Als der Morgen heraufdämmerte, musste er sich eingestehen, dass überhaupt nichts mehr in Ordnung war.

Stöhnend hob er den Kopf und rieb sich die unrasierten Wangen. Die Nacht war schlimm gewesen, und dieser Tag schien nicht besser zu werden. Warum konnte er die ganze Affäre nicht einfach vergessen?

Er stand auf, schüttete den kalten Kaffee in den Ausguss und schenkte sich frischen ein. Dann trank er einen Schluck und dachte an die Frauen, mit denen er in den letzten Jahren zusammen gewesen war. Ihm wurde klar, dass sie sich alle ziemlich ähnlich waren. Die wenigsten hatten eine Herausforderung für ihn dargestellt, und wenn er ehrlich war, musste er sich eingestehen, dass die meisten langweilig waren. Wenn Merrie eines nicht war, dann langweilig.

Er schaute auf seinen dampfenden Becher. Keine Frau hatte ihn je so zum Lachen gebracht wie sie. Mit keiner hatte er sich je so unbeschwert gefühlt. Mit Merrie war es, als gäbe es keine Einsamkeit. Nein, sie entsprach ganz und gar nicht dem Frauentyp, von dem er stets geglaubt hatte, es sei der richtige für ihn. Jetzt musste er einsehen, dass er nur deshalb noch nie so empfonden hatte, weil er immer mit den falschen Frauen zusammen gewesen war.

Als er sie kennengelernt hatte, war er gleich hin und weg gewesen. Wäre er damals schon mit ihr ausgegangen, hätte er das alles bereits vor zwei Jahren herausgefunden. Dann wäre ihm klar geworden, dass sie die Frau war, die er wollte.

Gut, sie war ein bisschen schrullig – na und?

Mittlerweile war er zu dem Schluss gekommen, dass er ihre schrullige Art nicht nur mochte, sondern liebte.

Er seufzte. Na fabelhaft. Dies war der perfekte Zeitpunkt, um sich einzugestehen, dass er sie liebte – nachdem sie ihm den Laufpass gegeben hatte.

Tom hielt inne und runzelte die Stirn. Zur Hölle mit seinen Bedenken! Er wusste, was er sich zu Weihnachten wünschte, Merrie im Elfenkostüm mit bimmelnden Schuhen, und er würde einen Weg finden, sich diesen Weihnachtswunsch zu erfüllen.

Er stellte seinen Becher auf die Arbeitsfläche und fühlte zum ersten Mal, seit er die Bank verlassen hatte, Hoffnung in sich aufkeimen. Bevor er Merrie als Weihnachtsgeschenk unter seinen Weihnachtsbaum legen konnte, brauchte er natürlich erst einmal einen Tannenbaum, daher ging er entschlossen ins Badezimmer. Er würde duschen und sich rasieren und sich anschließend an die Arbeit machen.

Er hatte sich viel vorgenommen, denn er musste eine Elfe für sich gewinnen.

8. KAPITEL

Mit Tabletts voller Plätzchen stieg Merrie mit bimmelnden Elfenschuhen die Stufen zum Frauenhaus hinauf. Die Tür wurde von der grinsenden Lauren Porter geöffnet, einer der Vollzeitmitarbeiterinnen der Einrichtung, die Müttern und ihren Kindern vorübergehend Unterkunft gewährten. Die meisten Frauen waren vor gewalttätigen Partnern geflohen und hofften nun auf einen Neuanfang. In Merries Augen waren es die mutigsten Frauen, denen sie je begegnet war.

„Ich schicke ein paar Teenager runter, die dir beim Ausladen helfen können", sagte Lauren. „Was muss sonst noch hereingebracht werden?"

„Alles, was hinten im Wagen ist. Während die Kids ausladen, bereite ich das Essen und die Spiele vor." Wenn die Kinder mit dem Essen fertig waren, würde Lauren mit ihnen spielen müssen, damit sie Zeit hatte, sich im Badezimmer das Weihnachtsmannkostüm anzuziehen.

„Dein Weihnachtsmann kommt wie immer grandios bei den kleineren Kindern an", sagte Lauren, nahm ihr die obersten beiden Tabletts ab und ging voran in die Küche. „Wir haben ihn gar nicht so früh erwartet."

„Mein Weihnachtsmann?", wiederholte Merrie verwirrt.

Lauren blieb im Türrahmen zum Aufenthaltsraum stehen. „Sieh selbst", flüsterte sie und deutete mit dem Kopf in den Raum. „Sie sind begeistert."

Merrie war verblüfft. Der Weihnachtsmann saß auf einem Klappstuhl und zeigte seinem Publikum ein Bild aus einem Buch, bei dem es sich um die Geschichte „Wie der

Grinch Weihnachten stahl" handelte. Über zwei Dutzend Kinder hockten auf dem Boden und hingen gebannt an seinen Lippen. Ein paar müde aussehende Mütter saßen zwischen den Kleinen, die meisten von ihnen hatten Babys oder Kleinkinder auf dem Arm. Als würde er ihre Gegenwart spüren, drehte der Weihnachtsmann den Kopf in ihre Richtung.

Sie sah direkt in Toms Augen. Ein Glücksgefühl durchströmte sie, und sie musste die Lippen zusammenpressen, damit sie nicht zitterten. Sie wusste zwar nicht genau, was es zu bedeuten hatte, aber er wäre bestimmt nicht gekommen, wenn er nichts für sie empfände. Das musste ihr genügen, damit ihr leichter ums Herz wurde, bis sie Gelegenheit hatten, in Ruhe miteinander zu sprechen.

Die nächsten Stunden vergingen wie im Flug. Die Kinder spielten friedlich und bekamen jeder nicht nur ein, sondern zwei Geschenke vom Weihnachtsmann, da Tom ebenfalls einen Sack voller Päckchen mitgebracht hatte. Es war bereits nach elf, als alle Überbleibsel der Party weggeräumt waren.

„Danke, Merrie und Santa", sagte Lauren mit einem müden Lächeln. „Die Feier war wundervoll. Ihr habt den Kindern und ihren Müttern ein unvergessliches Erlebnis bereitet." Sie versuchte vergeblich ein Gähnen zu unterdrücken. „Braucht ihr noch Hilfe?"

„Nein, danke", antwortete Merrie. „Wir schalten das Licht aus und ziehen die Tür fest hinter uns zu, wenn wir verschwinden."

„Gut, dann gehe ich jetzt ins Bett. Gute Nacht und frohe Weihnachten."

Nachdem Lauren gegangen war, wandte Merrie sich

an Tom, der seine Perücke und seinen Bart abgenommen hatte und sie ernst ansah.

„Endlich allein!", bemerkte er.

Sie hatte plötzlich einen trockenen Mund. „Es war nett von dir, heute Abend herzukommen. Ich habe nicht mit dir gerechnet."

„Ich weiß."

Er kam näher, weshalb sie sofort Herzklopfen bekam. Als er nur noch eine Armeslänge von ihr entfernt war, ergriff er ihre Hände.

„Da ist etwas, was ich dir gern zeigen möchte, Merrie. Bei mir im Haus. Ich weiß, es ist schon spät, aber würdest du trotzdem mitkommen?"

Er schien ernsthaft mit ihr reden zu wollen. Da sie nicht leugnen konnte, dass es sie interessierte, was er ihr zu sagen hatte, und weil sie selbst auch etwas loswerden musste, nickte sie. „Na schön, ich fahre hinter dir her."

Zwanzig Minuten später stand sie auf Toms Veranda und wartete darauf, dass er die Haustür aufschloss. Die kalte Luft drang durch ihr Elfenkostüm und ließ sie frösteln. In den Häusern ringsum brannte die Weihnachtsbeleuchtung, nur Toms Haus war als einziges dunkel – was nicht nur nicht weihnachtlich war, sondern ihm auch erschwerte, den Haustürschlüssel zu finden. Endlich ging die Tür auf.

Im Eingangsbereich war es vollkommen finster. „Wenn du mir etwas zeigen willst, wäre es bestimmt nicht schlecht, irgendwo Licht zu machen", neckte sie ihn.

„Du willst Licht – dann bekommst du auch Licht." Er legte ihr die Hände sanft auf die Schultern. „Aber zuerst musst du die Augen schließen. Und nicht blinzeln."

„Na gut."

Behutsam führte er sie ins Haus, und obwohl die Versuchung groß war, die Augen kurz aufzumachen, hielt sie ihr Versprechen, es nicht zu tun. Dann blieb er stehen, und sie spürte ihn dicht hinter sich. Seine Nähe ließ sie erschauern.

„Du kannst deine Augen jetzt öffnen", flüsterte er ihr ins Ohr.

Merrie machte die Augen auf und sah ... Dunkelheit. Dann hörte sie das Klicken eines Schalters. In der nächsten Sekunde wurde der Raum von Hunderten kleiner heller Lämpchen erleuchtet. Toms ehemals karg eingerichtetes Wohnzimmer – oder handelte es sich um das Esszimmer? – hatte sich in eine Wintermärchenlandschaft verwandelt mit voll beleuchtetem Weihnachtsbaum, der den Raum mit frischem Tannenduft erfüllte.

„Tom, das ist wunderschön!" Sie sah ihn an. „Hast du das gemacht?"

Er wirkte verlegen. „Ja. Du bist die einzige Elfe, die ich kenne, und da du nicht hier warst, musste ich es allein machen. Sieht es einigermaßen aus?"

„Es ist wundervoll", versicherte sie ihm.

Die Erleichterung war ihm deutlich anzusehen. Er führte sie langsam zum Tannenbaum. „Ich habe mit dem Aufhängen des letzten Christbaumschmucks gewartet, weil ich wollte, dass du es tust." Er nahm den Schmuck unter dem Baum hervor und hielt ihn hoch. Es war ein Porzellanweihnachtsmann, mit einem Schild in der Hand, auf dem stand: Have Yourself a Merry Little Christmas. Merrie schnürte es vor Rührung die Kehle zu.

„Das hast du alles für mich getan?"

„Zuerst schon, aber während ich es tat, merkte ich, dass ich es auch meinetwegen tat. Die Weihnachtsstimmung hat mir so lange gefehlt, und du hast meine Sehnsucht danach wieder geweckt." Er reichte ihr den Christbaumschmuck. „Erweist du mir die Ehre?"

Da sie ihrer Stimme nicht ganz traute, nickte sie nur und hängte den Schmuck an einen hohen Ast.

„Perfekt", bemerkte Tom. „Jetzt ist der Baum wirklich weihnachtlich geschmückt."

Sie lachte. „Na ja, du hast die ganze Arbeit gemacht."

„Aber sie ist erst jetzt beendet." Er sah ihr in die Augen. „Anscheinend sind wir ein gutes Team."

Merries Herz machte einen Hüpfer, doch bevor sie etwas erwidern konnte, nahm er ihre Hände und verschränkte seine Finger mit ihren.

„Merrie, es tut mir leid." Er atmete tief durch. „Mir tut der Streit leid und dass ich deine Gefühle verletzt habe. Gestern und heute, das waren die schlimmsten Tage meines ganzen Lebens – und das meine ich ernst. Ich bin seit elftausendzweihundertneunundachtzig Tagen auf der Welt, und diese beiden waren mit Abstand die schrecklichsten. Solche Tage will ich nie wieder erleben."

Sie hatte zwar noch nie nachgerechnet, seit wie vielen Tagen sie auf der Welt war, aber die letzten beiden waren auch für sie schlimm gewesen. „Das ist ziemlich viel Rechnerei."

„Ich habe ja auch viel nachgedacht. Vor allem über das, was du gestern zu mir gesagt hast. Du meintest, ich hätte wissen müssen, was für ein Typ du bist. Ich habe die falsche Antwort gegeben, dabei weiß ich genau, wie du bist: süß und freundlich, selbstlos und witzig, lebensfroh und spontan. Manchmal ein bisschen zu großzügig, wie deine Kreditkartenbelege beweisen, aber daran können wir arbeiten." Ein zögerndes Lächeln erschien auf seinem Gesicht. „Aber wenn jeder seine Finanzen im Griff hätte, wäre ich überflüssig."

Er schloss sie in die Arme. „Du bringst mich zum Lachen und gibst mir ein gutes Gefühl, wie ich es nie zuvor gekannt habe. Ich hätte deine ausgefallene Idee in der Bank nicht kritisieren sollen. Du hast den Manager der Kreditabteilung schwer beeindruckt, genau wie mich bei unserer ersten Begegnung. Abgesehen davon backst du wirklich die besten Plätzchen, die ich je gegessen habe. Du hast mir die Freude an Weihnachten wiedergegeben. Apropos – hast du eigentlich eine Ahnung, wie schwierig es ist, Heiligabend ein Weihnachtskostüm zu bekommen? Es hat mich ein Vermögen gekostet. Außerdem musste ich jeden Laden in Lansfare abklappern, um diese kleinen blinkenden Lichter zusammenzutragen." Er ließ sie los und wedelte mit den Händen vor ihr herum. „Und vom Einpacken der vielen Geschenke habe ich mindestens zwei Dutzend Papierschnitte an den Fingern."

Sie hob seine geschundenen Finger an ihre Lippen. „Es war für einen guten Zweck."

Seine Miene wurde ernst „Ich weiß. Ich habe mir die Mütter und Kinder heute Abend angesehen und war so stolz auf dich, weil du ihnen diese Feier schenkst. Mir wurde klar, dass ich mein Glück oft gar nicht zu schätzen weiß. Und du bist mein größtes Glück."

Erneut zog er sie an sich und streichelte ihre Wange. „Es hat mir Spaß gemacht, im Spielzeugladen einzukaufen und anschließend die Geschenke einzupacken, aber eines fehlte – und das warst du. Ich will nicht, dass du mir weiterhin fehlst, denn ich liebe dich, Merrie."

Sie hielt sich an seinen Schultern fest, da ihre Knie nachzugeben drohten. „Du liebst mich?"

„Ja. Ich bin so verrückt nach dir, dass ich kaum einen vernünftigen Gedanken zustande bringe."

„Ich liebe dich auch."

Er schloss die Augen und murmelte etwas, das wie „Gott sei Dank" klang. Dann drückte er sie fest an sich und küsste sie voller Leidenschaft. Als er seine Lippen wieder von ihren löste, musste sie erst Luft holen, ehe sie sprechen konnte.

„Auch ich habe viel nachgedacht", begann sie. „Ich weiß, dass ich meine Finanzen besser unter Kontrolle haben muss, wenn ich mit meinem Geschäft expandieren will. Diesmal habe ich den Kredit bekommen, aber beim nächsten Mal will ich ihn auch zu einem niedrigeren Zinssatz." Sie legte ihm die Arme um den Nacken. „Deshalb brauche ich einen Finanzexperten in meinem Leben, und ich kenne auch schon genau den richtigen. Möchtest du wissen, was ich mir vom Weihnachtsmann wünsche?"

Er grinste. „Unbedingt."

„Tom Farrell."

„Oh, das trifft sich gut, denn zufällig will Tom Farrell dich auch."

Ihre Lippen fanden sich erneut zu einem sinnlichen, verheißungsvollen Kuss.

„Du schuldest mir immer noch ein Geschenk, das du mir versprochen hast", sagte er anschließend.

„Ich habe es nicht vergessen. Du hast gesagt, du wünschst dir, dass ich meine Quittungen ordne."

„Stimmt, aber das war nicht der Wunsch. Verrate mir, was du jeden Tag bis zum Ende dieses Jahres machst."

Sie lachte. „In der einen noch verbleibenden Woche? Nichts Besonderes."

„Und an jedem Tag im nächsten Jahr?"

Ihr Puls beschleunigte sich. „Ich veranstalte einige Partys, aber ich habe keine unumstößlichen Termine."

„Und in dem Jahr danach? Und dem danach?" Er küsste sie zärtlich. „Und in dem Jahr danach?"

„Ich … ich nehme doch an, das hängt davon ab, was du machst."

Er legte seine Stirn an ihre. „Gute Antwort, denn mein Weihnachtswunsch lautet, dass wir all diese Jahre miteinander verbringen. Ich will, dass dieses Weihnachten unser erstes gemeinsames von vielen wird."

„Hört sich gut an", sagte sie glücklich. „Aber jetzt bin ich an der Reihe. Was machst du im April? Ich brauche dann nämlich einen Osterhasen."

Er stutzte. „Was?"

„Du würdest auch einen ganz guten Kobold abgeben, obwohl du eigentlich zu groß bist." Angesichts seiner entsetzten Miene hätte sie fast losgeprustet. Plötzlich hörte sie im Wohnzimmer eine Uhr schlagen.

„Mitternacht", stellte sie fest. „Heiligabend ist vorbei."

„Ich habe noch ein paar Sekunden." Tom umfasste ihr Gesicht mit beiden Händen. „Was hältst du davon, wenn wir Weihnachten in Zukunft gemeinsam verbringen? Sagen wir in den nächsten fünfzig Jahren?"

„Nur fünfzig?", neckte sie ihn.

„Hm, du könntest mich auch zu den nächsten sechzig überreden", konterte er.

„Wirklich? Wie denn?"

„Jemand, der Küss-mich-Lippenstift trägt, kann das sicher herausfinden."

„Ah, dann bin ich genau die Richtige dafür", sagte Merrie.

„Das versuche ich dir die ganze Zeit klarzumachen. Also – willst du meine Frau werden?"

Merrie lächelte ihn schief an und sagte: „Du meine Güte, du siehst wirklich besorgt aus."

„Das bin ich auch. Einen Heiratsantrag zu machen ist eine nervenaufreibende Angelegenheit. Besonders wenn die befragte Person noch nicht geantwortet hat."

„Du Verrückter", sagte sie tadelnd. „Natürlich will ich dich heiraten." Sie stellte sich auf die Zehenspitzen und bedeckte sein Gesicht mit Küssen.

„Das war die richtige Antwort." Er hob sie auf die Arme. „Für meinen nächsten Vorschlag sollten wir ins Schlafzimmer wechseln und uns dort noch ein paar andere Weihnachtswünsche erfüllen."

Merrie schmiegte ihre Wange an seine. „Das dürfte schwierig werden, da du meine schon alle erfüllt hast, aber nur zu, eine Elfe muss schließlich tun, was eine Elfe tun muss."

– ENDE –

Alison Kent u. a.
Umtausch nicht vorgesehen
Weihnachten ist das Fest der Liebe. Das finden auch Claire, Amanda und Jess. Nur liebt es sich so schwer allein … Drei (be)sinnliche Komödien um das Fest und die Liebe.
Band-Nr. 25405
7,95 € (D)
ISBN: 978-3-89941-662-6
304 Seiten

Jennifer Crusie u. a.
Single Bells
Darf ein Weihnachtsengel so sexy sein? Max ist von Toni in ihrer Verkleidung hingerissen … Strategisch hängt Maggie den Mistelzweig in ihrem Büro auf. Wenn ihr heimlicher Schwarm Eric etwas mit ihr besprechen will gibt es kein Entrinnen mehr …
Glück gehabt! Trudy schnappt Nolan Mitchell das Spielzeug im Geschäft vor der Nase weg und erlebt ein heißes Abenteuer.
Band-Nr. 25255
7,95 € (D)
ISBN: 978-3-89941-420-2
304 Seiten

Susan Mallery
Supermom schlägt zurück
Band-Nr. 25550
8,99 € (D)
ISBN: 978-3-89941-941-2
eBook: 978-3-86278-098-3
352 Seiten
Auch als eBook erhältlich!

Sandra Brown
Liebesmärchen in L.A.
Band-Nr. 25551
8,99 € (D)
ISBN: 978-3-89941-942-9
320 Seiten

Julia Quinn
Das geheime Tagebuch
der Miss Miranda
Band-Nr. 25577
7,99 € (D)
ISBN: 978-3-89941-987-0
368 Seiten

Suzanne Brockmann
Operation Heartbreaker 10:
Taylor – Ein Mann, ein Wort
Band-Nr. 25552
7,99 € (D)
ISBN: 978-3-89941-943-6
eBook: 978-3-86278-100-3
304 Seiten
Auch als eBook erhältlich!

Lori Foster
Der Engel in meinem Bett
Band-Nr. 95028
8,95 € (D)
ISBN: 978-3-89941-888-0
496 Seiten

Sandra Paul u. a.:
Engel küssen besser
Band-Nr. 95029
8,95 € (D)
ISBN: 978-3-89941-889-7
624 Seiten

Riccarda Blake
Schwingen der Lust
Band-Nr. 95030
8,95 € (D)
ISBN: 978-3-89941-890-3
384 Seiten